봉명도
鳳鳴刀

FANTASTIC ORIENTAL HEROES

송진용 新무협 판타지 소설

봉명도 7

송진용 新무협 판타지 소설

초판 1쇄 찍은 날 § 2009년 6월 23일
초판 1쇄 펴낸 날 § 2009년 6월 30일

지은이 § 송진용
펴낸이 § 서경석

편집장 § 문혜영
편집 § 주소영

펴낸곳 § 도서출판 청어람
등록번호 § 제1081-1-89호
등록일자 § 1999. 5. 31
어람번호 § 제2-1769호

주소 § 경기도 부천시 원미구 심곡동 2동 163-2 서경B/D 3F (우) 420-822
전화 § 032-656-4452 팩스 § 032-656-4453
http://www.chungeoram.com
E-mail § eoram99@chollian.net

ISBN 978-89-251-1849-9 04810
ISBN 978-89-251-1517-7 (세트)

구천상단(九天商團)

7

송진용 新무협 판타지 소설

FANTASTIC ORIENTAL HEROES

봉명도(鳳鳴刀)를 찾아 종횡강호하는 중에 드러나는 어둠의 실체. 대체 누가 적이고 누가 동지인 것이냐?

내공 없이도 잘 싸운다. 그러나 내공이 있으면 더 잘 싸운다.

봉명도
鳳鳴刀

난세를 종식시킬 봉명도의 비밀은 하늘에 있으니, 봉황이 날아오르는 날 운명은 그를 영원히 잊혀지지 않을 전설로 만들어주리라.

청람
도서출판

目次

第一章

떠오르는 해, 지는 달

鳳鳴刀
봉명도

떠오르는 해, 지는 달

해가 떠오르면 달은 빛을 잃고 진다.

한순간에 그렇게 된다면 서운하고 허전할 것이다.

그러나 해가 떠오르는 만큼씩만 조금씩 빛을 잃어가니 달을 아끼는 사람들은 처음에 안타까워하지만 찬란한 햇빛의 위용에 압도되어 곧 달을 잊고 태양을 즐거워하게 된다.

그게 세상의 흥망성쇠이고 인간사의 부침(浮沈)이 아니겠는가.

천화상단의 처지가 바로 그 달과 같았다.

적어도 서안과 감숙 두 성에 있어서만큼은 그들의 존재 자체가 가라앉는 달의 처지를 면할 수 없었던 것이다.

하지만 그들은 아직 자신하고 있었다.

천화상단의 잠재력과, 그동안 쌓아온 힘이 얼마인데 이제 막 떠오르기 시작한 장팔봉, 등 대인이라는 자를 이기지 못할 것인가, 하는 자만심이기도 하다.

그래서 그들은 아직 패천마련에게 도움을 청하지 않고 있었다.

한번 그들의 도움을 받기 시작하면 점점 더 예속되리라는 걸 알기 때문이기도 하고, 자신들의 힘으로 이만한 일조차 처리하지 못한다면 비웃음을 사게 되리라 생각한 것이다.

패천마련은 거대한 나무와 같았다.

그 넓은 그늘을 강호 전체에 드리운 채 도도하게 서 있을 뿐, 어떤 일에도 나서려고 하지 않았다.

강호의 유일한 세력으로 군림하는 이상 나설 필요도 없는 일이다.

그저 존재하고 있다는 것 자체만으로도 그들은 강호의 모든 문파, 모든 고수와 하수들을 숨죽이게 만들고 있었던 것이다.

이제 더 이상 그들의 패권에 도전할 자가 없고, 그들의 세상을 거부할 자가 없었다.

그래서 세상은 오히려 평온했다.

강호에 끊이지 않던 분란과 분규가 싹 사라졌고, 문파와 방회 간의 알력과 이권 다툼이 저절로 잠잠해졌던 것이다.

패천마련의 위대한 힘 앞에서 개인은 물론 거대한 문파와 방회들조차 한없이 작고 나약한 존재에 지나지 않게 되었으니 그럴 수밖에 없는 일이었다.

—강호에는 패천마련이 있고, 세상에는 천화상단이 있다.

그 두 개의 서로 다른 것 같으면서도 공생할 수밖에 없는 집단이 오늘날 세상을 지배하는 실질적인 힘이었던 것이다.

그 힘 중 한 곳인 천화상단이 한쪽 귀퉁이에서부터 조금씩 깨지고 있었다.

장팔봉의 지독한 원한이 그렇게 하고 있는 것이지만, 그 내막을 아는 자는 아직까지 아무도 없었다.

아니, 이제 막 그 사정을 아는 자들이 하나둘 생기기 시작했다.

장팔봉이 자신의 입으로 말했기 때문이다.

                    *   *   *

"어허!"
세 사람이 입을 딱 벌린 채 장팔봉을 뚫어지게 바라보고 있었다.

그는 제 살처럼 늘 쓰고 있던 면구를 완전히 벗어버린 모습이었다.

장팔봉 본래의 얼굴이 대낮의 밝은 광채 아래 낱낱이 드러났다.

목랍길과 청리목극은 장팔봉의 그 얼굴을 보아서 알고 있었다. 하지만 흑련귀 고흑성은 또 한차례 놀라지 않을 수 없었다.

사천의 등 대인에게 진심으로 굴복할 때에 놀랐던 것보다 훨씬 충격적이다.

"다, 당신…… 아니, 주공이 정말 사천의 그 등 대인이고, 천화상단에서 눈에 불을 켜고 찾는다는 장구봉이며, 봉명도 건으로 세상을 떠들썩하게 했던 바로 그 장팔봉이란 말입니까? 진정 그들 세 인물이 바로 한 사람이었던 것입니까?"

고흑성의 경기를 일으킬 것 같은 얼굴을 바라보던 장팔봉이 히죽 웃었다.

"왜? 내가 장구봉이고 등 대인이면 안 된다는 법이라도 있나?"

"아니, 아니, 이럴 수가……."

놀라는 건 목랍길과 청리목극도 고흑성과 다르지 않았다.

"장 대가! 당신이 정말 장팔봉이란 말이오? 장구봉이 아니었소?"

목랍길이 억울하고 분하다는 듯 소리쳤다.

청리목극도 동시에 소리친다.

"장팔봉이라니? 주공이 바로 그 사람이라니? 내가 진심으로 감복한 장구봉이 바로 장팔봉이었단 말이오?"

장팔봉이 그들을 돌아보며 다시 씩 웃었다.

"그래서, 불만이라는 거냐? 지금이라도 물러주랴?"

"아니, 아니, 그게 아니라……."

청리목극이 두 손은 물론 머리까지 마구 내저으며 말했다.

"너무 뜻밖의 일이라 머릿속이 혼란해서 대체 뭐가 뭔지 모르겠습니다."

"간단한 일이다. 내가 장팔봉이고, 청해에서 장구봉으로 행세했으며, 난주에 와서는 등 대인이 된 거야."

"그러니까, 그게…… 장팔봉은 봉명도를 찾으러 갔다가 기련산에서 죽었다고……."

"죽었지."

"예?"

"하지만 사람이 어찌 한 번 죽는 걸로 만족할 수 있을 것이냐?"

"예?"

"목숨이 얼마나 귀하고 소중한 것이냐? 그래, 안 그래?"

"그, 그렇습지요."

"그 귀한 목숨을 한 번 죽는 걸로 끝내 버린다면 억울해, 안 억울해?"

"그거야……."

"너는 어떨지 몰라도 나는 무지막지하게 억울하더라. 그래서 다시 살아난 거야."

"예?"

모두가 그런 말도 안 되는 일이 어디 있느냐는 듯 바라보지만 장팔봉은 태연하기만 했다.

"그러니 장팔봉은 기련산에서 뒈졌고, 지금 여기 이렇게 있는 사람은 장구봉인 거다. 그렇게만 알아둬."

비밀을 지키라는 말 아니냐.

세 사람이 정신없이 머리를 끄덕였다.

장팔봉이 특히 목랍길을 매섭게 쏘아본다.

그가 목을 쑥 집어넣고 장팔봉의 눈치를 보는데, 영락없이 겁먹은 강아지 같은 모습이었다.

장팔봉은 속으로는 웃음보가 터져 나왔지만 겉으로는 매섭고 쌀쌀맞은 얼굴이 되어서 근엄하게 말했다.

"너는 창웅방주에게 이 일을 보고할 셈이지?"

"아니, 그건……."

"예냐, 아니오냐. 그것만 딱 잘라 말해라."

"원치 않으신다면 절대로 보고하지 않겠습니다."

"정말이지?"

목랍길이 아직도 어리둥절한 채 정신없이 고개를 끄덕인다.

장팔봉이 그를 흘겨보며 중얼거렸다.

"쳇, 당최 믿을 수가 있어야지. 남의 뒤나 캐고 다니는 놈들은 더더욱 믿을 수 없어."

"예?"

"들었느냐? 귀도 밝구나."

"……."

"너희들이 충성을 맹세한 사람은 물론 나, 장팔봉이 아니라 장구봉이다. 그러니 내가 장구봉으로 있을 때는 충성하고, 장팔봉으로 돌아왔을 때는 나를 우습게봐도 할 말은 없지."

"……."

"하지만 이것 하나만큼은 명심해라. 누구든지 내가 장팔봉이라는 걸 떠들어대고 다니는 놈은 그냥……."

주먹을 들어 올렸다가 머리를 갸웃거린다.

'내가 장팔봉인가, 장구봉인가? 등 대인인가?'

저도 헷갈리는 것이다.

"아무튼 내 정체를 밝히지 마라."

"존명!"

그 즉시 청리목극과 고흑성이 꿇어 엎드려 바닥에 이마를 찧었다.

목랍길은 정신없이 고개를 끄덕이지만 무릎을 꿇지는 않았다.

그는 비록 장팔봉을 따르고 있어도 청리목극이나 고흑성과는 처지가 다른 신분이기 때문이다.

* * *

대통로의 상인들이 모두 만승화점 앞에 모였다.

그들의 연판장을 든 대표 두 명이 조심스럽게 만승화점 안으로 들어왔고, 이제는 그곳의 점원이 된 남패의 건달 두 놈이 정중하게 그들을 맞이해 안내했다.

남패의 일부는 만승화점의 점원 노릇을 맡아 아주 충실하고 의젓하게 잘해냈고, 북걸패의 일부는 천화객잔의 종업원이 되어서 역시 지극정성으로 손님들의 시중을 들었다.

나머지 무리들은 스스로 자경단을 조직해 대통로의 지킴이로 나섰으니 그들로서는 환골탈태한 것과 다름없는 일이었다.

드디어 서안성의 골칫거리였던 군마성이 완전히 해체되고, 대통로를 중심으로 한 새로운 상권이 재구성되었던 것이다

군마성이라 불리던 오른쪽 골목의 그 지저분하고 퇴폐적이며 음산하던 분위기도 일소되었다.

그곳은 새롭게 변했는데, 서안성 제일의 유흥가이자 환락가로 거듭났다.

그러므로 대통로 왼쪽은 상업의 중심지로, 오른쪽은 주점

과 객잔, 청루와 홍루가 공존하는 유흥의 중심지로 일신한 것이다.

그러자 대통로를 찾는 사람들의 발길이 그전보다 두 배는 늘어났다.

그곳에 가면 없는 게 없고, 즐기지 못할 쾌락이 없으니 멀리에서까지 일부러 찾아오는 사람들이 끊이지 않았던 것이다.

자연히 대통로에서 거래되는 물건과 오가는 은자의 양이 눈덩이처럼 불어날 수밖에 없다.

그러나 상인들은 죽을 맛이었다. 열 개의 물건을 팔아도 남는 게 없으니 그렇다.

장팔봉이 대통로를 장악하기 전에는 물건을 팔면 팔수록 주머니에 은자가 넘쳐 났는데, 지금은 팔면 팔수록 잘해야 본전 아니면 손해를 보는 지경이 되어 있었다.

그게 그들이 이처럼 연판장을 만들어 장팔봉이 기거하고 있는 만승화점에 몰려온 이유였다.

상인 대표 두 명이 힐끔힐끔 눈치를 보는 곳에 등 대인의 신분으로 돌아가 있는 장팔봉이 있었다.

푹신한 의자에 반쯤 몸을 파묻은 채 눈을 게슴츠레하게 뜨고 그들을 물끄러미 바라본다.

무료하고 관심없다는 얼굴이면서 못마땅하다는 얼굴이기도 하다.

그래서 상인 대표로 나온 왕, 조 두 사람은 더욱 가슴을 졸였다.

점원이 그들에게서 건네받아 공손히 올리는 연판장을 펼쳐 보지도 않은 채 장팔봉이 느릿느릿 말했다.

"빠진 사람은?"

거만함이 한껏 묻어나는 몸짓이요 표정이며 말투지만 왕, 조 두 사람은 감히 불쾌한 내색을 하지 못했다.

그들이 머리를 조아리며 공손하게 말한다.

"한 명도 빠짐없이 서명했습니다."

"정말이지?"

"어느 안전이라고 거짓말을 하겠습니까?"

"좋아. 그렇다면 이제부터 천화상단과는 완전히 단절하고 내가 공급해 주는 물건만 받으며 판매하는 거지?"

"바로 그 맹세의 연판장을 이렇게 올리지 않았습니까? 이제는 오직 대은대덕하신 등 대인만을 믿을 뿐입지요."

"어느 놈이든 맹세를 깨뜨리는 놈은 저희들의 손으로 물고를 낸 다음에 이 대통로에서 영원히 추방시키겠습니다."

두 사람이 앞다투어 아부의 말을 늘어놓는다.

"좋아, 좋아."

장팔봉이 비로소 비스듬히 했던 몸을 바로 세웠다.

이제 서안성은 천화상단의 영향력에서 완전히 벗어나 장팔봉의 수중에 들어왔다. 천화상단은 서안성 어디에서도 발붙이지 못하게 된 것이다.

그건 곧 섬서성 전체의 상권이 장팔봉에 의해 좌지우지된다는 걸 의미했다.

그는 실질적으로 감숙에 이어 섬서성의 상권을 거머쥔 지배자가 된 것이다.

감숙과 섬서 두 성의 물류와 돈줄을 꽉 쥐었으니 그럴 수밖에 없다.

이와 같은 결과가 된 데에는 장팔봉의 무지막지하게 쏟아넣은 물량공세가 절대적인 역할을 했다.

"만승화점에서 파는 물건은 무조건 다른 상점에서 파는 것보다 일 푼 싸게 받는다."

그가 그렇게 명령했을 때 제일 걱정한 사람은 만승화점과 천화객잔의 운영을 맡고 있는 태홍건이었다.

그는 천화상단의 소단주인 유대하 밑에서 신임을 받으면서 천화객잔의 영업을 총괄하고 있던 자 아니었던가.

그러나 유대하가 장팔봉에게 천화객잔을 잃은 책임을 물어 내쳤으므로 졸지에 오갈 데가 없는 신세가 되었다.

그런 그에게 넌지시 손을 뻗은 건 장팔봉이었다.

이곳의 사업체를 믿고 맡길 사람이 절실히 필요했는데, 태홍건만 한 자가 없다고 여긴 것이다.

유대하 밑에서 오래도록 상술을 익혔고, 그의 신임을 받을 정도까지 되었으니 상술에 있어서는 그보다 탁월한 자를 쉽게 찾아볼 수 없을 터였다.

과연 태홍건은 기다렸다는 듯 장팔봉에게 충성을 맹세하고 그날부터 만승화점과 천화객잔의 총관이 되어 운영과 회계를 도맡아 했다.

거대한 두 점포의 운영에 한 치의 실수가 없고 장부를 기재하는 데 있어서 터럭만 한 누락도 없었으니 장팔봉으로서는 다시 죽었다가 깨어나도 그렇게 하지 못할 대단한 재주였다.

그런 그가 장팔봉의 방침에 난색을 지었다.

"그렇게 하다가는 상인들의 반발을 크게 살뿐더러 막대한 자금을 쏟아붓고도 이문을 남기지 못하게 될 것입니다."

"상관없어."

"예?"

"망해도 내가 망하는 거지 네가 망하는 게 아니다. 그러니 시키는 대로만 해."

"하지만 망하기 위해 장사하는 사람은 없습니다. 장사란 모름지기 이익을 얻기 위한 게 가장 큰 목적이지 않겠습니까?"

"지금 당장 손해를 좀 본다고 해서 그게 목적에서 벗어난 건 아니지."

"하오면 주인께서는 장차 더 큰 이익을 볼 것이라 자신하는 것입니까?"

"그거야 알 수 없지. 완전히 망해 버릴지도……."

"예?"

장팔봉의 느긋한 태도에 태홍건은 기가 막힐 뿐이었다.

하지만 어쨌든 주인이 그렇게 하겠다니 따를 수밖에 없다.

그래서 그날부터 만승화점에서 판매하는 물품은 무조건 대통로변의 상가보다 일 푼씩 싸게 받기 시작했다.

난리가 났다.

사람들이 구름처럼 밀려들었고, 대통로변의 상인들은 폭동이라도 일으킬 것처럼 반발했기 때문이다.

하지만 장팔봉은 꿈쩍도 하지 않았다.

어쩔 수 없이 대통로의 상인들도 저희들의 물건값을 일 푼 내려 받을 수밖에 없었다.

그러자 만승화점에서는 다시 그것보다 일 푼을 더 싸게 판매하는 것 아닌가.

상인들이 그에 따라 물건값을 다시 내리면 만승화점은 그보다 또 일 푼을 더 낮추었다.

자금력에 한계가 있는 상인들로서는 그런 날들이 오래갈수록 견딜 수 없었다.

위태롭기는 장팔봉도 마찬가지였다. 모르고 있을 뿐이다.

그가 끌어댈 수 있는 자금력에 바닥이 드러나기 시작했다는 걸 훤히 알고 있는 태홍건만 바짝바짝 입 안이 말라갔다.

'이러다가는 닷새 후에는 알거지가 되고 말 것이다.'

그런 위기감 때문에 속이 새까맣게 타들어갈 지경인데, 기어이 상인들이 항복해 온 것이다.

장팔봉이 그들에게 내건 조건은 단 한 가지. 이제부터 물류와 유통 모두에 있어서 천화상단과의 인연을 끊고 저와 손을 잡으라는 것이었다.

그 요구 조건을 들어준다면 다시 원래대로 장사할 수 있게 해주겠지만, 그렇지 않으면 죄다 망해서 문을 닫고 떠날 때까지 할인 경쟁을 계속하겠노라고 으름장을 놓았었다.

그런 장팔봉의 배짱에 상인들은 기가 막혔다.

결국 자신들에게 물건을 공급해 주고, 돈을 빌려주는 곳을 찾아가 하소연하는 건 당연한 일이다.

그리고 서안은 바로 천화상단의 소단주인 유대하가 영향력을 행사하는 곳이었으니 그에 의해 급보가 연일 천화상단의 총단으로 전해졌음도 물론이다.

천화상단에서 장로 한 사람이 장팔봉과 협상을 하기 위해 급파되어 왔다.

소단주들과 상단을 감독하는 감찰전주인 제삼장로 이적 (李笛)이 몸소 찾아온 것이다.

그가 이 먼 서안성까지 급히 달려온 데에는 한 가지 속셈이 있어서였다.

말로 설득해서 듣지 않는다면 장팔봉을 제거해 버리겠다는 것이다.

그래서 그는 은밀히 문무전에 속해 있는 고수 몇 명을 대동했다.

일전에 군마성을 치러 갔다가 문무전의 당주 중 한 명인 철검독심 곽성량이 부하들과 함께 떼죽음을 당한 이후 천화상단의 행동은 더욱 조심스러워져 있었다.

그래서 이번에는 문무전이 여간해서는 내세우지 않는 세 명의 척살자를 이적에게 딸려 보낸 것이다.

그들 중 한 명은 이적의 수행종사로 변장을 해서 그의 곁에 늘 붙어 있었다. 수신호위를 겸한 것이다.

나머지 두 명은 그림자처럼 이적을 따랐으므로 그들이 어디에 있는지는 이적 자신도 알지 못했다.

며칠 전, 이적이 찾아와 면담을 요청한 오후, 장팔봉은 천화객잔에서 가장 아늑하고 조용한 후원의 별채에서 그와 마주 앉았다.

이적의 등 뒤에는 그의 수행종사로 가장한 척살자가 공손한 모습으로 서 있었고, 장팔봉의 등 뒤에는 흑련귀 고흑성이 단정한 모습으로 서 있었다.

먼저 그 고흑성을 알아본 이적이 탄성을 터뜨렸다.

"이제 보니 흑련귀 고 형제가 아닌가?"

고흑성이 눈인사를 건네고 다시 허공을 본다.

"허, 등 대인의 수완이 놀랍구려. 흑련귀 같은 고수를 수하로 거두었으니 말이오.”

그 말속에는 고흑성의 자존심을 건드려 화나게 하려는 의도가 숨겨 있었다.

그러나 장팔봉은 빙긋 웃을 뿐이고, 고흑성 또한 조금도 흔들리지 않았다.

이적은 쓴 입맛을 다시고 입을 다물 수밖에 없었다.

'대체 어떤 지독한 수단을 쓴 거냐? 저 흑련귀라는 놈은 오만하고 잔혹해서 누구도 길들일 수 없는 들짐승 같은 놈이라던데 지금 보니 이건 마치 얌전한 강아지 같지 않은가? 허, 정말 모를 일이야.'

속으로만 그런 의아함과 당혹함을 간직할 뿐이다.

고흑성이 이 자리에 있으니 함부로 손을 쓰기 어렵겠다는 사실이 못마땅하기도 했다.

그는 장팔봉과의 담판이 깨지면 그 즉시 제 등 뒤의 척살자를 시켜서 그를 죽이고 달아날 작정이었던 것이다.

마치 그런 속셈을 뻔히 안다는 듯 고흑성의 무심한 듯한 눈길은 이적을 수행하고 있는 자에게서 한시도 떨어지지 않았다.

허공을 응시하고 있는 것 같지만 실은 온 신경을 기울여서 그자의 일거수일투족은 물론, 눈동자 움직이는 것까지 감시하고 있었던 것이다.

그러나 척살자는 고흑성의 눈길을 따갑게 느낄 텐데도 무덤덤하기만 했다.

어떤 상황에서도 냉정을 잃지 않도록 훈련된 대단한 자인 것이다.

장팔봉과 이적 사이에 의례적인 몇 마디 말이 오가고 나서 본격적으로 협상이 시작되었다.

그러나 장팔봉은 이미 단단히 작심하고 있었으므로 이적이 아무리 많은 말로 설득을 하고, 아무리 달콤한 말로 꾀며, 아무리 무시무시한 협박을 해도 통할 리가 없었다.

무슨 말을 듣던 머리를 외로 꼰 채 한마디만 대꾸할 뿐이다.

"내 마음대로야. 그게 싫으면 법대로 해."

"법……."

이적이 보기 흉하게 얼굴을 찡그렸다.

법이라는 한마디 속에는 많은 뜻이 들어 있다.

나라의 법을 들먹일 수도 있고, 상거래의 관행적인 법을 내세울 수도 있으며, 힘이 우선한다는 강호의 법을 적용시킬 수도 있다.

이적은 더 고민하지 않았다.

나라의 법이라는 게 이런 일에는 아무 소용도 없으니 생각할 필요도 없고, 상거래의 관행적인 법은 장팔봉이 저렇게 싹 무시하고 있으니 내세우나 마나다.

'그렇다면 힘으로 해결할 수밖에 없지.'

이적은 그렇게 결정했다.

하긴, 그렇게 하기 위해서 일부러 먼 길을 급히 달려온 것이고, 세 명이나 되는 척살자를 대동하지 않았던가.

이제 더 이상 망설일 필요가 없는 것이다.

그가 수건을 꺼내 땀을 닦고 신경질적으로 코를 풀더니 탁자 위에 내던졌다.

팟!

그리고 그 순간 이적의 등 뒤에 꿔다놓은 보릿자루처럼 서 있기만 하던 척살자가 사라져 버렸다.

"이놈!"

이미 이적의 행동에서 무언가를 예감하고 있던 흑련귀 고흑성이 버럭 소리치며 칼을 뽑아 후려친다.

피잉—

그의 칼이 막 장팔봉의 머리통에 비수를 박아 넣으려던 척살자의 손목을 그대로 내려쳤다.

번갯불이 번쩍하는 것 같은 출수였고, 자로 잰 듯이 정확한 직도황룡(直刀黃龍)의 한 수였다.

깡!

척살자는 부득이 손목을 뒤집어 빼며 고흑성의 칼을 쳐낼 수밖에 없었다.

실패한 것이다.

그 순간 가만히 앉아 있던 이적이 움직였다.

소매를 펄럭인 것 같았는데, 날카로운 바람 소리가 났다.

옷소매 속에 감추고 있던 수전통(袖箭筒)에서 수전이 발사된 것이다.

무려 세 대의 수전이 한꺼번에 발사되어 마주 앉아 있는 장팔봉의 가슴으로 쏘아졌다.

짧고 강력한 수전이 이처럼 가까운 거리에서 발사되었으니 제아무리 고수라고 해도 피할 수가 없을 것이다.

게다가 장팔봉의 놀란 시선이 막 고흑성의 칼을 받고 물러서는 척살자에게로 향해 있는 터라 더욱 그렇다.

"으헛!"

고흑성이 놀란 외침을 터뜨렸다.

이적이 수전을 발사하며 뒤로 물러서는 걸 보았으나 손을 쓸 수가 없었던 것이다.

척살자를 후려쳤던 칼을 돌리기에는 너무 늦었다.

퍼퍼퍽!

석 대의 수전이 그대로 장팔봉의 가슴속으로 파고들었다.

요란하고 둔탁한 소리가 난다.

분명 살을 찢고 뼈에 박히는 소리였다.

"으흐흐흐— 네놈 스스로 무덤을 판 것이니 나를 원망하지 마라."

의자를 차버리고 뒤로 물러서 우뚝 선 이적이 음흉하게 웃었다.

자신의 계획이 보기 좋게 성공했다는 기쁨으로 입이 벌어졌다.

척살자마저 미끼에 지나지 않았던 것이다. 그건 수건을 던지는 신호를 받고 장팔봉을 기습한 척살자도 까맣게 모르는 일이었다.

이적은 처음부터 척살자가 성공하든 그렇지 않든 제 소매 속에 감추고 있던 수전을 장팔봉에게 쏘아낼 흉계를 품고 있었던 것이다.

그래서 석 대의 수전을 명중시켰으니 눈앞의 저 얄미운 등대인이라는 놈이 즉사했을 것이라고 믿어 의심치 않는다.

그러나 예외는 언제나 있는 법이고, 의외의 변수는 항상 코앞에 있지 않던가.

"흐흥, 내 이럴 줄 알았지. 마각을 드러낼 줄 알았어."

죽었어야 마땅할 장팔봉이 비웃음을 흘린다.

"엇?"

이적이 깜짝 놀라 눈을 휘둥그렇게 떴다.

"너는, 너는…… 죽지 않았단 말이냐?"

아직도 장팔봉의 옷을 뚫고 가슴에 박혀 꼬리를 부르르 떨고 있는 수전을 바라본다.

"흐흥, 네가 준비를 단단히 하고 왔다만 한 가지 모르는 게 있었어."

장팔봉이 히죽 웃으며 툭툭 옷을 털었다. 그러자 몸속 깊이 박혀 있어야 할 수전들이 검불 떨어지듯이 후두둑 떨어지는 것 아닌가.

장팔봉은 찰나의 순간에 의식을 제 가슴에 집중시켰던 것이다. 그러자 진원지기가 절로 일어 성문을 닫듯이 가슴 앞의 모든 혈도를 폐쇄하고 근육을 고목나무처럼 경직시켰다.

수전이 아니라 고수의 검격이라 해도 그것을 뚫을 수 없었을 것이다.

그것이 왜마왕 염철석의 호신절기인 봉문쇄혈(封門鎖穴)의 수법이라는 걸 이적이 알 리가 없다.

그래서 절로 눈을 부릅뜨게 되었고, 내내 냉정을 유지하고 있던 척살자의 눈도 놀람으로 커졌다.

'설마…… 이놈이 호신강기로 수전을 막아냈단 말인가? 그 정도의 고수였단 말인가?'

아직 천화상단에서는 그 누구도 등 대인이라는 자가 이와 같은 고수라는 건 알지 못하고 있었다.

'이건 큰일이다!'

이적의 가슴이 철렁 하고 내려앉았다.

반드시 이 사실을 총단에 알려야 한다는 생각으로 척살자와 함께 창문을 향해 몸을 날리려는 순간이었다.

와장창! 하는 요란한 소리와 함께 창문이 부서지며 한 사람이 무서운 기세로 뛰어들었다.

우지끈! 소리가 동시에 들렸다.

이번에는 별실의 문이 박살나고 두 사람이 동시에 뛰어들었다.

창문으로 뛰어든 자는 청리목극이었다.

그가 허공에서 방향을 틀어 그대로 척살자를 들이쳤고, 방문으로 뛰어든 두 명은 '이놈!' 하는 외침과 함께 이적에게로 향했다.

창!

척살자와 청리목극의 검이 부딪치며 날카로운 소리를 냈다.

흑련귀 고흑성은 칼을 쥐고 장팔봉 곁에 우뚝 선 채 눈을 부릅뜨고 있다.

그리고 방문을 부수고 뛰어든 두 사람, 백목위리와 나가철기는 이적을 향해 위맹한 권각을 날리고 있었다.

이적은 고수였다. 하지만 천화상단 내의 다섯 장로 중 무공 수위가 가장 약하다.

그는 무력이 아니라 빠른 계산과 냉정한 분석력 그리고 상술에 밝았던 것이다.

때문에 천하에 흩어져 있는 천화상단의 소단주들을 감독하고 상단 내의 영업을 감찰하는 역할을 맡고 있는 것이지, 이런 상황에 처해서 무력으로 일을 해결하는 사람이 아니었다.

그런 이적이니 장팔봉에 의해 무서운 고수로 거듭난 백목위리와 나가철기의 합공을 당해낼 수가 없었다.

우두둑, 하는 끔찍한 소리와 이적의 비명 소리가 동시에 터져 나왔다.

백목위리의 그 무지막지한 손에 붙잡힌 어깨가 삭정이처럼 부서져 나갔던 것이다.

"크윽!"

한마디 답답한 신음성이 저쪽에서도 흘러나왔다.

청리목극의 검이 기어이 척살자의 가슴을 깊이 찌르고 등 뒤로 반쯤이나 빠져나와 있었다.

그자는 암습에 효과적인 짧은 단검을 쥐고 있었을 뿐이니 청리목극의 장검을 상대하기 힘들었다.

게다가 청리목극이 검에 조금도 인정을 베풀지 않고 무섭게 들이쳤던지라 품 안에 감추고 있던 몇 종류의 암기를 날릴 여유를 가질 수도 없었다.

때문에 몇 번이나 위태롭게 청리목극의 검격을 피하고 막았지만 기어이 가슴을 꿰뚫리고 만 것이다.

한순간에 상황이 종료되어 버렸다.

이적이 어깨뼈가 부서진 고통으로 이를 악물고 식은땀을 뻘뻘 흘리며 장팔봉을 노려보았다.

"등 가야, 과연 주도면밀하구나. 벌써 일이 이렇게 될 줄 알고 수하들을 매복시켜 두고 있었으니 말이다."

"흐흥, 그렇지 않고서야 어찌 천화상단을 상대할 수 있겠어? 앞에서는 웃지만 뒤에서는 온갖 야비한 짓을 하는 놈들인데 말이다. 뒤통수를 맞는 건 한 번이면 족해. 나는 두 번씩이나 그런 일을 당하고 있을 멍청이가 아니야."

"뒤통수를 맞았다고? 우리가 언제 등 가 너의 뒤통수를 쳤단 말이냐?"

이적이 분한 중에도 어리둥절해서 묻는다. 장팔봉이 차가운 비웃음을 날렸다.

이적은 이제 서안성은 물론 섬서와 감숙의 상권 전체가 장팔봉의 손에 들어갔다는 걸 인정하지 않을 수 없었다.

그리고 이것이 자신의 최후라는 것도 인정한다.

'천화상단은 이놈에 대해서 몰라도 너무 모르고 있다.'

그것을 이제야 알았다는 게 원통하기만 하다.

그 사실을 총단주와 장로들에게 알려주어야 하는데 아무런 방법이 없다.

그게 이적을 더욱 절망하게 하는 일이었다.

'이놈은 위험한 놈이야. 반드시 제거해 버려야 한다.'

이제 이적은 아직 어딘가에 숨어 있을 두 명의 척살자에게 모든 희망을 걸 수밖에 없었다.

'그들이 과연 이놈을 죽일 수 있을까?'

그런 회의가 들지만 그래도 지금 믿을 수 있는 한 가닥 희망은 오직 그들 두 명의 척살자뿐이다.

그들은 장팔봉을 죽이기 전에는 절대로 천화상단으로 돌

아갈 수 없었다.

척살의 임무를 띠고 나온 자들은 누구나 그렇다.

목적을 이루기 전에는 복귀할 수 없는 것이다.

이적이 장팔봉을 노려보며 천천히 손을 들어 올렸다.

"흐흐흐— 싸움은 아직 끝나지 않았다. 이제 시작된 셈이야. 언젠가는 네놈도 내 꼴이 되리라고 믿는다. 그걸 내 눈으로 볼 수 없는 게 아쉽고 원통할 뿐이지."

퍽!

그가 자신의 천령개를 내려쳤다.

스스로의 장력으로 뇌호를 파괴하여 죽음을 택한 것이다.

이적의 노구가 천천히 모로 쓰러지는 걸 보면서 장팔봉이 혀를 찼다.

"쯧쯧, 몇 가지 물음에 대답만 해주면 곱게 살려서 돌려보내 줄 생각이었는데 말이야. 하여튼 성질 급한 놈치고 손해 보지 않는 놈이 없다니까."

이적의 죽음에 대해서는 조금의 안타까움도 없다.

第二章

장렬한 죽음 하나

鳳鳴刀
봉명도

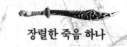
장렬한 죽음 하나

대통로가 안정되었다.

만승화점을 중심으로 하여 대통로로 대변되는 서안성의 상권은 이제 완전히 장팔봉의 손에 들어왔다.

그는 서안성에서 표국 하나를 인수했는데, 금룡표국(金龍局)이었다.

서안성에서 가장 큰 표국이다.

표국이란 물류의 운송을 기반으로 하는 사업이다.

장팔봉이 서안성에 들어오기 전에는 금룡표국은 늘 넘쳐나는 화물로 인해 북새통을 이루었다.

그러나 장팔봉이 대통로를 장악하면서 그들에게 운송을

맡기는 물주의 발길이 뚝 끊어졌다.

그러니 표국이 제대로 돌아갈 리가 없다.

상황을 재빨리 파악한 국주 채주명은 장팔봉에게 표국을 넘겼는데, 제값을 받을 수가 없었다.

그래서 서안성에서 한때 가장 잘 나갔던 제일 큰 표국을 헐 값으로 인수한 장팔봉은 본격적으로 천화상단과의 물류 전쟁에 나섰다.

금룡표국을 중심으로 해서 사방에 있는 크고 작은 표국들을 지배해 나가면서 발을 넓혔던 것이다.

이제는 섬서에서 표국이나 장사, 전장을 운영하려면 장팔봉의 눈치를 보지 않을 수 없는지라 각지의 표국주며 전장주들이 제 스스로 찾아와 고개를 숙였다.

장팔봉은 그들을 협력자로 받아들이는 한편, 그들에게 물량을 공급해 주고 일정액의 수수료를 챙겼다. 그렇게 해서 들어오는 수입이 날로 눈덩이처럼 불어났다.

유대하는 결국 섬서와 감숙의 지배권을 포기하고 모든 걸 정리해서 떠났다.

천화상단의 소단주 한 명이 소리소문없이 사라진 것이다.

천화상단으로서는 아직 여섯 명의 소단주가 천하에 흩어져 있으니 대수롭지 않은 일인지도 모른다.

하지만 각지의 소단주들은 그 어느 때보다 위기를 느꼈다.

섬서와 감숙이 난데없이 뛰어든 등 대인이라는 자에 의해 불과 몇 개월 사이에 맥없이 무너지는 걸 본 탓이다.

　서안이 안정된 지 며칠 후 한 사람이 장팔봉을 찾아왔다.
　변복을 하고, 변장을 한 채였던지라 아무도 그가 누구인지
알아보지 못했다.
　사천성을 담당하고 있는 소단주 목가기(木架機)라는 노인
이었다.
　그는 한때 촉망받는 유생이었고, 과거시험에 합격하여 지
방관을 지내기도 한 특이한 이력을 가지고 있었다.
　그러다가 관직 생활에 회의를 느끼고 낙향해 몇 년 쉬더니
상업에 뜻을 두고 천화상단에 투신했다.
　그 후 발군의 노력과 재능으로 거대한 상단의 원로가 된 입
지전적인 인물이기도 하다.
　천화상단의 소단주들은 모두 그를 존경했다.
　점잖고 인품이 넉넉한데다가 천화상단에서 가장 크고 번
창하는 사천 지역을 도맡아 아무 탈 없이 잘 이끌어오고 있었
기 때문이다.
　그런 만큼 천화상단 내에서 그의 영향력은 여타의 소단주
들보다 컸다.
　그런 목가기가 수행종자도 없이 변복에 변장까지 하고 장
팔봉을 찾아온 것이다.

"동업이라고 하셨소?"

장팔봉이 비웃음이 담긴 눈길로 바라보며 느긋하게 말한다.

목가기가 헛기침을 하고 다시 말했다.

"그렇소이다. 등 대인과 내가 손을 잡으면 천하의 반을 얻게 되지 않겠소? 그렇다면 굳이 천화상단의 눈치를 보며 살 필요가 없지."

"그러니까, 동업을 하자?"

"내가 발품을 팔면 소단주들 중 적어도 두 명은 더 끌어들일 수 있소이다."

"그렇군."

"어떻소? 이만하면 충분히 해볼 만한 사업이지 않소?"

"과연 그렇소."

"그럼 나의 제안을 받아들이겠소?"

"그런데 말이지, 한 가지 곤란한 게 있어서……."

"그게 뭐요?"

목가기는 애가 탔다.

장팔봉이 자신의 제안을 받아들일 듯 말 듯하면서 좀체 결정적인 말을 해주지 않기 때문이다.

제가 이렇게 아무도 모르게 장팔봉과 독대하고 있다는 걸 총단에서 안다면 배신자로 낙인찍히고 말 것이다.

그러면 인생이 끝장난다.

그런 위험을 무릅쓰고 이렇게 찾아왔건만 장팔봉이 반가워하는 것 같지 않으니 의아하면서 화가 나기도 한다.

장팔봉이 여전히 무덤덤한 얼굴로 목가기를 바라보며 말했다.

"다음 목표를 사천으로 잡고 있었거든."

"허! 그게 그렇게 쉽게 될 것 같소? 사천은 섬서나 감숙과는 달라도 많이 다르다는 걸 알고나 있는 거요?"

"상관없소이다. 나는 말이지 한 번 하겠다고 마음먹으면 끝까지 해내고 마는 사람이란 말씀이야. 게다가 사천은 나의 본가가 있는 곳이 아니겠소? 내가 그곳을 차지한다고 해도 이상할 게 없지."

장팔봉이 등 대인으로 행세할 때 그의 본가는 성도 근처에 있는 만월산장이었다.

모든 사람들이 사천의 등 대인이라고 하는 이유가 거기에 있고, 목가기도 그걸 잘 알고 있다.

장팔봉이 느긋하게 말했다.

"이것도 전쟁이라면 전쟁이지. 돈을 두고 하는 싸움이지만 말이오. 일단 전쟁에 나섰으면 죽기 아니면 살기야. 그런데 목 단주는 과연 목숨을 내던질 각오가 되어 있는 거요?"

"등 대인!"

목가기가 잔뜩 화가 나서 노려보지만 장팔봉은 태연했다. 표정의 변화도 없다.

그게 노련하기가 능구렁이 같은 목가기를 질리게 한다.

장팔봉이 손뼉을 쳤다.

기다렸다는 듯 백목위리가 항아리 한 개를 들고 들어왔다.

탁자 위에 공손히 내려놓고 선다.

목가기는 백목위리의 그 거대한 몸집과 위압적인 기세에 우선 질렸다.

장팔봉이 귀찮다는 듯이 말한다.

"열어라."

백목위리가 항아리 뚜껑을 열고 그것을 목가기 앞으로 밀어놓았다.

안을 들여다본 목가기가 '으악!' 하고 비명을 터뜨렸다.

낯빛이 즉시 새파랗게 질려 물러난다.

항아리 안에 담겨 있는 건 이적의 머리통이었다.

목가기는 한눈에 그가 총단의 다섯 장로 중 한 사람인 이적이라는 걸 알아볼 수 있었다.

"이, 이, 이게 대체…… 어떻게 된 일이오? 어찌, 이런 일이…….."

그가 턱을 덜덜 떨며 말을 제대로 잇지 못했다.

눈짓으로 백목위리로 하여금 항아리를 가지고 물러가게 한 장팔봉이 느긋하게 말했다.

"이만한 힘이 있는 자라면 그게 누구이든 사천을 탐낼 자격이 충분하지 않소? 그런데 내가 굳이 당신과 손을 잡아야 할 필요가 있을까?"

"으음—"

궁지에 몰렸지만 목가기로서는 물러설 수 없는 일이었다.

어쩌면 제 목도 잘려 항아리에 담길지 모른다는 두려움을 억누르며 말한다.

"상권을 다투는 일에 무력은 쓸데없소. 오직 상술과 자금력으로 승부하는 거라오."

"그렇지. 그래서 나도 상술과 자금에 의지할 작정이니 너무 걱정하지 마시오."

"등 대인의 능력을 과소평가하는 건 아니지만, 당신은 그 방면에 있어서 절대로 나를 능가하지 못할 것이외다. 나는 바보 같은 유대하와는 다른 사람이라오."

"흘흘, 돈줄이 마르면 누구나 유대하처럼 되고 말아."

"돈줄이 마르다니?"

"장사라는 게 물건이 있어야 팔 수 있는 것 아니겠소? 물건이 제대로 공급되지 못하면 장사를 하고 싶어도 할 수가 없지."

"응?"

목가기의 눈이 커진다. 불길한 예감이 스치고 지나갔던 것이다.

그의 머릿속에 장팔봉의 느긋한 말이 천둥소리처럼 울렸다.

"섬서와 감숙을 통하지 않고서는 서역의 산물이 사천 땅으로 들어갈 수가 없지."

"아니, 벌써 사천으로 통하는 교통로를 막았단 말이오?"

"내 장담하리다. 석 달 안에 사천의 상권은 바닥을 드러내고 말걸? 나는 그 석 달 동안 그저 편안히 앉아서 기다리고 있기만 하면 되오."

목가기의 얼굴 가득 당황한 기색이 떠올랐다.

북쪽과 서쪽으로는 청해와 감숙성이 둘러싸고 있는데, 감숙은 이미 장팔봉의 수중에 있으며 청해는 천화상단과 적대적인 곳 아니던가.

동쪽으로는 섬서가 가로막고 있으니 장팔봉의 말대로 그곳이 모두 막혔다면 이제 사천의 교역로는 호북과 귀주에 닿아 있는 남쪽이 뚫렸을 뿐이다.

하지만 그곳으로는 서역의 특산물이 들어올 수 없었다. 생필품을 들여오는 게 고작인 것이다.

그것만 가지고 장사를 할 수는 없다.

큰 이익을 남겨주는 건 역시 서역과의 교역을 통해서가 아니던가.

그 길이 막혀 버린다면 사천의 상권 중 칠 할은 장팔봉의 말처럼 석 달 안에 고사해 버리고 말 게 틀림없다.

목가기가 다급한 기색을 감추지 못하고 물었다.

"대체 언제부터 그렇게 한 것이오? 내가 떠날 때까지도 전허 그런 기색이 없었는데?"

"목 단주가 섬서 땅을 밟았을 때부터요."

"아니, 내가 오고 있다는 걸 알고 있었단 말이오?"

"상대를 알아야 싸워서 이길 수 있을 것 아니겠소? 사천을 점찍어두고 있는 터에 그곳 상단을 통솔하고 있는 목 단주를 알지 못하고서 어찌 이길 생각을 할 수 있겠소?"

"으음―"

목가기는 기가 막혔다.

이미 이렇게 철저한 준비를 해두고 있을 줄은 짐작하지 못했던 것이다.

'이 싸움은 졌다.'

그것을 예감하지 않을 수 없다.

하지만 그의 말 한마디에 포기할 수도 없었다.

잠시 낯을 찌푸리고 생각에 잠겼던 목가기가 침중한 음성으로 말했다.

"나에게 며칠의 말미를 주시겠소?"

장팔봉은 거침이 없다. 크게 머리를 끄덕인다.

"그러시구려. 닷새면 충분할 것 같은데?"

그가 그렇게 말하리라는 걸 이미 알고 있었던 것 같았다.

"하필 닷새라는 시간은?"

"목 단주께서 사천의 사정에 대하여 파악하려면 그 정도의 시간은 필요하겠지요."

"당신은 마치 내 속을 훤히 들여다보고 있는 것 같구려."

"내가 목 대인의 처지라면 이 상황에서 어떤 생각을 하고, 무슨 일을 먼저 할 것인가? 하고 생각해 보았을 뿐이라오."

"으음—"

목가기는 더 입을 열어 말할 수 없었다.

제가 사천을 떠나던 때에 벌써 싸움이 시작되고 있었다는 걸 이제야 깨달았다.

'이 녀석은 나를 제 손바닥 들여다보듯이 알고 있는데 나는 이 녀석에 대해서 아는 게 거의 없구나.'

그런 생각으로 가슴이 서늘해진다.

목가기가 말없이 만승화점을 떠나 다시 찾아온 건 정확히 닷새 뒤였다.

그동안 그는 장팔봉이 말한 것들을 확인하는 한편, 은밀한 연락망을 발동해 수하들로 하여금 사천의 상권에 대하여 세밀하게 점검하도록 했다.

그 결과 장팔봉의 말에 조금의 과장이나 허풍도 없다는 걸 알게 되었다.

과연 사천은 고립되어 있었던 것이다.

물류의 이동과 유통이 꽉 막혔다.

서안의 금룡표국과 서녕의 금천전장 그리고 몇 곳의 표국들을 동원해 섬서와 감숙의 유통망을 꽉 잡고 있는 장팔봉 아니던가.

그가 그것들을 이용해서 사천으로 들어가는 산물에 대해서는 철저하게 이동을 막고 있었던 것이다.

감숙과 섬서 땅을 통과해 사천으로 들어가려는 그 어떤 대상이나 중계상들도 장팔봉의 허락이 없이는 바늘 한 개 가지고 갈 수가 없었다.

그러니 그들은 할 수 없이 제가 소유한 산물들을 서녕이나 서안에 풀어놓을 수밖에 없었다.

그러니 그 두 곳은 온갖 산물이 주체할 수 없을 정도로 넘쳐 났으나 사천은 마른 강바닥처럼 되어갔다.

그 심각함은 예상보다 컸다.

장팔봉은 석 달을 얘기했지만, 목가기가 파악한 바로는 두 달도 못 되어서 사천의 상권이 고사할 지경이었던 것이다.

장팔봉의 신속함과 주도면밀함에 기가 질리는 한편, 이런 상대라면 천화상단으로서도 당할 수밖에 없을 거라는 생각이 들었다.

천화상단은 몸집이 지나치게 큰 공룡과 같았다. 움직임이 느릴 수밖에 없다.

하지만 이 등 대인이라는 자는 이토록 신속하고 과감하게 움직이니 어찌 상대하기 쉽겠는가.

그게 바로 지키려는 자와 빼앗으려는 자와의 차이라고 이해할 수 있었다.

지키려는 자는 한사코 제 영역만 고집한다. 그러니 생각과 움직임이 경직될 수밖에 없다.

그러나 빼앗으려는 자는 상대가 견고하게 지킬수록 더욱 빠르고 활발하게 움직이게 마련이었다.

목가기는 느긋해져 있는 장팔봉을 바라보면서 생각했다.

'그가 이처럼 교활하면서 더욱이 힘까지 갖추고 있으니 나로서는 어떻게 해볼 수가 없구나.'

제아무리 이 바닥에서 잔뼈가 굵었고, 능력을 인정받았다고 해도 이제 막 등장한 장팔봉은 자신의 그런 세월과 경력을 단숨에 훌쩍 뛰어넘었다. 목가기는 그걸 인정하지 않을 수 없었다.

목가기가 풀이 죽어서 말했다.

"내가 닷새 전 아무도 모르게 이곳에 온 것은 등 대인과 손을 잡고 천화상단에 대항할 또 하나의 상단을 만들어보고자 함이었소. 그런데 이제 보니 등 대인은 이미 그 일을 착착 진행시키고 있었구려. 감탄했소이다."

"한번 장사에 발을 들여놓았으니 천하의 상권을 노려보아야 하지 않겠소? 그러기 위해서는 천화상단을 없애는 게 유일한 길이지."

"내가 어떻게 해주길 원하는지 말해주시오."

목가기가 고개를 숙였다.

장팔봉과 은밀한 거래를 하고 동업자로서 대등한 관계를

갖고자 하였으나 이제는 제 처지가 그렇지 못하다는 걸 인정하고 받아들인 것이다.

*   *   *

감찰전주 이적의 머리가 담긴 항아리가 도착했다.

사천의 감독관으로 파견되어 나가 있던 감찰전 소속의 다섯 명이 그것을 들고 총단으로 돌아왔던 것이다.

그건 곧 그들이 사천에서 쫓겨났다는 것이고, 사천의 소상단이 배반했다는 의미였다.

천화상단이 발칵 뒤집혔다.

무엇보다 노여워한 건 문무전주인 구룡검노 화문무였다.

"이것들을 싹 쓸어버립시다!"

그가 분노하여 총단주의 앞이라는 것도 잊은 채 탁자를 내려치며 소리쳤지만 아무도 그를 말리지 않았다.

진소소의 얼굴에도 은은한 노여움이 어둠과 함께 떠올라 있었다.

침묵하던 그녀가 중얼거리듯 말했다.

"등 대인이라는 자가 기어이 사천까지 손에 넣었군요. 대체 어떤 말로 꾀었기에 목 소단주가 넘어간 것일까요? 설마 그자가 우리가 갖고 있지 못한 특별한 수단이라도 가지고 있는 걸까요? 그렇다면 어째서 우리는 그것을 조금도 알지 못하는 거지요?"

그녀의 말에 천화상단의 정보를 장악하고 있는 천뇌전주 염극생의 얼굴이 붉어졌다.

모든 사람들의 책망하는 눈길이 쏟아지지만 염극생은 입이 열 개라도 할 말이 없었다.

장구봉이라는 자를 찾기 위해 나간 음뇌각주 하곡련으로부터는 아무런 소식도 없고, 등 대인이라는 자의 뒤를 캐기 위해 나간 자들은 족족 죽어서 돌아왔다.

대체 무슨 일이 진행되고 있는 건지 염극생 본인도 답답하기는 마찬가지였다.

사천은 천화상단의 고향이나 마찬가지인 곳이었다.

그곳에서 진소소의 부친이 천화상단을 일으켰고, 지금도 성도에는 초대 총단주의 위패를 모신 사당이 있지 않던가.

일 년에 한차례씩 진소소가 몸소 찾아가 제를 드린다.

그러므로 그 사천이 떨어져 나갔다는 건 다른 어떤 것보다 큰 충격이었다.

그래서 진소소는 중대한 결정을 하지 않을 수 없었다.

그 시간, 장팔봉은 사천에 와 있었다.

성도 외곽의 만월산장으로 돌아와 있었던 것이다.

금의환향한 것이나 다름없으니 만월산장이 있는 길상촌은 물론 패현 전체가 들썩였다.

자신들의 고을에서 거상(巨商)이 나왔다고 들떠서 떠들어 대는 사람들 속에 천화상단 음뇌각주인 귀필귀자 하곡련이 있었다.

그는 여전히 등 대인이 곧 장구봉일 것이라는 한 가닥 심증을 갖고 있었다.

비록 만월산장에서 그와 대면했고, 직접 맥을 짚어보아 그에게 내공이라는 게 없다는 걸 알고 있었지만 그래도 의혹을 버리지 못하는 건 그 후에 일어난 일련의 사건들 때문이었다.

자신의 수하 세 명이 죽은 일이 그렇고, 천화상단에서 급히 서안으로 보낸 철검독심 곽성량과 그 수하들의 몰살이 그랬으며, 감찰전주 이적의 죽음이 그렇다.

어찌 된 일인지 그들의 죽음이 모두 등 대인과 관련되고 있지 않던가.

그의 수하들이 뛰어난 고수들이기 때문이라고 할 수도 있다. 하지만 하곡련은 끈질기게 등 대인이라는 자에 대해서 파고들었다.

단지 돈만으로는 그런 수하들을 부리기 힘들다는 것도 그가 아직 등 대인을 의심하는 이유 중 하나였다.

그에게는 돈 외에 특별한 무엇이 있다고 믿는다. 그걸 알아낸다면 이 일의 실마리가 풀릴 것이라고 생각하는데, 등 대인이라는 자는 좀체 꼬리를 드러내지 않고 있었다.

그래서 하곡련은 당황했지만 점차 의심을 더욱 키우게 되

장렬한 죽음 하나 51

었다.

'너무 완벽해. 그건 일부러 그렇게 꾸미지 않는 이상 불가능한 일이다.'

하곡련은 그렇게 믿었다.

그래서 아직 만월산장 주변을 떠나지 못하고 있었는데, 그등 대인이 돌아왔다니 이것이 그의 꼬리를 밟을 마지막 기회라고 생각한다.

그리고 또 한 사람.

만월산장 주변을 떠나지 않고 있는 자가 있었다.

진소소가 강호아라고 부르던 바로 그 사내, 강호다.

그는 서안에서부터 집요하게 장팔봉의 주변을 맴돌고 있었다.

그에게도 장팔봉, 즉 사천의 등 대인이라는 자가 바로 장구봉이라는 자일 것이라는 심증이 있었던 것이다.

그것을 밝혀내려고 애썼지만 좀체 장팔봉 곁에 가까이 다가갈 수가 없었는데, 이제는 상관없게 되었다.

"그놈이 장구봉이든 아니든 그까짓 건 이제 상관없다."

허름한 주막에 홀로 앉아서 쓴 화주를 마시며 강호는 그렇게 중얼거렸다.

"놈이 사천을 넘보았다는 것만으로도 죽여 버릴 수밖에 없어."

강호는 사천을 잃은 진소소의 상심이 얼마나 클지 짐작할 수 있었다.

그녀의 곁을 떠나온 뒤부터 그녀와의 연락이 완전히 단절되었지만 충분히 상상할 수 있는 일이다.

"너를 죽인다. 나의 유일한 주인이신 진 아가씨를 위해서."

강호가 다시 한 잔의 독한 화주를 단숨에 비웠을 때였다.

허름한 주막의 문을 왈칵 밀치고 두 사람이 성큼 들어섰다.

청리목극의 수하이자, 이제는 장팔봉의 충복이 되어 있는 자들.

곡야백석(谷夜白石)과 일문강위(一門强位).

청해 태평촌의 만천객잔에서 고용된 무사로 있었을 때 그들은 그저 고수로 불릴 만한 솜씨를 지닌 자들이었다.

그러나 장팔봉의 지도를 받고 난 후 그들은 일류고수보다 오히려 뛰어난 무공을 지닌 자들로 거듭나 있었다.

그들은 강호를 확인하더니 그의 앞과 뒤로 나뉘어 각기 다른 탁자를 차지하고 앉았다.

술잔을 가져가는 강호의 입가에 한 가닥 비웃음이 매달렸다.

'눈치챘군.'

자신의 정체를 장팔봉의 수하들이 눈치채고 있다는 것 또한 의심을 더 크게 해주는 일이었다.

'등 대인이라는 자는 과연 음흉한 비밀을 감추고 있는 자

가 틀림없어. 이제 나는 확신한다. 놈이 바로 장구봉 그놈인 거야.'

탁.

그가 단숨에 들이켠 술잔을 거칠게 내려놓고 검을 들었다.

벌떡 일어나 의자와 탁자를 걷어차 버린다.

그 위에 있던 접시들이 떨어져 깨지는 소리가 요란하게 울렸다.

탁자를 밀어내 공간을 넓힌 강호가 천천히 돌아섰다.

그때에는 곡야백석과 일문강위도 검을 쥐고 일어서 있었다. 앞뒤에서 강호를 노리며 말이 없다.

그릇 깨지는 소리에 주방에서 뛰어나왔던 뚱보 주인이 그들의 살벌한 분위기에 놀라 숨어버린다.

적막.

그들 세 사람 사이에는 죽음처럼 칙칙하고 무거운 적막이 점점 두텁게 내려 쌓였다.

어깨를 짓누르고 정수리를 짓누른다.

"너는 죽어줘야겠다."

그 무게를 이기지 못한 것일까? 곡야백석이 그렇게 말하고 검을 뽑아 들었다.

강호는 여전히 아무 말도 없다.

왼손에 든 검을 검집째 앞으로 내밀어 가슴을 가리듯 하며 약간 고개를 숙이고 목상처럼 서 있을 뿐이다.

곡야백석이 천천히 다가왔다.

등 뒤에서는 일문강위가 소리도 없이 거리를 좁혀오고 있다.

강호가 비로소 입을 열었다.

축축하게 젖어 있어서 더 음울하게 들리는 음성이 느릿느릿 흘러나온다.

"너희들은 장구봉의 개지?"

"응?"

그 한마디에 곡야백석과 일문강위가 흠칫 놀라 동작을 멈추었다.

아주 잠깐 동안의 변화였지만 그들의 의식하지 못한 그 행동은 강호에게 확신을 주기에 충분했다.

"흐흐, 역시 그랬군. 잘됐어. 잘된 일이야."

곡야백석이 부드득, 하고 이를 갈았다.

"진소소의 개 주제에 감히 주인님을 노리고 있었단 말이냐?"

강호는 더 이상 대꾸하지 않았다.

왼쪽 어깨를 곡야백석에게로 향하게 하여 비스듬히 서면서 천천히 손목을 기울여 검을 눕히고 있을 뿐이다.

검집의 끝은 바깥으로 향했고, 검의 손잡이는 제 오른쪽을 가리키는 모양이 된다.

오른손을 뻗기만 하면 가장 빠르게 움켜쥘 수 있는 형태가 된 것이다.

그건 정면에 있는 곡야백석보다 등 뒤에서 소리없이 다가
서고 있는 일문강위를 더욱 의식한다는 무언의 표시였다.

검을 뽑는 즉시 등 뒤로 돌려 후려칠 수 있도록 자세를 취
하고 있었기 때문이다.

그에게서 느껴지는 기세의 살벌함이 곧 곡야백석과 일문
강위를 압도했다.

숨이 막힐 것 같다.

'이제 보니 이놈은 우리의 생각보다 훨씬 강한 놈이구나.
청리 대형께서는 이놈에 대해 제대로 알지 못하고 있었어.'

그런 생각이 그들 두 사람의 머릿속에 동시에 떠올랐다.

'하지만 우리는 둘이다.'

두려움을 그 생각으로 애써 떨쳐 버린다.

한 사람이 희생될 각오를 하는 것도 이심전심으로 통했다.

그가 한 사람을 칠 때 남은 한 사람이 그를 칠 작정인 것이
다.

그러면 누가 제 목숨을 던져서 그의 검을 붙들어놓는 역할
을 할 것인가.

'내가 하지.'

일문강위의 그런 생각이 강호의 등을 통과하여 고스란히
곡야백석에게 전해진다.

곡야백석이 어금니를 꽉 물었다.

그리고 그 순간 일문강위가 강호의 등 뒤에서 소리없이 도약했다.

피잇!

그의 검격이 허공을 가르고 쭉, 뻗어나간다.

흰빛 한줄기가 하늘에서 내리꽂히는 것 같다.

"흥!"

그리고 그 순간 강호도 움직였다.

오른손이 검을 움켜쥐었다 싶었는데 벌써 몸을 틀어 반걸음 비켜서며 마음껏 그것을 휘둘러 친 것이다.

씨잉, 하는 날카로운 바람 소리가 흰빛을 끊는다.

그 순간 곡야백석이 '이얏!' 하는 기합성을 터뜨리며 강호에게 부딪쳐 들어갔다.

그의 검격이 필생의 공력을 싣고 곧장 뻗어나간다.

지척에서 뇌전을 쏜 것 같은 기세였다. 바위라고 해도 단번에 꿰뚫어 버리고도 남을 힘이다.

"크윽!"

허공에서 일문강위의 답답한 비명성이 터져 나왔다.

오른쪽에서 왼쪽으로 길게 갈라진 가슴에서 붉은 피가 왈칵 뿜어져 허공을 온통 물들인다.

그리고 곡야백석의 검은 그 아래 서 있는 강호의 몸통을 꿰뚫을 찰나였다.

강호의 몸이 불쑥 모로 기울었다.

일문강위의 가슴을 깊이 베고 박혀 있는 검을 뽑을 틈도 없
는 순간이었다.

일문강위가 자신의 몸뚱이로 강호의 검을 붙들어놓고 있
는 것과 마찬가지다.

때문에 곡야백석은 저의 이 일격이 강호의 목숨을 끊어놓
을 것이라고 믿어 의심치 않았다.

그런데 그가 눈앞에서 꺼져 버렸다.

당황한 곡야백석이 눈으로 강호의 바람 같은 움직임을 좇
았다.

그는 한 손으로 마룻바닥을 짚은 채 몸을 눕히듯 하여 빙글
맴돌고 있는 중이었다.

'검은?'

곡야백석의 머릿속에 그런 생각이 스쳐 지나갔다. 그가 언
뜻 본 강호는 빈손이었기 때문이다.

검을 무기로 삼는 자는 처음 그것을 배울 때부터 목숨이 끊
어지더라도 검을 놓쳐서는 안 된다고 배운다.

그건 곧 제 생명을 놓아버리는 것과 마찬가지 아니던가.

그런데 강호는 서슴없이 그것을 놓아버렸다.

그의 검은 아직 한 가닥 숨이 남아 있는 일문강위의 가슴속
깊이 파고든 채 그와 함께 쓰러지고 있었다.

곡야백석이 번쩍 정신을 차리고 허공을 찌른 검을 돌이키
려는 순간, 그의 옆구리에 선뜻한 느낌이 파고들었다.

이내 불같은 고통이 되어 온 정신을 아찔하게 만들어 버린다.

"이, 이게……!"

곡야백석이 눈을 부릅떴다. 숨이 딱 막히고 기력이 급속히 빠져나가는 걸 느낀다.

비틀거리는 그의 옆구리가 쩍 벌어지고 있었다.

그리로 피와 함께 내장이 흘러내린다.

곡야백석이 비틀거릴수록 더욱 크게 벌어지는 상처.

강호는 저만큼 떨어진 곳에 우뚝 서 있었다.

곡야백석은 비로소 그의 왼손에 들려 있는 비수를 보았다.

'저것이었군…….'

비로소 제 옆구리를 길게 찢어놓은 물건의 정체를 확인했다. 그리고 강호의 무심하게 가라앉아 있는 눈을 보았다.

'이놈은 강하다…….'

뒤늦은 후회.

쿵.

그의 몸이 바닥을 붉은 피로 물들이며 쓰러졌다. 저쪽에 쓰러져 있는 일문강위와 눈이 마주친다.

급격히 생기가 꺼져 가고 있는 일문강위의 눈이 말하고 있었다.

'우리는 최선을 다한 거야. 부끄럽지 않아.'

곡야백석이 애써 웃으려고 했다.

'이놈은 우리가 상대할 자가 아니었어. 하지만 억울하진
않다.'

그들은 그렇게 서로의 눈을 마주친 채 곧 잠잠해졌다.

"싱겁군."

다가온 강호가 비로소 일문강위의 가슴에서 제 검을 뽑아
내며 그렇게 중얼거렸다.

두 사람의 죽음이 그에게는 아무런 감흥도 주지 못했다.

언제나 있는 일이고, 그래서 한 점의 연민도 던져 줄 가치
가 없는 일이라는 듯 그가 돌아섰다.

언젠가 자신이 비참한 주검이 되어 쓰러져 있을 때, 그것을
보는 사람들도 지금의 자신과 같이 생각해 주기를 바란다.

第三章
장하평(長河坪)의 싸움

鳳鳴刀
봉명도

장하평(長河坪)의 싸움

 청리목극의 눈에 핏발이 섰다.

 곡야백석과 일문강위의 피를 밟고 서서 거친 숨을 몰아쉰다.

 "누구인지 대단한 놈이군."

 장팔봉의 음성이 스산하게 들려오지만 청리목극은 돌아보지 않았다.

 그는 알고 있었다.

 곡야백석과 일문강위를 일검에, 그것도 거의 동시에 이처럼 해치울 수 있는 자가 강호에 몇 되지 않으리라는 것을.

 하지만 그렇게 한 자에 대한 두려움보다 지금은 분노가 더 크고 무섭게 치솟을 뿐이다.

"주공!"

그가 울듯이 부르짖으며 장팔봉에게로 돌아섰다.

"제가 가겠습니다!"

그러나 장팔봉은 고개를 저을 뿐이었다.

무심하게 한마디 한다.

"놈이 지목한 건 나야."

그의 손에서 피에 젖은 종이쪽 한 장이 팔랑거리며 떨어져 청리목극의 발 앞에 펼쳐졌다.

강호가 현장을 떠나며 남겨둔 것이다.

그는 그 쪽지에 두 사람의 피를 찍어 휘갈겨 썼는데 등 대인이라고 적지 않았다.

장구봉.

그 이름 석 자를 뚜렷하게 썼다.

그리고 오늘 밤 삼경 무렵 장하평의 팽나무 아래에서 만나자고 했다.

장팔봉은 그 몇 자의 글 속에서 그가 이곳에 찾아와 맴돈지 꽤 여러 날 된다는 걸 알았다.

그렇지 않고서는 장하평을 알 수 없고, 그곳에 커다란 팽나무 한 그루가 서 있다는 걸 알 리 없으니 그렇다.

장하평은 버려진 넓은 평지였다.

길상촌 북쪽으로 흐르는 장하(長河)에 면해 있는데, 켜켜이 자갈이 쌓여 있는 황무지라 아무도 개간하려 하지 않는다.

잡초만 무성하게 자라 있는 그곳의 중앙에 일천 년은 족히 자라났을 커다란 팽나무 한 그루가 서 있었다.

어른 다섯 명이 팔을 둘러야 할 만큼 큰 그 나무는 장하평을 지키는 산신의 집이라는 말이 있다.

그래서 그 곁에는 오래된 사당도 하나 있고, 사당을 둘러싸고 있는 대나무 숲도 있다.

그날 밤 삼경 무렵.

천지가 어둠의 적막에 감싸여 있고, 하늘에는 반쯤 남은 달이 중천에 떠올라 은은한 빛을 뿌려주고 있는 때였다.

괴괴한 적막 속에 가을을 재촉하는 풀벌레들의 울음소리만 애잔하게 들려오는 그 무렵에 한 사람이 웃자란 잡풀들을 헤치며 천천히 장하평을 가로질러 오고 있었다.

장팔봉이다.

그는 남색 옷을 입었고, 뱀을 쫓기라도 하려는 듯 나뭇가지 하나로 이리저리 풀을 헤치며 팽나무를 향해 다가오고 있었다.

달빛의 그늘이 음침한 팽나무 아래 주저앉아 있던 강호가 천천히 몸을 일으켰다.

탁 트인 벌판 저 멀리에서 느릿느릿 다가오고 있는 장팔봉을 뚫어지게 바라본다.

그들의 거리가 점점 가까워졌다.

장팔봉은 등 대인으로서의 모습 그대로였다.

흐린 달빛 아래 그의 얼굴을 뚫어지게 바라보던 강호가 다섯 걸음 마주 나갔다.

드디어 두 사람은 팽나무 그늘 속에 숨듯이 마주 섰다.

서로를 말없이 바라본다.

강호가 무심한 얼굴로 먼저 말했다.

"그대는 등 대인인가 장구봉인가?"

장팔봉이 히죽 웃었다. 입술만 웃음을 띨 뿐, 얼굴에는 표정이 없었다. 싸늘하다.

그것이 면구 때문이라는 걸 알 리 없는 강호는 그런 장팔봉의 무표정함에 긴장했다.

'어쨌든 죽인다.'

그런 마음을 다지는데, 두어 걸음 더 다가선 장팔봉이 낮게 깔리는 음성으로 말했다.

"네가 찾아온 건 등 대인이냐, 장구봉이냐?"

"둘 다."

"그렇다면 상관없겠군."

"하지만 죽이기 전에 알고 싶다."

"나는 네가 알고 있는 등 대인이면서 또한 네가 생각하고 있는 그 장구봉이기도 하지."

"역시 그랬군."

"그러는 너는 누구냐?"

"강호."

"네 이름 따위가 궁금한 게 아니야."

강호가 흰 이를 드러내고 소리없이 웃었다.

팽나무의 짙은 그늘 아래 그의 웃음이 더욱 창백해 보인다.

"진 아가씨를 대신해서 너를 죽이기 위해 온 사람이라고만 알아둬."

"흐흥, 진소소가 보냈단 말이지?"

강호의 그 말이 장팔봉의 가슴속에 감출 수 없는 적개심을 불러일으켰다.

그가 손에 쥐고 있던 나뭇가지를 장난치듯 흔들며 말했다.

"너를 죽이면 진소소가 가슴 아파하겠군."

"응?"

장팔봉의 그 말에 강호가 눈을 크게 떴다. 의아해한다.

"너는 진 아가씨를 알고 있구나?"

"아주 잘 알지. 속속들이 말이야."

강호는 그 말속에 들어 있는 커다란 적개심을 읽었다.

"그렇다면 네가 천화상단에 맞서는 게 아가씨에 대한 원한 때문이었단 말이냐?"

"천화상단 따위가 뭐가 그리 대단한 존재인가? 진소소 따위가 뭐가 그리 대단한 존재인가?"

"그 말 때문에라도 너는 오늘 여기서 죽는다."

강호의 눈빛이 스산해졌다. 살기가 조금씩 짙어진다.

장팔봉은 그것을 모르는 듯 여전히 나뭇가지를 흔들고 있기만 했다.

"병장기를 꺼내라."

강호의 스산한 말에 장팔봉이 나뭇가지를 들어 보였다.

"이거면 충분하지 않겠어?"

"무엇이?"

강호는 그 말을 지독한 모욕으로 받아들였다.

그는 장팔봉이 아직 저를 모르기 때문이라고 생각했다. 하지만 정작 상대가 누구인지 모르는 건 바로 강호 자신이었다.

장구봉이 고수라는 건 들어 알고 있었다.

혼자서 청해로 들어간 스무 명의 척살조를 몰살시켰고, 음뇌각의 당주인 이무련을 죽였으며, 운룡표국의 국주인 비천웅신 전서국을 농락했다는 것도 잘 안다.

하지만 그것뿐이었다.

강호가 파악하고 있는 장팔봉의 무위는 충분히 상대할 만한 것이었다. 이길 수 있다는 자신감도 있다.

강호가 비웃음을 띠고 천천히 검을 뽑았다.

"놈. 나를 놀린 대가가 죽음이라는 걸 알았을 때는 땅을 치며 후회해도 소용없다."

"나는 말 많은 놈은 딱 질색이다. 싸우려고 왔으면 싸울 뿐이야."

장팔봉이 나뭇가지를 가볍게 휘둘러 보며 하는 그 말에 기어이 강호가 분통을 터뜨렸다.

"이얍!"

그가 날카로운 기합성과 함께 그대로 몸을 날려 들이쳤다.

쉬잉ー

검이 허공을 가르고 생사를 가르며 떨어지는 소리가 무시무시하다.

객주가에서 곡야백석과 일문강위를 칠 때와는 사뭇 다른 기세이고 위력이었다.

그것을 맞이하는 장팔봉은 그러나 태연하기 짝이 없었다.

마치 어린아이가 눈앞에 닥치는 위험을 모르고 노는 것 같다.

강호의 인정사정없는 검이 머리 위에 떨어지지만 여전히 나뭇가지를 쥔 손을 건들거리며 눈은 허공을 바라보고 있을 뿐이다.

"이얏!"

그 순간 강호의 입에서 무시무시한 기합성이 다시 터져 나왔다.

이번에는 장팔봉을 치기 위한 게 아니라 제풀에 놀라 펄

쩍 뛰는 고양이처럼 전력을 다해 저의 검로를 틀기 위해서
였다.

검을 쳐낼 때보다 그것을 갑자기 거두는 일이 배는 어려운
법이다.

강호는 검이 장팔봉의 머리통을 두 쪽으로 낼 것 같은 그
찰나에 위험을 감지했다.

순수한 본능이었다.

'무언가 있다!'

그런 생각이 든 즉시 온 힘을 다해 검을 거두어들이며 훌쩍
뛰어 물러서는데, 뒤로 공중제비를 돌아 무려 석 장이나 떨어
진 곳에 뚝 떨어져 내렸다.

"어?"

강호가 눈을 부릅떴다.

저 앞에 있어야 할 장팔봉의 모습이 감쪽같이 사라졌기 때
문이다.

그가 갑자기 공세를 거두고 물러선 건 순전히 알 수 없는
한 가닥 불안한 느낌 때문이었는데, 이제는 그것이 구체적인
느낌이 되어 밀물처럼 쏟아져 들어온다.

'대체 이놈은?'

자신의 일격필살이라고 할 수 있는 검격 앞에서 그렇게 태
연할 때는 무언가 다른 속셈이 있어서라고 여겼다.

아니면 지독한 암수라도 감추어두고 있었으리라.

그래서 급히 물러섰는데 이렇게 제 눈앞에서 꺼져 버린 건
이해할 수 없었다.

자신의 이목을 속이고 이처럼 사라진다는 건 더더욱 있을
수 없는 일이다.

검을 가슴 앞에 세워 스스로를 보호하면서 두리번거리는
데 머리 위에서 비웃음이 들려왔다.

"그렇게 느려서야 어디 토끼 한 마리라도 잡을 수 있겠
어?"

"응?"

놀란 강호가 펄쩍 뛰어 다시 두어 장을 물러났다.

저 앞, 팽나무에서 뻗어 나온 가느다란 가지 위에 장팔봉이
태연히 걸터앉아 있는 것 아닌가.

두 다리를 건들거리는 것이 마치 헝겊인형을 앉혀놓은 것
같다.

그렇게 느끼는 건 그가 앉아 있는 나뭇가지가 조금도 처지
지 않았기 때문이었다.

다리를 건들거리며 움직이는데도 나뭇가지는 솜털 한 개
를 올려놓은 것처럼 움직이지 않았다.

잠시 놀란 마음을 진정시킨 강호가 검을 들어 그런 장팔봉
을 가리키며 소리쳤다.

"감히 잔재주를 자랑하는 거냐? 이리 내려와라!"

쉬앙!

그 즉시 장팔봉의 신형이 나뭇가지를 박차고 달려들었다.

그 빠름이라는 게 강호로서는 상상도 해본 적이 없는 것이다.

강호는 지나치게 놀라 제 눈을 의심했다.

'내가 지금 허깨비에게 홀린 게 아닌가?'

그런 엉뚱한 의심이 들지 않을 수 없다.

그만큼 장팔봉의 움직임은 상상을 초월하는 것이었다.

그가 어찌 과거 살아 있는 유령으로 불렸던 무영혈마 양괴철을 알 것인가. 그의 개세적인 절정신법의 위력을 보았을 것인가.

장팔봉은 모처럼 고수라고 하기에 부끄럽지 않은 자를 만나 저의 본래 경공신법을 마음껏 시험해 보고 있는 중이었다.

십성의 진원지기를 끌어올려 펼치는 그것에 자기 자신도 놀란다.

'이것은 과연 고금제일의 경공신법이라고 해도 과언이 아니구나.'

살아 있는 자로서 이 경공신법을 잡을 수 있는 자는 단연코 없으리라는 확신이 선다.

오직 귀신만이 함께 희롱하며 놀 상대가 되리라.

이 경공신법 하나만으로도 장팔봉은 강호를 놀라게 하고 희롱하기에 충분했다.

그가 슬쩍 다가가 불쑥 나뭇가지를 뻗어 찌를 듯이 위협하다가 갑자기 물러나고, 강호의 검이 옷자락에 닿을 때까지 기다렸다가 꺼지듯 뒤로 돌아가 버린다.

강호로서는 얼이 빠질 지경이었다.

이처럼 철저하게 농락당할 줄은 꿈에도 생각하지 못했던 일이다. 그래서 더욱 믿을 수 없다.

"비겁한 놈!"

그가 버럭 소리쳤다.

"비겁하다고?"

그에게 부딪칠 듯 쇄도해 들던 장팔봉이 뚝 멈추어 선다.

그것마저도 강호에게는 기가 막히는 일이었다.

어떻게 질풍처럼 맹렬하게 달려들던 기세를 한순간에 거두고 뚝 멈추어 설 수 있단 말인가.

그런 경공신법이 존재한다는 말조차 들어본 적이 없다.

"뭐가 비겁하단 말이냐?"

장팔봉의 느물거리는 말에 퍼뜩 정신을 차린 강호가 악을 쓰듯 외쳤다.

"도망 다니지만 말고 정정당당하게 겨루잔 말이다!"

"그래? 네가 원하는 게 그것이라면 그렇게 해주지."

장팔봉이 들고 있던 나뭇가지마저 팽개쳐 버린다.

이제 강호는 더 이상 병장기 운운하지 못했다.

'여기서 죽는구나.'

주먹 마디를 우두둑 꺾는 장팔봉을 보면서 그런 생각을 할 뿐이다.

저와 같은 고수 열 명이 있다고 해도 눈앞에 있는 장팔봉의 상대가 될 것 같지 않았다.

하지만 비겁하거나 부끄러운 죽음을 맞이하고 싶은 마음은 없다.

강호가 천천히 검을 들어 올려 장팔봉의 미간을 똑바로 겨누었다.

자신의 모든 힘을 다하고 기교와 정신을 다해서 단 한 번 검격을 날리려는 것이다.

그것으로 과연 장팔봉을 찌를 수 있을지는 모른다. 아니, 불가능할 것이라고 여긴다.

하지만 그 일격이 자신의 최후의 일격이 된다면 어쨌든 전력을 다하지 않을 수 없다.

"이얏!"

그가 온몸의 터질 듯 충만해진 내력을 검봉에 실어 쏟아내며 장팔봉에게 부딪쳐 갔다.

뜨거운 바람 한줄기가 맹렬하게 불어오는 것 같은 도약이다.

장팔봉의 눈빛이 싸늘해졌다. 조금의 인정도 담겨 있지 않다.

코앞에 밀려 닥치는 강호의 검봉을 노려보던 그가 불쑥 손을 내밀었다.

카캉!

바위에 부딪친 것 같은 소리가 났다.

장팔봉의 불처럼 달구어진 육장이 서슴없이 강호의 검을 잡아버린 것이다.

손가락으로 바위를 뚫어버리던 무정철수 곽대련의 마정십 지에 왜마왕 염철석의 화염마장을 더한 수법이었다.

장팔봉은 어느새 서로 다른 그들 다섯 노괴물 사부들의 절 기를 자유자재로 구사할 수 있게 되었을 뿐만 아니라, 그것들 을 재구성하여 저만의 것으로 만들고 있었던 것이다.

곽대련의 마정십지는 단단하기로 천하제일을 다툴 만한 지법이고 장법이다.

장팔봉은 그것으로 강호의 검에 실린 기운을 가로막고 그 날카로운 보검을 잡아버렸다.

거기에 극양한 장법인 화염마장의 열기가 순식간에 검신 을 붉게 달구는 것 아닌가.

치지직, 하는 소리를 내며 강호의 손바닥이 타 들어갔다.

그러나 그는 검을 놓지 않았다.

눈을 부릅뜨고 이 믿을 수 없는 일을 바라볼 뿐이다.

"너를 죽여 진소소에게 경고를 해주겠다."

스산하게 말한 장팔봉이 화염마장의 진기를 더욱 쏟아냈 다.

바위를 녹여 버리던 왜마왕 염철석의 극양장은 과연 지독하기 짝이 없었다.

강호의 보검이 그 열기를 견디지 못하고 엿가락처럼 늘어지기 시작한 것이다.

강호는 장팔봉의 왼손이 천천히 밀려 나오는 걸 멍하니 바라보기만 했다.

문득 그의 머릿속에 절망적인 생각 하나가 떠올랐다.

'이자와 상대할 만한 사람은 오직 패천마련의 련주 한 사람밖에는 없을 것이다.'

거령신마(巨靈神魔) 무극전(武極全).

천하제일이자 고금제일의 무인이라 칭송받는 그가 아니고서는 장팔봉의 이와 같은 무위를 당해낼 자가 없을 것이라고 생각한다.

그런 생각은 진소소에 대한 안타까움을 불러일으켰다.

'아가씨……'

어쩌다가 이런 자를 적으로 삼게 되었는지 그게 안타까울 뿐이다.

천천히 다가오는 장팔봉의 손은 손이 아니라 활활 타오르는 불덩어리인 것 같았다.

그것이 가슴을 눌러온다.

"으아악!"

비로소 강호의 입에서 귀신도 깜짝 놀라게 할 만한 비명이 터져 나왔다.

가슴을 통해 밀려드는 화염마장의 열기가 그의 내부를 모두 태워 버리고 녹여 버리더니 기어이 잿더미로 만들어 버린 것이다.

한순간의 일이었다.

강호가 눈을 부릅뜬 채 털썩 쓰러졌다.

그의 손은 검에 눌어붙어 있었지만 몸뚱이는 멀쩡했다. 손상된 곳 하나 없다.

하지만 그의 내부는 이미 재가 되어버렸으니 혼백 또한 그렇게 되고 말았을 것이다. 빠져나갈 새도 없지 않았던가.

그 시간에 음뇌각주 하곡련도 곤경에 처해 있었다.

두 사람.

청리목극과 흑련귀 고흑성 때문이다.

자신을 따르고 있던 다섯 명의 수하 중 세 명은 이미 죽었고, 남은 두 명의 조장 또한 죽어가고 있었다.

고흑성의 칼이 한 명의 목을 쳐 날리고 있었다. 그에 질세라 청리목극의 검도 한 놈의 가슴을 뚫어버린다.

두 명의 조장으로 하여금 여섯 명의 수하를 거느리게 하고 음뇌각을 나왔는데, 모두 만월산장의 영역에서 죽어버렸으니 어이가 없다.

세 명은 달포 전에 낡은 사당 안에 숨어 있다가 누구인지도 모르는 자들에게 죽임을 당했고, 세 명은 지금 제 눈앞에서 죽었으며, 그가 믿고 있던 두 명의 조장마저 저렇게 허무하게 죽어버렸다.

하곡련은 이제 저 혼자 남았다는 걸 믿을 수 없었다.

그가 청리목극과 고흑성을 바라보았다.

"어떻게 알았지?"

그 말에 대한 대답은 엉뚱한 곳에서 엉뚱한 자가 한다.

"하하, 당신이 짐작하는 일인데 나 역시 짐작하지 못하겠소?"

"누구냐?"

하곡련이 돌아본 곳에 한 사람이 서 있었다. 어둠을 벗듯이 천천히 앞으로 걸어나온다.

그를 본 하곡련이 잔뜩 눈살을 찌푸렸다. 익히 눈에 익은 자였기 때문이다.

"너는 왕 집사?"

바로 만월산장의 집사라던 그자 아닌가.

목랍길이 희게 웃었다.

"천만에, 당신처럼 남의 뒤를 캐고 비밀을 캐는 일을 특기로 하고 있는 사람이라오. 목랍길이라고 하지."

"으음—"

하곡련은 비로소 제가 철저히 속았으며 농락당하고 있었다는 걸 인정했다.

"너희는 한족이 아니지?"

"그대가 청해의 토족이 아닌 것과 같지. 하지만 그게 무슨 상관이오?"

"그렇군. 너희들은 창웅방의 떨거지들이었어."

하곡련은 창웅방이 은밀하게 나섰다고 생각했다. 그렇다면 중원무림에 자신들의 세력을 뻗치기 위해서일 것이다.

이 일을 아는 사람이 아무도 없을뿐더러, 짐작조차 하고 있지 못하니 큰일이라는 생각이 그를 초조하게 한다.

'이건 단지 천화상단에 관계된 일만이 아니지 않은가?'

그런 생각이 드는 건 창웅방이 청해성을 휘어잡고 있는 변방의 거대한 방회라는 걸 잘 알기 때문이다.

그들은 아직 한 번도 중원에 들어온 적이 없기 때문에 그 힘이 어느 정도인지 알려져 있지도 않다.

'패천마련을 상대하려는 것이구나.'

더럭 그런 의심이 들지 않을 수 없다. 하지만 그건 이해할 수 없는 일이기도 했다.

창웅방이 아무리 강한 힘을 감추고 있는 이족 전사들의 집단이라고 해도 어찌 거령신마 무극전이 웅크리고 있는 패천마련의 상대가 될 것인가? 하는 생각 때문이다.

하곡련이 아는 한 이 넓은 천하에 모래알처럼 많은 기인 고수들 중 거령신마 무극전을 능가할 사람은 하나도 없었다. 그건 세상 사람 모두가 인정하는 바이기도 하다.

그런 생각이 한 가지 추측을 가능하게 했다.

'그렇다면 장구봉이라는 자가 거령신마를 상대할 만한 고수란 말인가?'

스스로의 그 엉뚱한 생각에 피식 웃는다. 말도 안 되는 일이라 여겼기 때문이다.

하곡련은 어쨌든 이 일을 총단에 알리는 건 물론, 패천마련에도 알려야 한다는 사명감 같은 걸 느꼈다.

그렇다면 살아서 이곳을 떠나야 하는데, 눈앞의 두 놈이 마음에 걸린다.

흑련귀 고흑성에 대해서야 이미 잘 알고 있었다.

그가 서안성을 근거지로 삼고 있는 흑도의 고수라는 걸 강호에 몸담고 있는 사람치고 모르는 자가 별로 없는 것이다.

그러나 청리목극에 대해서는 전혀 아는 바가 없다는 게 마음에 걸렸다.

그가 고흑성과 어깨를 나란히 하고 있는 걸로 보아 그 못지 않은 고수일 것이라고 짐작할 뿐이다.

하곡련은 믿었던 수하들이 모두 제 눈앞에서 덧없이 죽어나자 빠졌지만 거기에 신경 쓸 여지가 없었다.

지금은 어떻게 해서든 이 두 놈을 뗄쳐 내고 무사히 몸을 빼서 총단으로 돌아가야 하기 때문이다.

'전력을 다해서.'

그렇게 작정한 하곡련이 팔을 떨쳐 늘어진 옷소매를 팔목에 둘둘 감았다.

길상촌에서 십여 리나 떨어진 외딴 산골짜기였다.

*　　　　*　　　　*

두 개의 목이 풍우주가로 배달되었다.

그것을 옮겨온 자는 사천에서 마지막으로 철수한 천수표국의 국주 왕팔진이었다.

끝까지 소단주인 목가기에게 굴복하지 않고 진소소에 대한 충의를 지킨 자이기도 하다.

장팔봉은 그의 충절을 가상히 여겨서 표국을 정리해 무사히 사천을 떠날 수 있도록 허락해 주었다.

천화상단으로서는 천수표국을 끝으로 사천에서의 영향력을 완전히 잃은 셈이니 속 쓰린 일이었다.

하지만 그것보다 더 크게 그들을 경악하게 하고 분노하게 한 것은 왕팔진이 가지고 온 두 개의 항아리 속에 들어 있는 물건이었다.

그 안에서 나온 것은 두 개의 목이었는데, 하나는 강호의 것이고 하나는 그들이 눈 빠지게 기다리고 있던 음뇌각주 하곡련의 것이었다.

장로들은 강호의 목을 보고 어리둥절해했으나 하곡련의

목을 보고는 대로하여 노성을 터뜨렸다.

그러나 마음속으로 분노와 슬픔을 더 크고 깊이 느끼는 사람은 진소소였다.

그녀는 강호의 목을 보면서도 그가 자신의 그림자였다는 걸 밝힐 수가 없었다.

그는 죽어서도 비밀을 지켜야 할 존재였던 것이다.

하지만 그렇기에 강호의 수급을 보는 진소소의 마음은 더욱 큰 분노와 슬픔에 잠길 수밖에 없었다.

문무전주인 구룡검노 화문무가 검은 수염을 부르르 떨며 외쳤다.

"이대로는 안 됩니다!"

아끼는 수하 하곡련의 죽음에 눈이 뒤집힌 천뇌자 염극생도 평소의 신중하던 모습을 잃은 채 소리쳤다.

"더 이상 그놈을 상인으로 대해서는 안 됩니다!"

하곡련은 천뇌전이 자랑하고 자부하던 힘이었다.

그가 이끄는 음뇌각이 그동안 얼마나 많은 일들을 암중에서 깨끗하게 해결했던가.

그런 하곡련을 잃었다는 건 곧 음뇌각을 잃었다는 것이었다. 그건 천화상단이 가지고 있는 두 개의 무력 중 한 곳을 잃었다는 것이기도 하다.

"대체 어떤 놈이 하곡련을 이 지경으로 만들 수 있단 말인가? 대체 등 대인이라는 그놈의 수하들 중에는 고수가 얼마나 된단 말인가?"

감찰전을 맡고 있던 장로 이적의 죽음 못지않은 충격이 모두를 노여움에 떨게 했다.

물끄러미 강호의 수급을 바라보고 있던 진소소가 얼굴을 들고 장로들을 바라보았다.

그녀의 표정이 결연해져 있는 걸 본 장로들이 입을 다물었다.

"사천에서 선친의 제사를 모실 날이 한 달 남았군요."

"그 말씀은……."

"그동안 모든 준비를 마칠 수 있겠지요?"

"단주!"

구룡검노 화문무가 눈을 부릅뜬다.

"설마 총단주께서 직접 이 일에 나설 작정은 아니겠지요?"

진소소가 조용히 그를 바라본다.

"이제는 내가 나설 때가 되었어요. 다들 그렇게 생각하지 않나요?"

"하오나, 아직 소단주에게는 어머니가 곁에 있어야 하지 않겠소이까?"

소단주라 불리는 진가덕(秦加德).

진소소의 얼굴에 이제 막 걸음마를 떼기 시작한 어린아이의 얼굴이 하나 가득 떠올랐다.

그녀의 얼굴에 다시 수심이 드리운다.

"잠시 추파파에게 맡겨도 아무 일 없을 거예요."

장로들은 모두 그동안 진소소가 왜 그렇게 소극적이었는지 잘 알고 있었다.

그녀의 얼굴에서 수심이 떠나지 않고 있었던 이유가 바로 이제 두 살이 되어가는 어린 자식 때문이라는 걸 누구보다 잘 아는 것이다.

그래서 그녀를 이해하고 감싸주기만 했다.

진가덕.

장차 진소소의 모든 걸 물려받아야 할 그 어린것은 허약한 몸을 타고났다.

두 돌이 되는 지금에서야 겨우 걸음마를 할 정도로 형편없었던 것이다.

그것이 천성적으로 폐쇄된 혈맥 때문이라는 걸 알기에 누구도 그 아이의 허약함을 고쳐 보려는 생각조차 하지 못했다.

그 어떤 명의도, 영약도 소용이 없는 것이다.

때문에 진소소는 늘 어린 아들에 대한 걱정을 안고 살았다. 한시도 그 아이의 곁을 떠날 수 없었던 것이다.

그런 그녀가 이번 일에는 몸소 나서기로 결정했으니 그만큼 그녀도 사천에서의 일을 심각하게 여기는 것이다.

그건 곧 남은 네 명의 장로에게 반드시 사천의 등 대인이라는 자를 처단해야 한다는 사명감을 갖게 했다.

그들은 바로 그 등 대인이라는 자가 자신들이 찾고 있던 장구봉이라는 자일 것이라고 이제는 확신하고 있었다.

이적과 하곡련의 죽음이 그렇게 만들어주었다.

"곽, 양, 두 장로께서는 이곳에 남아 상단을 통솔하시고, 사천에는 저와 화, 염 장로 두 분이 함께 가도록 하는 게 좋겠어요."

그녀가 앞서 말한 두 장로는 무공과 상관없는 사람들이었다.

천화상단의 원로들이면서 온갖 궂은일들을 맡아 해결하는 사람들인 것이다. 천화상단의 실무를 총괄하는 역할이다.

그들을 두고 간다는 건 진소소가 이번 일을 천화상단 본연의 일과는 별개로 생각한다는 걸 대변해 준다.

그녀가 천화상단이 가지고 있는 두 무력의 핵심인 문무전과 천뇌전주를 대동하겠다고 결정한 게 그렇다.

그런 사실을 잘 알기에 장로들은 바짝 긴장했다.

특히 문무전주인 구룡검노 화문무와, 모든 정보를 맡고 있는 천뇌전주 염극생의 얼굴에는 비장함마저 떠올랐다.

등 대인, 장구봉. 그들이 한 명이든 서로 다른 두 명이든 이제 그것은 아무 상관 없는 일이었다.

그들은 제거해야만 할 천화상단의 적일 뿐이다.

그런데 그 적은 부러울 만큼 막강한 무력과 정보력을 가지고 있지 않은가.

그것이 화문무와 염극생을 긴장하게 하는 한편, 그들에게 무섭도록 불타오르는 전의를 가져다주기도 했다.

거기에는 죽은 자들에 대한 복수심이 더해져 있음은 물론이다.

第四章

알 수 없는 침입자

鳳鳴刀

봉명도

알 수 없는 침입자

한 달 뒤.

성도가 긴장으로 술렁였다.

천화상단의 총단주이자, 강호에서 삼선밀교(三仙蜜嬌)라 불리는 진소소(秦素昭)가 왔기 때문이다.

아버지의 영정을 모신 사당에 제를 드리기 위해 왔으니 이 상한 일이 아니다.

그런데도 사람들이 긴장하는 건 그녀를 수행해 온 사람들 때문이었다.

상인들의 연합체인 천화상단의 깃발을 펄럭이고 있지만 그 구성원들 중에 상인은 한 사람도 없었던 것이다.

마치 강호의 유력한 방파 하나가 성도에 들어온 것처럼 웅장하고 위풍당당한 행렬이었다.

삼백여 명의 무사들.

문무전의 고수들 중 반이나 되는 인원이 이렇게 한꺼번에 움직인 적은 없지 않던가.

더구나 그들을 인도하고 있는 자가 문무전주이면서 구룡검노라 불리는 강호의 절정고수라는 데에 사람들은 더욱 주눅이 들어 몸을 사릴 뿐이다.

그것뿐만이 아니다.

천화상단의 두뇌이자 숨은 힘이라고 세상에 알려진 천뇌전주 염극생이 오십여 명이나 되는 음뇌각의 살수들을 모두 이끌고 동행하지 않았던가.

비록 음뇌각주 하곡련이 보이지 않지만 염극생이 그들을 몸소 통솔하고 있으니 더욱 놀랄 일이다.

그들의 사천 입성을 주시하고 있는 사람들이 있었다.

아직까지 한 번도 천화상단의 일에 개입하고 나선 적이 없는 패천마련의 사천 지부였다.

그곳은 마계오천이라 불리는 패천마련의 다섯 하늘 중 하나인 마검천(魔劍天)에 속해 있는 곳이다.

사천과 섬서 감숙을 장악하고 있는 강호의 실질적인 힘이지만 그들은 철저하게 자신들의 자리를 지켰다

강호의 분규가 아닌 일에는 나서지 않았던 것이다.

천화상단은 어디까지나 강호의 방회나 문파가 아니라 상인 조직이었기에 그들의 활동을 수수방관하고 있었는데 지금은 그렇게 한가하게 바라볼 수 없었다.

그들이 상인들이 아닌 정예 고수들을 대거 이끌고 성도에 들어왔기 때문이다.

"이건 더 이상 상권을 다투는 민간의 싸움이 아니다."

사천 지부의 수장인 황천광도(荒天狂道) 양원생(楊元生)의 침중한 말에 세 명의 당주가 잔뜩 긴장하여 그를 바라보았다.

황천광도는 사십대의 후덕하게 생긴 중년 도사인데, 생긴 것과 달리 심성이 모질기 짝이 없었다.

정사 중간의 고수로 젊었을 때부터 강호에 무수한 기행과 악행, 선행을 가리지 않고 제멋대로 해온 인물이다.

제 기분에 따라서 죽이고 살리는 걸 마음대로 했으므로 황천광도라 불린다.

그가 패천마련에 투신하더니 그의 명성과 무공을 인정받아 사천 지부의 수장이라는 중책을 맡고 성도에 온 지 일 년이 되어간다.

그동안 강호의 제 문파는 패천마련의 힘에 철저하게 눌려 납작 엎드려 있었으므로 사건이라고 할 만한 게 일어날 리 없었다.

그러므로 심심하기 짝이 없었는데 이번에는 무언가 신나는 일이 벌어질 것 같아 어깨가 절로 들썩거려진다.

"도대체 만월산장의 등 가라는 놈이 어떤 놈이냐?"

황천광도 양원생은 장팔봉에게 호기심을 느꼈다.

하지만 아무도 제대로 대답해 주는 자가 없다.

"병신 같은 것들."

양원생이 잔뜩 눈살을 찌푸린다.

세 명의 당주가 그 즉시 입 안에 침이 마르도록 긴장하여 어깨를 움츠렸다.

양원생의 종잡을 수 없는 성격을 잘 아는 터라, 그가 언제 돌변하여 흉성을 드러낼지 모르니 그의 앞에 있으면 한시도 마음을 놓을 수가 없다.

세 명의 당주 또한 흑도의 마두들로서 오래전부터 그 악명을 강호에 떨쳐 온 자들이지만 황천광도 양원생 앞에서는 주눅이 들어 꼼짝하지 못했다.

그가 지부를 다스리는 총감이기도 하지만, 마검천주인 혈안검마(血顔劍魔) 구숙종(丘宿琮)의 총애를 받고 있기 때문이기도 하다.

장차 구숙종을 대신하여 마검천주의 위에 오르게 될 것이라는 말이 패천마련 내에 파다하게 퍼져 있기도 했다.

"에잉."

황천광도 양원생이 수하들을 흘겨보며 쓴 입맛을 다셨다.

'도대체 나서? 말아?'

이번 일에 제가 나서야 할지, 말아야 할지 판단하기가 쉽지 않았던 것이다.

그건 련주이자 그가 이 세상에서 가장 존경하는 사람인 거령신마 무극전의 말 때문이었다.

"천화상단의 일에는 일체 간섭하지 않는다."

오천주들과의 회합에서 그렇게 한마디 한 뒤로는 그것이 패천마련의 법이 되었다.

물론 누구나 다 천화상단이 패천마련과 손을 잡고 있다는 걸 안다. 막대한 자금줄인 것이다.

그래서 천화상단의 도움 요청이 있으면 기꺼이 힘을 빌려주었고, 천화상단에서 무슨 일을 하든 간섭하지 않았던 것이다.

그런 이면의 묵계가 있었기 때문에 천화상단이 강호의 제세력들의 비호를 받는 거상들을 그토록 쉽게 굴복시키고 중원의 상권을 차지했던 것이다.

그런데 이번 일에는 그들로부터 아무런 부탁도 없었다.

그러니 나서기가 꺼려지는데, 한편으로는 그들이 곤경에 처한 것 같으니 이럴 때에 도와주면 진소소와 거령신마에게서 점수를 더 딸 수 있지 않을까? 하는 유혹도 든다.

"어떻게 했으면 좋겠어?"

그가 다시 버럭 소리쳤다.

그러자 움찔했던 당주들 중 한 명이 조심스럽게 제 의견을 말한다.

"좀 더 두고 보는 게 좋지 않을까요?"

"어째서?"

"천화상단에서 아직 도움을 청하지 않았고, 그들이 그처럼 많은 고수들을 거느리고 왔으니 아무리 등 대인이라는 자가 대단하다고 해도 상대가 될 수 있을까요?"

"그러니까 두고 보다가 진 총단주가 위험해지면 그때 끼어들자 이 말이냐?"

"그렇습지요."

"으음—"

뻔한 소리지만 지금으로서는 그 길밖에 달리 생각할 수 있는 게 없기도 하다.

그래서 황천광도 양원생은 귀찮다는 듯 손을 내저었다.

"꺼져 버려. 가서 그들의 동향이나 잘 지켜보고 있다가 수시로 보고해라."

"존명!"

세 명의 당주가 살았다는 얼굴로 급히 물러났다.

홀로 남게 된 양원생이 고개를 갸웃거린다.

"대체 등 대인이라는 물건은 뭐지? 언제부터 그놈이 이런 거물이 된 거야?"

아무리 생각해 봐도 알 수 없는 일이었다.

얼마 전까지도 만월산장의 등 대인이라는 존재는 모두의 안중에도 없었다.

그러던 것이 갑자기 떠올랐으니 신기하게 여겨지는 한편, 마음 깊은 곳에서 꺼림칙하고 불길한 어떤 느낌이 들기도 했다.

"지켜봐서 위험한 놈이라고 판단되면 더 크기 전에 밟아버리는 거야."

                    *   *   *

"그들은 아직 움직임이 없습니다."

목랍길의 말에 장팔봉이 희미하게 웃었다.

"도대체 너는 어떻게 정보를 얻어오는 거냐?"

"그걸 말씀드릴 수는 없지요."

"어째서?"

"장사꾼에게 물건의 원가를 물으면 그가 가르쳐 주겠습니까?"

"하긴."

"어쨌든 지금은 그들이 잠잠하지만 일이 터지면 그렇지 않을지도 모릅니다."

"너의 수하들은 대체 어디 있는 거야? 나는 여태까지 한 번도 그놈들 낯짝을 보지 못했다."

"왜 자꾸 딴소리만 하십니까? 걱정되지도 않습니까?"

"걱정은 무슨."

장팔봉이 짐짓 흘겨보고는 다시 캐묻는다.

"너는 참 나쁜 놈이다."

"예?"

"수하들을 그렇게 쉴 새 없이 부려먹으면서 저는 발 쭉 뻗고 자빠져 자잖아."

"그러니까 수하들 아닙니까? 그놈들을 앉혀두고 내가 손수 뛰어다녀야 한다면 그놈들이 어디 수하입니까? 상전입지요."

"그건 그렇지만 그래도 너무 심하지 않느냐?"

장팔봉의 속셈은 그토록 능력있는 목랍길의 수하들에 대한 궁금증을 풀어보려는 것이었다.

대체 어떤 자들이기에 매번 신속하게 정보를 가져오는데, 그게 한 번도 틀린 적이 없는지 신기하기만 하다.

목랍길이 빙긋 웃었다.

"이런 일에는 이골이 났을 만큼 닳고닳은 놈들이니까 걱정하지 않아도 됩니다. 그런 혹독한 과정을 거쳐야 언젠가는 저처럼 유능한 인물이 되는 겁지요."

"쳇."

같잖다는 듯 혀를 차고 외면하지만 장팔봉은 목랍길의 신기한 능력에 대해서 진정으로 감탄하고 인정하지 않을 수 없었다.

어디에서, 어떻게 그런 정보들을 캐오는 건지, 아무리 수하들을 부리는 것이라고 해도 그렇지, 저로서는 죽었다가 깨어나도 할 수 없는 일 아닌가.

사람마다 타고난 천품이 다르고, 재주가 다르다는 걸 새삼 느끼게 된다. 그러니 쓸모없는 인간은 없는 것이다.

누가 어떻게 그 가치를 찾아내고, 그가 자신의 능력을 십분 발휘할 수 있도록 부추겨 주느냐에 따라서 달라진다.

장팔봉은 그런 면에서 제 사람들을 매우 잘 활용하고 있었다.

그들에 대한 절대적인 신뢰를 바탕으로 하고 있으니 그들은 죽어라고 일을 하면서도 자신들을 그처럼 믿고 의지하는 장팔봉에게 오히려 고마움을 느끼는 것이다.

청리목극이나 흑련귀 고흑성 같은 고수에서부터 군마성의 염청학이나 왕칠보 같은 말자들에 이르기까지 모두 그에게 진심으로 충성하는 건 달리 이유가 있는 게 아니다.

장팔봉이 그들을 진심으로 대하며, 그들이 가장 잘할 수 있는 일을 하도록 시키고, 그 결과에 대해서 상 주기를 아까워하지 않으니 누구라도 그렇게 될 수밖에 없다.

한 가지 서운한 일이라면 목랍길이 끝까지 제 수하들을 드러내지 않는다는 것인데, 그거야 목랍길이 가지고 있는 그만의 힘이니 뭐라고 할 수 없다.

그런 자들은 비밀이 드러나는 순간 쓰임이 다했다고 볼 수 있지 않은가.

목랍길이 한사코 제 수하들을 밝히려 하지 않는 데에는 그런 이유가 있다는 걸 이해한다.

"그들에게 한 가지 일을 시켜라. 물론 완벽하게 처리해 주겠지."

"뭡니까?"

목랍길로서는 장팔봉이 더 이상 수하들의 정체에 대해서 채근하지 않으니 다행스런 일이다.

"성도 북동쪽 일백여 리 떨어진 곳에 마룡탄이라고 하는 곳이 있다. 면양성 가는 길의 오른편이지."

"알고 있습니다."

"거기 커다란 바위 하나가 우뚝 서 있지?"

"매바위 말씀입니까?"

"그렇지, 바로 그거야."

그건 바위 봉우리라고 해야 어울릴 만큼 거대한 바위였다. 꼭대기의 모양이 마치 매가 앉아 있는 것 같아서 그런 이름이 붙어 있다.

"그 매바위는 앞으로 비스듬히 기울어 있다."

"본 적이 있습니다. 저런 모양을 하고도 용케 서 있다고 희한하게 생각했습지요."

매바위는 그 큰 몸뚱이가 앞쪽으로 경사지게 기울어 있어서 그 밑에서 보면 금방이라도 무너져 덮칠 것 같은 두려움을 준다.

하지만 뿌리가 깊어서인지, 뒷등이 산자락에 단단히 붙어 있어서인지 그것은 그런 모양을 한 채 굳건히 잘 서 있다.

"거기에 화약을 심어둬."

"예?"

"한 번 터뜨려서 그놈이 와르르 무너지도록 해야 하니 작용점을 잘 찾아 제대로 심어두어야 할 것이다. 게다가 아무도 그런 사실을 몰라야 하겠지."

"아니, 그런 어려운 일을……."

"흐흐, 엄살 부리지 마라."

"제기랄, 생각 좀 해보십쇼. 그 큰 매바위를 단번에 무너뜨리려면 적어도 이삼천 근의 화약은 필요할 것입니다. 그걸 구하는 게 쉬운 일입니까?"

"……."

"게다가 그것을 지탱해 주고 있는 뿌리를 찾아 깊숙이 파고들어 가야 할 텐데 그걸 아무도 모르게 하라고요?"

"뿌리만으로는 안 될 거다. 등 쪽의 산자락에 붙어 있는 힘줄 부분도 파괴해야 할 거야."

"아니, 그게 지금 가능하다고 생각하시는 겁니까?"

"청리목극이나 고흑성은 물론 나 역시 그런 일은 죽었다

깨어나도 할 수 없지. 하지만 너는 할 수 있어."

"허―"

목랍길이 기가 막힌다는 얼굴로 장팔봉을 빤히 바라본다.

"대체 그건 무너뜨려서 뭐 하실 겁니까? 길이라도 새로 내시려고요?"

"놈들을 수장시키려는 것이지."

"아!"

목랍길이 제 이마를 쳤다.

"그리로 유인해서 한꺼번에 마룡탄에 처넣어 버리려는 거로군요?"

"그렇지."

매바위 아래를 흐르고 있는 마룡탄(馬龍灘)은 폭이 이십여 장에 이르는 개울인데 급류로 유명한 곳이었다.

게다가 곳곳에 무서운 소용돌이가 있고, 암초가 산개해 있어서 누구도 건널 엄두를 내지 못하는 곳이기도 하다.

사람은 물론 말도 한 번 빠지면 소용돌이에 휩쓸려 가라앉아 버리거나, 떠내려가고 만다. 그러면 암초에 부딪치고 찢겨 하류에서 건져낼 때는 형체를 알아볼 수 없는 끔찍한 모습이 되어 있기 일쑤였다.

"해보지요."

목랍길이 고개를 숙였다.

그런 통쾌한 일이라면 한 번 도전해 보지 않을 수 없다는 생각이 들었던 것이다.

장팔봉이 번쩍이는 눈으로 목랍길을 직시하며 천천히 말했다.

"여기서 천화상단은 끝나게 될 것이다. 그리고 드디어 패천마련이 전면에 나서게 되겠지. 나는 그걸 원하고 있다."

목랍길의 얼굴에 두려움이 언뜻 떠오른다.

"정말 패천마련을 상대할 작정이십니까?"

"창웅방의 힘을 한 번 빌릴 때가 되었다."

"예?"

"하루면 충분하겠지?"

"뭐가 말입니까?"

"창웅방에 내 말을 전하는 게 말이다. 하루도 많을 거야. 그렇지 않으냐?"

"쳇, 장 대가는 저에 대해서 이제 너무 많은 걸 알고 계십니다."

목랍길이 투덜거린다.

장팔봉에게는 사람들이 부족했다.

비록 청리목극과 고흑성 등이 뛰어난 고수라고 해도 천화상단에서 나온 삼백여 명의 무사를 상대할 수는 없는 것이다.

게다가 다음 상대로 패천마련의 사천 지부를 염두에 두어야 하니 더 그렇다.

잠시 생각하던 장팔봉이 결정했다는 듯 말했다.

"정예한 용사들 오십 명은 필요하겠어. 창응방에 그만 한 자들이 물론 있겠지?"

"오십 명 아니라 백 명이라도 가능합니다."

"닷새 안에 이곳에 와서 나와 합류해야 한다. 그러자면 너에게도 이렇게 말대꾸하고 있을 시간이 없을걸?"

"존명!"

목랍길이 포권을 하는 둥 마는 둥 급히 달려나간다.

장팔봉의 중얼거림이 텅 빈 방 안에 웅웅 울리며 떠돈다.

"사천에서 시작해 마지막은 대신의가신에서 끝낸다. 이번에는 내 발로 패천마련의 총단에 걸어 들어갈 테다. 당당하게 말이야."

거기서 거령신마 무극전을 쳐서 사문의 원한을 갚는다면 모든 게 끝난다.

장팔봉은 바로 그 일을 하기 위해서 제가 태어난 모양이라고 생각했다.

자연계의 모든 것에는 천적이 있지 않던가.

하늘은 거령신마의 천적으로 자신을 택했다고 믿는다.

그래서 그동안 그렇게 많은 시련을 겪게 했던 것이다.

그 결과 이처럼 놀랍게 변했으니 하늘은 이제 충분히 만족할 만한 결과를 얻게 될 것이다.

그게 장팔봉의 신념이었다.

닷새 뒤, 성도 외곽에 있는 천화상단의 창립자 진국경(秦國慶)의 사당에는 수많은 사람들이 운집했다.

거리가 온통 천화상단의 깃발로 뒤덮였고, 사당 앞의 그 넓은 광장은 흰색 천막들로 가득했다.

총단주인 진소소가 선부의 제사를 드리는 날인 것이다.

예년과는 다르게 금년에는 천화상단에서 삼백여 명이나 되는 무사가 진소소를 호위하고 찾아와 사당 주변을 철저하게 통제하고 있었다.

때문에 제가 있는 날이면 그것을 구경하기 위해 구름처럼 모여들었던 사람들이 금년에는 사당 가까이 접근하지 못하고 멀리 떨어져서 그 위세만 바라볼 수밖에 없었다.

아침 일찍부터 시작한 제가 오후까지 계속되었다.

비록 사천에서의 상권은 졸지에 등 대인이라는 자에게 빼앗겨 껍질만 남았으나 천화상단의 위세는 아직도 남아 있다는 게 여실히 증명된다.

총단주가 직접 주관하는 제인지라 더욱 엄숙했다.

진소소는 피곤한 줄도 모르고 선부의 영정 앞에 단정히 앉아 종일 제단을 지키고 있었다.

특별히 초빙해 온 청성산의 도사들과 아미산의 여승들이 번갈아 축문을 읽고 경을 두드리며 발원과 발복의 절차를 거듭했다.

도사들의 제사가 끝나면 아미산의 여승들이 바라를 울리

고 목탁을 두드리며 경을 읽었다. 그게 끝나면 다시 도사들이
제를 올린다.

그렇게 정성이 가득한 제사는 날이 저물어갈 무렵에야 끝
났다.

진소소는 특별히 초빙해 온 청성산의 도사들, 아미산의 여
승들과 자리를 함께했다.

청성산에서 십여 명이나 되는 도사를 이끌고 온 사람은 백
미 도장(白眉道長)이었는데, 장문인의 사형이니 배분으로 치
면 청성산에서 가장 높은 사람이었다.

강호에서는 운중선(雲中仙)이라 불리는 노고수이기도 하
다.

아미산의 여승들을 인도해 온 노비구니도 보통 신분이 아
니었다.

아미활불(峨眉活佛)로 오래전부터 강호에 이름이 높은 소
양 사태(蘇陽師太)인데, 아미파의 절기들에 해박하고 신공을
대성한 강호의 명숙인 것이다.

그들은 몸에 청성과 아미의 신공절학을 지니고 있었지만
좀체 산을 떠나 세상으로 내려오지 않았다.

구대문파가 모두 패천마련에 의해 봉문당하다시피 하고
있는 처지인 것이다.

그러니 이처럼 산에서 내려와 성도까지 온 것은 특별한 일
중에서도 특별한 일이었다.

"무량수불. 요즘 상단에 근심이 많다고 들었는데 사실이오?"

운중선 백미 도장이 도호를 외고 넌지시 묻는다.

진소소가 방긋 웃었다.

그 모습이 선계의 선녀가 하강한 것 같아 백미 도장은 그 나이에 저도 모르게 얼굴을 붉혔다.

"가지 많은 나무에 바람 잘 날 없다고 하는 격이지요."

"무량수불. 비가 온 뒤에 땅이 더 굳는 법이니 이번 난관을 이겨낸다면 총단주의 위상이 더욱 높아지리라고 믿소이다."

백미 도장이 은근히 덕담을 던진다.

실은 진소소의 비위를 맞추기 위함이었다.

그녀에게 잘 보여야 패천마련에서도 청성산에 대하여 호감을 가져줄 것이라고 짐작하기 때문이다.

그런 속사정은 아미활불 소양 사태라고 다르지 않았다.

어쨌든 사천은 천화상단의 발원지이고, 천화상단은 지금 패천마련의 비호를 받고 있는 곳 아닌가.

무슨 이유 때문인지는 모르지만 강호의 유일한 절대지존으로 군림하고 있는 거령신마 무극전이 진소소의 말이라면 하나부터 열까지 모두 들어준다는 걸 모르는 사람이 없다.

소양 사태가 질세라 합장하고 말했다.

"아미타불. 진 총단주가 사천에 오셨으니 고향에 오신 거나 다름없지요. 아미산은 사천의 기둥이나 같은 곳이니 만약 본 산의 도움이 필요하다면 언제든 말하십시오. 기꺼이 도와 드리리다."

손녀뻘밖에 되지 않는 진소소에게 깎듯이 말하는 건 그녀가 천화상단의 총단주라는 신분을 배려한 것이기도 하지만 역시 잘 보이려는 속셈이다.

그것을 눈치채지 못할 백미 도장이 아니다.

"무량수불. 성도에서 가깝기는 우리 청성산이 훨씬 가깝지요. 지금은 비록 성세가 말할 수 없이 위축되어 있지만 수백 년의 뿌리는 여전하답니다. 그러니 도움이 필요하면 서슴지 말고 말하시오."

"두 분 노선배님들이 이처럼 위로해 주시니 마음이 놓이는군요. 어려운 걸음을 하셨으니 오늘 밤만이라도 편히 쉬시기 바랍니다."

진소소가 공손히 절하고 물러난다.

그들의 말에 대해서는 가타부타 대답을 하지 않은 채 물러났으니, '내 일은 내가 알아서 해. 너희들의 도움을 받아야 할 만큼 천화상단이 형편없어진 건 아니야' 하고 꾸짖은 것과 다름없다.

머쓱해진 백도의 두 명숙이 헛기침만 하다가 처소로 돌아갔고, 진소소는 밤 깊어가는 줄도 모르고 후원을 서성였다.

진소소가 묵고 있는 숙소는 사당의 왼편에 있는 별원이었다. 말이 별원이지, 어지간한 장원을 방불케 할 만큼 규모가 크다.

　잘 가꾸어진 정원이 있고, 넓은 연못과 울창한 대나무 숲이 있으며 정자가 있는 가산(假山)까지 두루 갖춘 호사스런 곳이기도 하다.

　세 개의 커다란 전각이 내전과 외전으로 구분되어 담을 격하고 있다.

　그것들에 딸린 방만 해도 오십여 개가 되는 어마어마한 규모인 것이다.

　진소소는 그 별원 중에서도 가장 깊숙한 곳에 있는 화룡각(火龍閣)에 숙소를 정하고 있었다.

　낮은 담 하나를 사이에 두고 건너편의 천화각(千花閣)에는 백미 도장과 소양 사태가 제자들과 함께 묵고 있다.

　그 화룡각과 천화각이 내전으로 구분되고, 높은 담으로 외전인 태화당(太華堂)과 격리되어 있었다.

　진소소가 달빛 아래 홀로 서성이며 깊은 상념에 잠겨 있는데, 두 사람이 월동문을 지나 후원으로 들어왔다.

　백미 도장과 소양 사태다.

　백미 도장은 소양 사태가 저를 따돌리고 진소소에게 가는 걸 감시했고, 소양 사태도 그렇게 했던 것이다.

　그들은 잠이 오지 않는다는 핑계로 진소소를 좌우에서 감싸듯이 하며 함께 산책을 했다.

　진소소에게는 영 귀찮은 일이었지만 그들의 강호에서의

신분과 명망을 생각해서 참을 수밖에 없었다.

　그렇게 반 시진 남짓 이런저런 쓸데없는 말들을 주고받으며 산책을 하는 동안 밤은 삼경을 향해 깊어갔고, 머리 위에서 밝게 빛나던 달도 어지간히 기울었다.

　그때 문득 소양 사태가 걸음을 멈추고 의아한 눈으로 한곳을 바라보았다.

　그녀의 태도가 이상했으므로 백미 도장도 걸음을 멈추고 그녀의 시선을 좇는다.

　담 아래의 그늘진 곳에 한 사람이 우두커니 서 있었다.

　짙은 황토색의 장삼을 걸친 걸로 보아 진소소를 따라온 천화상단의 무사가 아니었다.

　진소소는 그때까지도 자신의 상념에 깊이 빠져 그런 사실을 모르고 있다.

　백미 도장이 고개를 갸웃거렸다.

　"진 아가씨, 혹시 이곳에 아가씨 말고 다른 사람도 있소이까?"

　"무사들은 모두 외전에 거하거나, 사당 주위의 경계에 나가 있으니 이곳은 저 혼자뿐이지요."

　"그렇다면 이상하군. 저 사람이 혹시 아가씨의 호위가 아니오?"

　"응?"

　백미 도장의 말에 진소소가 비로소 낯선 존재를 느끼고 놀란다.

"누구냐?"

소양 사태가 앙칼진 고함을 터뜨렸다.

진소소의 말을 들은 즉시 저 얼굴 누런 괴한이 침입자라는 걸 안 것이다.

쉬잉—

그녀가 노구라는 게 믿어지지 않을 만큼 쾌속한 신법으로 어둠 속의 침입자를 덮쳐 갔다.

진소소 앞에서 자신의 솜씨를 뽐내 보이기라도 하려는 듯 아미의 절정 경공신법을 한껏 펼친 것이다.

아미승운(峨眉乘雲)이라고 하는 그 수법을 펼치자 소양 사태는 정말 구름이라도 탄 것 같았다.

손오공이 근두운을 잡아타고 나는 것처럼 단숨에 이십여 장을 날아 덮쳐 가는데, 그런 쾌속함에도 불구하고 우아한 자태와 여유를 잃지 않았다.

과연 명가의 솜씨라고 감탄하지 않을 수 없다.

"쿵."

한발 늦어서 분하다는 듯 백미 도장이 콧방귀를 뀌며 입을 씰쭉거리고 바라본다.

단숨에 괴한의 면전에 들이닥친 소양 사태가 옷자락을 펄럭이며 두 손을 내뻗었다.

아미의 절정 금나수인 원인박과(猿人搏果)와 타혈신공인

불장고법(佛杖叩法), 절정의 장법인 금정산수(金頂散手)를 한꺼번에 와르르 쏟아낸다.

괴한을 허수아비로 세워두고 진소소와 백미 도장 앞에서 자신의 아미 절기들을 마음껏 자랑해 보이겠다는 속셈이 훤히 드러나는 수법이었다.

괴한은 노사태의 무시무시한 공세에 넋이 나간 듯 움직이지 않았다.

꼼짝없이 서서 노사태의 손에 붙잡힐 것처럼 보인다.

공을 빼앗기게 되어서 분한 백미 도장이 한껏 위엄있는 음성으로 말했다.

"사태, 손속에 인정을 남기시오. 불가의 명숙이 어찌 새파란 후배에게 그처럼 잔혹한 수단을 펼친단 말이오?"

은근히 비아냥거리고 깎아내리는 말이다.

"흥!"

그 말에 더 화가 난 노사태가 코웃음을 치고 더욱 매섭게 손을 휘둘렀다.

단번에 괴한을 제압해서 백미 도장의 코를 납작하게 해주겠다는 의욕이 넘쳐 난다.

노사태의 장력이 가슴을 밀고 갈고리 같은 다섯 손가락이 견정혈을 잡으려는 순간이었다.

"염치를 모르는 늙은 것들 같으니."

내내 가만히 서 있던 얼굴 누런 괴한이 싸늘한 비웃음을 흘렸다.

흡! 하고 숨을 급하고 크게 들이마시면서 한껏 온몸에 기운을 불어넣는다.

그러자 괴한의 옷자락이 마치 바람을 잔뜩 담은 것처럼 갑자기 부풀어 올랐다.

노사태의 손이 그것을 움켜쥐고, 때렸다.

펑!

가죽 부대를 친 것 같은 공허한 소리가 크게 울려 나온다.

"아앗!"

노사태가 깜짝 놀라 급히 물러섰다.

괴한의 부풀어 오른 옷자락을 친 순간 무지막지한 반탄지력이 생겨 노사태의 내공을 고스란히 그녀에게 되돌려 보낸 것이다.

만약 그녀가 정말 악독한 마음을 먹고 괴한을 일장에 때려 죽일 작정으로 전력을 다해 후려쳤더라면 그 힘 때문에 오히려 제가 크게 다칠 뻔한 아찔한 순간이었다.

노사태는 괴한의 호신기공이 상상을 초월한다는 사실을 믿을 수 없었다.

'내가 무언가 착각을 했던 게지.'

애써 그렇게 제 마음을 달래는 건 아무리 보아도 눈앞의 얼굴 누런 괴한이 갓 중년의 나이에 들어선 자였기 때문이다.

그동안 공력을 쌓았으면 얼마나 쌓았을 것이며, 수련을 했으면 얼마나 했을 것인가.

그의 내공과 수련이 설마 오십 년이 넘도록 오직 아미파의 무공일도에 정진해 온 자신을 뛰어넘을 수 없다고 믿는다.

"제법이구나. 하지만 그래서 더욱 용서할 수 없노라. 아미타불—"

노사태가 노기를 드러내며 다시 달려들었다.

이번에는 자신의 자부심이기도 한 아미 금정신공을 한껏 끌어올려 두 손에 실었다.

내공이 충만하니 자신감도 절로 충만해진다.

"이얏!"

항마복룡(降魔伏龍)의 기세와 수법으로 급하게 들이치는데, 내뻗는 손의 힘이 가히 바위라도 가루로 만들 것 같고, 움켜쥐는 손가락의 교묘함이 천계의 원숭이가 재주를 부리는 것 같았다.

그것을 냉랭한 눈으로 바라보던 괴한이 '흥!' 하고 코웃음을 쳤다.

"아미산에 무슨 절기가 있고 신공이 있을 것인가? 썩어빠진 아부와 아첨의 신공절학밖에는 남은 게 없겠지."

느끼한 비웃음을 날리며 슬쩍슬쩍 움직이는데, 마치 허깨비가 희롱하는 것 같았다. 목화솜 한 가닥이 바람을 타고 나는 것 같기도 하다.

그러니 아무리 용을 써도 소양 사태는 괴한을 잡거나 때릴 수가 없었다.

주먹을 뻗으면 그것이 밀어내는 바람에 떠밀린 것처럼 물러서고, 잡으려고 해도 역시 손의 움직임에 따라 일어나는 그 미약한 바람을 타고 비켜난다.

그렇게 몇 차례 노사태를 희롱하던 괴한이 불쑥 손을 내밀었다.

순간 옷소매 펄럭이는 소리가 귓전에 울리고, 눈앞이 온통 괴한의 손 그림자로 가득 뒤덮였다.

"아!"

그 놀라운 일에 소양 사태가 저도 모르게 비명을 터뜨렸다.

그리고 이내 정신이 아뜩해진다.

어느새 괴한의 손바닥이 그녀의 반질반질한 이마를 찰싹 때리고 물러났던 것이다.

만약 괴한이 조금만 힘을 실어서 쳤더라면 소양 사태의 머리통은 잘 익은 수박을 떨어뜨린 것처럼 박살나 흩어지고 말았을 것이다.

"이, 이런… 일이……."

소양 사태는 믿을 수 없는 일에 넋이 나갔다.

멍하니 눈앞의 얼굴 누런 괴한을 바라보는데, 점점 눈이 커지고 입이 벌어지고 있었다.

괴한이 여전히 무표정한 얼굴로 싸늘하게 말했다.

"가서 불경이나 열심히 읽어라. 극락왕생이 어찌 그까짓 어린애 재주 같은 몇 초의 무공으로 이루어질 것이냐?"

지독한 비웃음이고 모욕이지만 소양 사태는 입이 얼어붙은 것처럼 아무 말도 하지 못했다.

저쪽에서 그들의 싸움을 지켜보고 있던 백미 도장이 대신 고함친다.

"이놈! 대가리에 피도 마르지 않은 새파란 것이 감히 존사를 능멸하는구나! 내가 오늘 네놈의 그 버르장머리를 고쳐 주고 말 테다!"

第五章

드디어 마주치다

鳳鳴刀
봉명도

드디어 마주치다

새파란 검광이 눈을 어지럽히며 쏟아진다.

그 앞에서 괴한은 금방이라도 백미 도장의 검에 찔려 쓰러질 것만 같았다.

청성검법은 가볍고 표홀해서 변화무쌍하기 짝이 없었다.

같은 도교의 검법이지만 그 안에 진중한 뜻을 품고 있는 무당파의 검법과는 확연히 다르다.

게다가 백미 도장의 청성검법은 이미 완숙의 경지를 넘어서 검선의 자리를 노릴 만했다.

그 신묘한 검법 앞에서 얼굴 누런 괴한도 당황한 것 같았다.

움직임이 아미의 소양 사태를 상대할 때와는 다르게 어지러워졌는데, 그 속에 압축된 긴장을 담고 있는 게 느껴졌던 것이다.

"차핫!"

백미 도장이 낭랑한 기합성을 터뜨리며 종횡으로 검을 휘둘러 사방에 번쩍이는 검광을 뿌렸다.

사해출룡(四海出龍)이라는 검법이다.

원래는 다수의 적 속에 고립되었을 때 사용하는 청성파 비전의 검법 절기가 바로 사해출룡이다.

스스로를 지키면서 사방의 적들을 동시에 물리치는 신묘한 검법인 것이다.

백미 도장이 괴한 한 명을 상대하면서 그것을 펼친 것은 괴한의 신법이 절묘해서 세 사람, 네 사람을 상대하는 것과 다름없었기 때문이다.

괴한은 여전히 빈손이었다. 아슬아슬하게 몸을 움직여 백미 도장의 검법을 피하기만 하고 있었는데, 다른 사람이 보기에는 궁지에 몰려 쩔쩔매느라 미처 대응할 틈을 찾지 못하고 있기 때문인 것 같았다.

하지만 괴한은 백미 도장의 검법을 살펴보고 있는 중이었다.

소양 사태를 일격에 물리쳤을 만큼 무시무시한 무공을 소유한 그가 백미 도장의 검법에 관심을 보이고 있는 것이다.

그건 그만큼 청성검법이 뛰어나다는 것이기도 하고, 백미 도장의 솜씨가 훌륭하다는 것이기도 하리라.

잠깐 그렇게 호기심을 보였던 괴한, 장팔봉이 머리를 끄덕 였다.

"좋군."

그 한마디가 백미 도장의 자존심을 건드렸다.

그는 알고 있었다. 눈앞의 괴한이 자신의 검법에 압도당해 쩔쩔매고 있는 게 아니라는 것을.

"괘씸한 놈!"

심한 모욕을 느낀 백미 도장이 자신의 모든 공력을 검끝에 실었다.

'이얏!' 하는 기합성과 함께 청성검법의 백미라 할 수 있는 단로천궁(單路天宮)의 한 초식을 펼쳤다.

검광이 무지개처럼 걸리며 싸늘한 검기가 일 장이나 뻗어 나가 눈을 찌른다.

단 한 초식의 검법이면서 그 안에 청성검법의 정화가 모두 담겨 있는 그 일초의 검법 앞에서 장팔봉은 방심할 수가 없었 다.

'이건 굉장하구나!'

절로 그런 감탄을 하게 된다.

장팔봉이 지금까지와는 다르게 온 정신을 모으고 진원지 기를 끌어올렸다.

번갯불이 스쳐 가는 것 같은 찰나의 순간이지만 그의 머릿속에는 무수한 초식들이 떠오르고 지워졌다.

그중에서 그가 택한 건 한 가지의 지법이었다.

무정철수 곽대련의 마정십지 중 탄지의 정화라고 할 수 있는 뇌정단천(雷精斷天)이다.

장팔봉의 다섯 손가락이 활짝 펼쳐졌다.

부챗살 같은 그것을 흔들며 오히려 백미 도장의 검에 부딪쳐 간다.

짜라라랑—

천지를 꿰뚫을 것 같은 무시무시한 기세로 쏟아져 오는 검신을 두드리는 손가락.

쇠구슬을 굴리는 낭랑한 소리가 났다.

"으앗!"

백미 도장의 입에서 커다란 비명이 터져 나왔다.

너무 놀라 저도 모르게 비명을 지른 것이다.

쥐고 있는 보검이 윙윙 고통스런 울음을 터뜨릴 정도로 그것을 때린 손가락의 힘은 극강했다.

검의 고통이 그대로 손목을 지나 어깨를 두드리고 한쪽 가슴마저 마비시킬 정도로 밀려든다.

그리고 온몸이 저려오는 두려움.

백미 도장이 검을 뻗어낸 자세 그대로 굳어버린 것처럼 멈추었다.

마치 마혈이라도 제압당한 것 같은 모습이다.

장팔봉은 훌쩍 뛰어 두어 장 떨어진 곳에 물러나 있었는데, 그를 바라보고 제 검을 바라보던 백미 도장의 눈이 점점 커졌다.

쩡—

부르르 떨던 검신이 마지막 비명을 토해내며 잠잠해졌다.

그것에 가는 금이 거미줄처럼 어지럽게 얽히며 죽죽 뻗어나가고 있는 것 아닌가.

백련정강을 진흙 베어내듯 잘라 버리는 보검의 검신이 갈라져 터지고 있다는 그 사실은 백미 도장을 미치게 할 만큼 충격적이었다.

그래서 그는 말을 잃고 넋을 잃었다.

장팔봉이 천천히 다가와 어깨를 스치며 지나가지만 꼼짝도 하지 못한다.

일격에 아미와 청성의 두 절정고수들을 무기력하게 만들고 놀라게 만든 장팔봉이 천천히 진소소에게로 다가간다.

그를 바라보는 진소소의 얼굴엔 놀람이 지나쳐 멍한 기색이 가득했다.

그녀는 제 눈으로 보았으면서도 장팔봉이 대체 무슨 짓을 한 건지 믿을 수가 없었다.

저 세 사람이 서로 짜고서 자기를 놀리는 게 아닌가? 하는 엉뚱한 생각마저 한다.

장팔봉이 진소소와 마주 섰다.

그녀는 멍한 얼굴로 장팔봉의 번쩍이는 눈 속을 그저 들여다볼 뿐이었다.

장팔봉의 표정은 다행히 면구에 가려져 있어서 보이지 않았다.

그렇지 않았다면 진소소는 그의 얼굴에서 슬픔과 분노, 기쁨과 증오, 사랑과 원한이 마구 뒤엉켜 있는 복잡한 표정을 보고 놀랐을 것이다.

그렇게 사랑했고, 지금은 그렇게 증오하는 진소소와 마주하고 있는 장팔봉의 가슴속은 그런 복잡한 정서들로 마구 들끓고 있었다.

어떤 게 제 마음인지 자신도 알 수 없는 지경이 되어 있었다.

"당신은 나를 아나요?"

진소소가 문득 말했다.

비록 눈앞에 있는 얼굴 누런 자는 처음 보지만 그의 눈빛 속에 떠오르고 있는 변화무쌍한 정서는 충분히 느낄 수 있었던 것이다.

그래서 의아해진다.

장팔봉의 가슴 깊은 곳에 들끓고 있던 온갖 마음들이 이제는 두 개로 정리되었다.

그녀를 와락 끌어안아 주고 싶다는 것과, 죽이고 싶다는 극과 극의 두 마음이다.

그녀의 초췌해진 얼굴을 보고 있자니 안쓰럽고 애처로운 감정이 뭉클하게 솟아나는 한편, 그 처연하고 아름다운 얼굴이 바로 저의 뒤통수를 후려쳤던 그 얼굴이라고 생각하면 가증스럽게 여겨지기만 한다.

수없이 갈등하던 그가 어눌하고 답답한 음성으로 말했다.

"나를 쳐."

그 한마디에 진소소가 큰 눈을 더욱 크게 뜬다.

"당신은 지금 뭐라고 했나요?"

"나를 치란 말이다. 힘껏 한 번 쳐봐."

"……!"

진소소는 얼굴 누런 자의 엉뚱한 말에 어이가 없었다. 도대체 이 정체불명의 괴한이 무슨 생각을 하고 있는 건지 의아하기만 하다.

이상하게도 두렵지는 않았다.

아미의 소양 사태와 청성의 백미 도장이라는 백도의 두 거물을 일격에 물리치는 무서운 자임을 제 눈으로 똑똑히 보았으면서도 두렵다는 생각이 들지 않으니 이상한 일이었다.

'이 느낌… 이 냄새…….'

진소소는 그것이 저에게 많이 익숙한 것이라고 막연하게 느끼고 있었던 것이다.

그게 무엇 때문인지는 모른다. 왜 그런 생각이 드는 건지도 알 수 없었다.

하지만 낯선 얼굴의 괴한과 마주하고 있음에도 낯선 자라는 생각이 들지 않았다.

"나를 치라니까? 그러지 않으면 내가 너를 때릴 테다."

장팔봉이 다시 말했다.

"아!"

진소소가 흠칫 놀라 물러선다. 정신을 차리고 눈앞의 괴한을 빤히 바라보았다.

"이제 알겠군요. 당신이 바로 장구봉이지요?"

"흥!"

"당신은 역시 담대하군요. 이처럼 혼자서 호구나 다름없는 이곳에 들어오다니."

"누가 나를 막을 수 있단 말이냐?"

"내가 신호를 보내기만 하면 문무전의 삼백 고수가 모두 달려올 것이에요. 당신은 두렵지 않단 말인가요?"

"허수아비들 삼백이 아니라 삼천 명이 있다고 해도 두려울 게 없지. 내가 두려워하는 건 바로 너 한 사람이다."

"어째서?"

"너의 겉과 속이 다른 그 가증스러움이 두려운 거야."

"……?"

진소소로서는 도저히 이해할 수 없는 말이었다.

생전 처음 보는 자가 그렇게 말한다는 건 아무래도 이해가 되지 않는다.

장팔봉이 다시 말했다.

"내 마음이 변하기 전에 어서 나를 쳐라."

"정 원한다면 그렇게 하지요. 하지만 당신은 후회할지도 몰라요."

진소소가 소매 속에서 섬섬옥수를 꺼냈다. 몇 번 손가락을 꼼지락거리더니 비장의 신공인 빙천신공(氷泉神功)을 십성 끌어올린다.

그것을 손가락에 실으면 절세적인 지법인 빙천십지(氷泉十指)가 되고, 장력으로 쳐내면 한빙면장(寒氷綿掌)이 된다.

그것이야말로 진소소를 연약한 여자에서 강호의 절세고수 중 한 명으로 탈바꿈시켜 준 사문의 비전신공이었다.

강호에서 누구도 그녀를 무시하지 못하는 게 단지 그녀가 쥐고 있는 금력 때문이 아닌 것이다.

'이자가 멍청한 건지, 지나치게 오만한 건지, 아니면 정말 나 같은 건 우습게 여길 만한 고수인지 알 수 없구나.'

그런 생각이 들어서 잠깐 망설였지만 이내 마음을 독하게 먹었다.

'그렇게 찾아도 찾을 수 없던 자가 이처럼 불쑥 내 앞에 나타나 스스로 죽기를 원하니 이거야말로 돌아가신 아버님의 신령이 나를 위해 커다란 선물을 해주신 게 아니고 무엇이랴.'

하필 선친의 제사를 드린 그날 밤에 이처럼 믿지 못할 일이 일어났으니 그런 생각이 드는 게 당연하다.

그렇다면 일장에 이 바보 같은 놈을 죽여서 모든 걸 정리하는 게 하늘의 뜻이라 믿는다.

이놈만 죽이면 천화상단은 다시 원래의 세력과 힘을 되찾을 수 있지 않겠는가.

"그럼 각오하세요."

입술을 잘근 깨문 진소소가 천천히 백옥처럼 투명하게 변한 손을 장팔봉의 가슴을 향해 뻗어냈다.

장팔봉은 뒷짐마저 진 채 우뚝 서 있을 뿐이었다.

부리부리한 눈으로 진소소를 뚫어지게 바라본다.

정말 아무런 방비도 없이 그녀의 일장을 고스란히 맞아줄 모양이었다.

도무지 이해할 수 없는 일이다.

진소소가 입술을 악물고 슬쩍 한 손을 내뻗었다.

펑!

장팔봉의 가슴 복판에서 커다란 북이 찢어지는 것 같은 소리가 났다.

진소소의 일장이 기어이 그의 가슴을 가격한 것이다.

그녀의 극음지력이 뼛속까지 얼려놓을 듯이 파고든다.

그 위력은 아름드리 고목이라고 해도 즉시 꽁꽁 얼려 버릴 만큼 지독했다.

조금만 충격을 가해도 얼음 조각이 되어 우수수 부서져 버
리리라.

"끄응—"

장팔봉의 입에서 답답한 신음성이 흘러나왔다.

상체를 휘청, 하고 비틀거리더니 천천히 바로 세운다.

"아!"

진소소가 놀란 외침을 터뜨리고 정신없이 뒤로 물러섰다.

장팔봉을 바라보는 얼굴 가득 놀람과 불신의 기색이 어린
다.

"어떻게……?"

그녀는 이해할 수 없었다.

자신의 십성 내력을 실은 한빙면장을 맞고서도 그가 여전
히 버티고 서 있다는 게 악몽 같기만 하다.

"음—"

장팔봉의 눈에 핏발이 섰다.

이를 부드득 갈면서 잡아먹을 듯이 그녀를 노려보던 그가
미련없이 몸을 돌렸다.

'역시 백 사고의 말이 맞았어.'

그런 생각을 하며 훌쩍 몸을 날리는데, 어디에도 내상을 입
은 기색이 없었다.

쉬앙—

바람을 가르는 요란한 소리를 남기고 눈 깜짝할 사이에 높

은 담과 전각의 지붕을 넘어 어둠 속으로 사라져 버린다.

진소소는 멍하니 그런 장팔봉의 뒷모습을 바라볼 뿐, 쫓아갈 생각도 하지 못했다.

"나의 한빙면장을 몸으로 받아내고도 멀쩡하다니……."

그것도 십성의 신공을 실은 일장 아니었던가.

그랬기에 그녀의 충격은 더욱 컸다.

비로소 정신을 차린 듯, 백미 도장이 장팔봉이 사라진 허공을 바라보며 중얼거렸다.

"그는, 그는… 설마 정말 마정십지를 펼친 것인가? 무정철수 곽대련의……."

부르르 몸을 떤다. 붉었던 그의 얼굴이 두려움으로 새파랗게 질렸다.

"아니다. 절대 그럴 리가 없어."

백미 도장이 혼란스러워할 때, 소양 사태도 마찬가지였다.

그녀 또한 장팔봉이 사라진 허공을 멍하니 바라보고 있었는데, 쿵쾅거리며 뛰는 제 가슴의 고동소리에 머릿속이 멍해질 지경이었다.

"염왕진무… 독안효 공자청……."

노사태도 부르르 몸을 떨었다.

세상에 어떻게 그런 일이 있을 수 있단 말인가? 하고 중얼거리던 그녀가 급히 돌아섰다.

"돌아가자, 돌아가. 어서 아미산으로 돌아가야 해. 다시는 산에서 내려오지 않으리라."

두려움으로 새파랗게 질려서 미친 것처럼 중얼거리며 떠나간다.

어려서부터 강호에서 잔뼈가 굵은 그들 두 노명숙은 자신을 희롱하던 장팔봉의 절기가 무엇인지 알아본 것이다.

그리고 두 사람.

떠올리고 싶지 않은 강호의 공포이자 재앙으로 꼽히던 그들의 이름을 떠올렸던 것이다.

그들이 사라진 지 벌써 오십여 년이 훨씬 넘었다.

모두가 그들의 이름마저 잊기 위해 애썼고, 그 결과 오늘날에는 그들의 존재를 기억하는 사람조차 드물었다.

그런데 바로 이곳에서, 낯선 자에 의해 그들을 떠올리게 되었으니 그 공포가 영혼을 지배할 만큼 대단하다.

울컥, 울컥―

두어 모금의 선혈을 토해내고 나자 가슴이 비로소 시원해졌다.

장팔봉은 백무향의 말이 틀리지 않았다는 걸 알았다.

제가 봉명도를 가지고 풍화곡에서 나와 바위 봉우리 위에 있었을 때 진소소가 전력을 다해 등에 일장을 때렸더라면 이미 숨이 끊어졌을 것이다.

그러면 지금처럼 이렇게 살아 있을 수도 없었겠지, 하고 생각하자 한편으로는 그녀에 대한 연민의 마음이 생기기도 했다.

하지만 절벽에서 떨어질 걸 뻔히 알면서도 그렇게 했다는 건 역시 저를 죽인 거나 마찬가지라고 생각하게 된다.

비록 때리는 순간 어떤 마음에서였던지 내력을 거두었다고 해도 그때의 저는 그 절벽에서 추락하는 것만으로도 충분히 죽었을 것이기 때문이다.

"멍청한 짓을 한 건가?"

그런 후회의 마음이 들었다.

진소소가 비록 여간해서는 자신의 무공을 드러내지 않았지만, 그녀의 무공이 절정고수를 우습게 여길 만큼 대단하다는 걸 이미 잘 알고 있지 않았던가.

그러면서도 이렇게 찾아와 일부러 그녀의 일장을 맞아보고, 그럼으로써 그녀가 자신의 등을 칠 때의 심정을 느껴보려고 했던 건 사실 쓸데없는 짓에 지나지 않았다.

장팔봉은 우두커니 서서 검은 하늘을 바라보며 상념에 잠겼다. 자신의 마음을 깊이 들여다본다.

제가 아무 이득도 없는 이런 짓을 한 건 오직 진소소가 가까운 곳에 와 있다는 것 때문이었다.

'내 마음이 설레고 있었던 것일까? 그래서인가?'

그런 비판을 스스로에게 하지 않을 수 없다.

'그렇다면 아직도 나는 그녀를 그리워하고 있는 건가? 그런 꼴을 당하고서도? 그런 배신을 당했으면서도?

스스로에게 물어보고 비웃는다.

하지만 그 대답은 이제 자기 자신이 잘 알고 있었다.

그녀의 한빙면장은 과연 대단한 절기였지만 그것만으로 장팔봉에게 심각한 부상을 입힐 수는 없었다.

장팔봉이 괴로워하는 건 그러므로 그녀의 면장에 의한 내상 때문이 아니라 바로 그녀에 대한 제 마음 때문이었다.

미워하고 증오한다고 믿었는데, 그녀가 지척에 있다는 말을 듣자마자 한달음에 이처럼 달려온 그 행위 때문이었다.

그건 미움이 아니었다.

정말 그녀를 지독하게 증오했다면 조금 전 그녀와 마주했을 때 망설임없이 살수를 펼쳐 그녀를 죽이고 말았으리라.

그러나 기껏 한다는 게 희롱이나 하고 스스로 일장을 맞아준 다음에 유유히 떠나온 것뿐이다.

그리고 지금은 그런 자신의 행위에 대해서 괴로워하고 있다.

"제기랄!"

장팔봉이 발을 굴렀다.

어떤 게 저의 본심인지 이제는 제 자신도 확신할 수 없게 되었기 때문이다.

"내가 고작 이런 놈에 불과했었나?"

그런 자괴감도 든다.

독하지 않으면 장부가 아니라고 했는데, 그녀에 대해서만
은 변덕이 죽 끓듯 하니 나는 대장부가 될 수 없는 놈인가 보
다 하는 생각 때문이다.

여태까지 천화상단을 상대로 싸움을 했고, 매번 승리했으
며, 그때마다 괴로워할 진소소를 떠올리며 통쾌하게 생각했
던 것들이 죄다 허무해진다.

"주공."

어둠 속에서 내내 말없이 장팔봉을 바라보고 서 있기만 하
던 청리목극이 조심스럽게 불렀다.

천천히 다가와 장팔봉의 손을 붙잡는다.

"괜찮으십니까? 그러기에 혼자서 가지 말라고 그렇게 말씀
드렸건만……."

그는 장팔봉이 진소소를 찾아갔다가 큰 부상을 입은 모양
이라고 여기고 있었던 것이다.

그녀의 주위에는 수많은 고수들이 있지 않던가.

그래서 장팔봉이 굳이 혼자서 가겠다고 고집했을 때 한사
코 말렸지만 허사였다.

"이봐."

"말씀하십시오."

"사랑이 뭐냐?"

"예?"

장팔봉의 엉뚱한 말에 청리목극이 어리둥절해서 그를 바

라보았다.

"그게 뭔지 혹시 아느냐?"

"주공?"

"안다면 제발 가르쳐다오."

"……."

"너도 모르는구나."

"한 가지는 알지요."

"말해봐."

"해도 괴롭고 하지 않아도 괴롭다는 겁니다."

"그럼 그건 아주 몹쓸 감정이로구나. 인간에게 필요없는 감정인 거야."

"하지만 누구도 피해갈 수 없는 것이기도 하지요."

"그럼 인생의 함정이고 덫 같은 거냐?"

"그럴지도……."

"제기랄. 네 말을 들으니 더 답답해지는구나. 괜히 물어봤다."

청리목극이 빙긋 웃었다.

장팔봉이 아무런 부상도 입지 않았다는 걸 알았기 때문이다.

안도가 되는 한편, 대체 진소소와 주공 사이에 무슨 일이 있었던 걸까? 하는 궁금증이 커진다.

장팔봉이 다시 불쑥 말했다.

"진소소에게 전해."

"예?"

"항복하라고 말이다. 그렇지 않고 반드시 피를 보기 원한
다면 평생 후회하게 될 것이라고 전해."

"존명!"

"아, 잠깐만."

청리목극이 돌아서다가 의아해서 바라본다.

"그럴 것 없다. 그 말은 내가 직접 하는 게 낫겠어. 너는 그
저 그녀와 내가 정식으로 만날 장소와 날짜를 잡고 그녀를 그
리 나오게 해."

"그게 다입니까?"

또 변덕이 들어서 저를 귀찮게 하지 않을 거냐는 물음이다.

장팔봉이 째려본다.

"존명!"

달아나듯 사라지는 청리목극을 보면서 장팔봉은 쓴 입맛
을 다셨다.

여전히 마음속에 복잡한 감정이 남아 있었던 것이다.

'정말 그녀를 다시 만날 필요가 있을까?'

제가 명령을 내려놓고도 금방 후회한다.

그런 장팔봉에게서는 여태까지 보여주었던 단호함과 냉정
함이란 조금도 찾아볼 수 없었다.

그저 사춘기 소년처럼 갈등하고 안절부절못하는 한심한

모습만이 있을 뿐이다.

그게 바로 진소소에 대한 그의 마음이었다.

사흘 뒤, 성도에서 가장 크고 화려한 주루, 천외루(天外樓).

넓은 정원에 둘러싸여 있어서 깊은 숲 속에 들어앉아 있는 것처럼 아늑하고 조용한 곳이다.

그 천외루가 살벌한 분위기 속에 침몰해 있었다.

나는 새도 숨을 죽이고 비켜간다.

일백여 명이나 되는 천화상단의 무사들이 곳곳에 자갈처럼 깔려 있기 때문이었다.

그들의 얼굴에는 하나같이 비장하고 분한 기색이 어려 있었다.

천화상단의 발원지이면서 얼마 전까지만 해도 저희들의 세력이 지배하던 이곳이 지금은 외지처럼 되어버렸기 때문이다.

진소소를 지키기 위해 이처럼 철통같은 경비를 서야 한다는 것 자체가 바로 그러한 자신들의 입지를 잘 말해주는 것이었다.

이곳은 어느새 등 대인이라는 자의 영토가 되어버리고 있었던 것이다.

그 등 대인이라는 자가 곧 온다.

안에서는 진소소가 벌써 도착해 기다리고 있었다. 무려 한 시진 째 말없이 한 사람을 기다리고 있는 것이다.

그 말은 곧 만남을 원했던 등 대인이라는 자가 거만하게도 약속을 어겼다는 의미다.

얼마 전까지만 해도 존재감도 없던 자가 지금은 그렇게나 오랜 시간 동안 그녀를 기다리게 하고 있다는 데에 화가 나지 않을 사람은 없었다.

그 등 대인이 왔다.

수많은 호위무사들을 대동하고 나타나리라고 여겼던 문무전의 무사들은 어이가 없고 기가 막혀 한순간 멍해지고 말았다.

수행종사도 없이 혼자서, 그것도 말이나 마차를 타지도 않은 채 마치 산책이라도 나온 어느 한량인 것처럼 건들거리며 나타났기 때문이다.

그래서 처음 천외루의 정문을 지키고 있던 자들은 벌컥 화를 냈다.

"네가 등 대인이라고? 그럼 나는 주 왕야다!"

주 왕야.

건승왕 주필도를 말하는 건데, 그는 사천에 왕부를 짓고 눌러앉아 있는 황실의 세력가였다. 현 황제의 이복동생이기도 하다.

장팔봉은 등 대인의 모습으로 돌아와 있었다.

누런 얼굴은 그대로이지만 코밑에 짧은 수염을 길렀고 눈매가 가느다라며 볼을 오목하게 했다.

며칠 전 장구봉의 모습으로 진소소를 대했을 때와는 확연히 달라 보이는 등 대인의 모습인 것이다.

장팔봉, 등 대인이 저를 가로막고 눈을 부라리는 무사 앞에서 히죽 웃었다.

"그럼 그냥 돌아가지. 진 총단주에게 말이나 한마디 전해주게. 만월산장의 등 모라는 사람이 만나기 위해 왔다가 정문 앞에서 쫓겨나 그냥 돌아갔다고 말일세."

그러고는 미련없이 돌아선다.

"잠깐 기다려 봐!"

다급해진 건 무사였다.

만약 이자가 정말 등 대인이라는 자라면 그를 쫓아낸 벌을 단단히 받아야 할 것이기 때문이다.

"일단 안에 기별을 해보겠다. 기다리고 있어."

그러고는 동료에게 감시하게 하고 부리나케 안으로 달려 들어 갔다.

만약 거짓말을 한 거라면 돌아와서 작신 두들겨 패줄 작정이다.

하지만 잠시 후 돌아왔을 때 그자는 한껏 풀이 죽어 있었다.

한 사람을 대동하고 급히 달려왔는데, 바로 천뇌전주인 천뇌자 염극생이었다.

그가 사천의 등 대인이라는 자를 영접하기 위해 몸소 달려 나온 것이다.

검은 수염을 쓰다듬으며 장팔봉을 이리저리 살펴보던 염극생이 가볍게 포권했다.

"안으로 드시지요. 총단주께서 오래전부터 기다리고 있소이다."

"미안하게 되었소. 바쁜 일이 좀 생겨서 말이지."

"끄응―"

염극생의 얼굴에 불쾌하다는 기색이 노골적으로 떠오르지만 장팔봉은 개의치 않았다.

제집이라도 들어가듯이 어깨를 활짝 펴고 씩씩하게 걸어 들어간다.

그런 장팔봉을 보면서 염극생은 마음이 복잡했다.

'이놈이 철이 없는 놈인가? 아니면 어리석을 만큼 배짱이 두둑한 놈인가? 알 수 없구나.'

정문에서부터 그 넓은 정원을 가로질러 주청에 이르기까지 수많은 무사들이 도열해 서 있었다.

모두 분한 얼굴로 씩씩거리며 노려보지만 장팔봉에게서는 조금도 두려워하거나 미안해하는 기색이 없었다.

제집의 종들을 대하듯이 오만하고 도도하게 턱을 치켜든 채 뚜벅뚜벅 그들 앞을 지나간다.

사열이라도 하는 장군인 것 같다.

그런 장팔봉의 곁에서 걸으며 염극생은 머릿속이 혼란하기만 했다.

이놈이 무언가 술수를 부려놓은 게 아닌가? 그렇기에 이처럼 태연한 게 아닌가, 하는 의심에 넌지시 묻는다.

"혼자 오셨소?"

장팔봉이 머리를 끄덕이며 호쾌하게 말했다.

"내가 만나기로 한 사람은 진 총단주 한 명이오. 그러니 나도 혼자서 오는 게 당연한 일이지. 그런데 진 총단주는 이렇게 야단을 떨면서 수많은 수행원들을 데리고 왔군. 그건 그녀가 그만큼 나를 두려워하기 때문이오?"

되묻는 말에 염극생은 한순간 말문이 막혔다. 쩔쩔맨다.

그가 붉으락푸르락하는 얼굴로 퉁명스럽게 말했다.

"이 사람들은 모두 등 대인에 대해서 적개심을 가지고 있소. 당신은 호랑이 굴에 들어온 거라고 생각하지 않소?"

"호랑이는 무슨. 내가 보기에는 고양이 새끼들만도 못해 보이는구면."

"말씀이 과하시오."

"나 한 사람을 잡겠다고 이처럼 많은 무사들을 데리고 온 거라면 진 총단주 스스로 제가 거느린 자들이 모두 허수아비라는 걸 인정하는 것 아니겠소?"

"끄응—"

"여기서 당신이 저들에게 명해서 나를 죽일 수도 있겠지."

"두려우시오?"

"하지만 당신에게는 그럴 배짱이 없을 거요. 내가 보기에 당신은 그저 책상물림이나 하고 있으면 어울릴 양반이니 절대로 그런 배짱이 있을 리 없지."

"끄응—"

장팔봉의 거침없는 말투에 천뇌자 염극생은 거푸 된 숨만 내쉬었다. 노여움으로 가슴속이 부글부글 끓지만 참을 수밖에 없다는 게 더욱 화가 난다.

그런 노여움은 주청의 입구에서 장팔봉을 기다리고 있던 문무전주 구룡검노 화문무도 마찬가지였다.

그는 장팔봉이 달랑 저 혼자서 이곳에 찾아왔다는 말을 듣고부터 마음이 영 편치 못했다.

그놈이 한껏 저희들을 무시하고 있다는 생각 때문인데, 저쪽에서 염극생의 안내를 받으며 당당히 걸어오고 있는 장팔봉을 보자 벌컥 화가 났다.

第六章

대전전야(大戰前夜)

鳳鳴刀
봉명도

대전전야(大戰前夜)

주위가 쥐 죽은 듯 고요했다.

바늘 하나가 떨어져도 그 소리가 천둥 치는 소리처럼 들릴 것 같다.

그 속에서 장팔봉은 진소소와 마주 앉아 있었다.

마음이 설렌다.

며칠 전 밤에 보았을 때완 달리 그녀는 성장(盛裝)을 하고 있었다.

남빛의 치렁한 치마저고리와 패옥의 노리개가 잘 조화를 이루었고, 옅은 화장을 한 얼굴은 천상의 선녀와 다름없다.

맑고 반짝이는 눈으로 장팔봉을 지그시 건너다보는데, 그

눈빛 속에 담겨 있는 우울한 정서가 보는 이의 애간장을 끊어
놓을 만했다.

존재 자체로서 그 어떤 섭혼술이나 미혼술보다 지독한 아
찔함을 가져다주는 사람.

괜히 천하제일미로 꼽히는 게 아님을 그녀의 그런 모습과
얼굴과 분위기를 마주 대한 사람들은 누구나 안다.

장팔봉의 마음도 마구 두근거렸다.

저토록 호소하는 것 같은 눈빛으로 지그시 바라보는 여자
라면, 그 붉은 입술을 나풀거려서 속삭이듯 하는 말을 들어주
지 않을 사내는 없을 것이다.

그게 제 목숨을 내놓는 것이라 할지라도 아무 후회 없이 그
녀의 부탁을 들어주리라. 그리고 우쭐대리라.

그런 여인이니, 누구든 그녀 앞에서는 마땅히 넋이 나가 멍
한 얼굴이 되어야 했다. 구미호에게 홀린 것처럼 말이다.

그러나 장팔봉의 얼굴에는 표정이 없었다. 처음과 지금이
한결같다.

그건 그가 정교한 면구를 쓰고 있기 때문인데, 진소소는 물
론 저쪽에서 호시탐탐 기회를 노리고 있는 화문무나 염극생
도 알지 못했다.

그래서 내심 크게 놀라고 감탄한다.

'저놈의 부동심이 이처럼 대단한 경지에 이르렀을 줄이
야.'

'정말 속을 알 수 없는 자로구나. 어떻게 총단주 앞에서 저토록 태연할 수 있단 말인가?'

그런 놀람은 진소소가 더 컸다.

그녀는 장팔봉의 변함없는 얼굴 표정에서 절망마저 느꼈다.

'나의 미모도 이제는 한물간 것인가? 그렇다면 역시 세월의 탓이겠구나.'

그런 한탄을 하게 된다.

넓은 주청에는 몇 사람만 있을 뿐 텅 빈 것이나 마찬가지였다.

장팔봉과 진소소가 기름진 음식과 향기로운 술이 마련된 탁자에 앉아 있고, 십여 걸음 떨어진 진소소의 뒤쪽에 두 명의 장로가 눈을 부라리며 서 있다.

진소소를 호위하는 것이면서 그녀의 명령이 떨어지면 그 즉시 장팔봉을 들이쳐 사로잡거나 죽여 버릴 만반의 태세를 갖춘 채다.

그리고 입구 쪽에는 두 사람이 장승처럼 서 있었다.

오늘의 경비를 책임진 무사들이다.

하나같이 고수 아닌 자가 없다.

그런 자들 속에 홀로 앉아 있지만 장팔봉에게서는 조금의 두려움도 찾아볼 수 없었다.

그게 사람들을 또 놀라고 의아하게 했다.

서로의 기를 꺾어놓기 위한 눈싸움을 하는 시간이 지나가고, 진소소가 먼저 말을 꺼냈다.

"나를 이렇게 보자고 한 데에는 특별한 이유가 있겠지요?"

대뜸 본론으로 들어간다.

장팔봉은 그 말에서 그녀가 저와 마주 앉아 있는 시간을 거북해한다는 걸 느꼈다.

부담을 느끼는 것이리라. 그건 그만큼 이쪽을 의식한다는 것이기도 하다.

'이겼군.'

장팔봉의 입가에 보일 듯 말 듯한 미소가 스쳐 갔다.

기 싸움에서 패했다는 걸 그녀가 은연중에 드러낸 것과 마찬가지이기 때문이다.

장팔봉이 한껏 거드름을 떨며 느릿느릿 말했다.

"한 가지, 총단주를 위해 조언을 해주기 위해서요."

"말해보세요."

"지금 즉시 수하들을 모두 이끌고 물러가시오. 그렇게 한다면 누구 한 사람 죽거나 다치지 않고 총단으로 무사히 돌아갈 수 있게 될 것이오."

"응? 당신은 협상을 하기 위해 온 게 아니로군요?"

"나나 당신은 장사꾼의 우두머리이지만 우리 사이엔 협상의 대상이 없소."

"······."

"사천의 상권은 이미 나에게 완전히 귀속되었는데 무슨 협상의 여지가 있단 말이오?"

"당신은 자신만만하군요."

"한 가지 더 알려 드리리다."

"......"

"내가 왜 이렇게 늦었는지 아시오?"

"말해보세요."

"호남과 광동의 소단주들을 만나고 오느라 지체했던 거라오."

"뭐라고요? 호남과 광동?"

"흥, 진 총단주는 아직 모르고 계시군. 그들이 항복해 왔다오. 그러니 이제는 사천뿐 아니라 호남과 광동의 상권도 나에게 넘어왔소이다."

"아!"

진소소의 얼굴이 창백해졌다. 상체를 휘청거린다.

그건 전혀 예상치 못했던 일이었다.

섬서와 감숙에 이어 사천을 빼앗긴 것만도 천화상단에는 커다란 타격이지 않았던가.

그런데 이제 그의 말대로 호남과 광동의 소단주들마저 그에게 항복하고 상권을 넘겼다면 그건 천화상단에 있어서 치명적인 피해였다.

장팔봉이 그녀의 놀라는 모습을 즐기듯이 바라보다가 여

전히 느긋한 음성으로 다시 말했다.

"이제 천하의 상권은 총단주의 천화상단과 나의 구천상단
으로 양분되었구려. 서로의 힘이 비슷해졌으니 이제야 싸워
볼 맛이 나지 않겠소?"

장팔봉은 아직 제가 거느리게 된 상단의 이름조차 갖고 있
지 못했다.

정신없이 일을 꾸미고 진행시키느라 그럴 새도 없었으려
니와, 이름 따위가 크게 중요하다고 여기지 않았기 때문이기
도 하다.

그러던 것이 이 자리에서 이제는 그 이름의 필요성을 느꼈
다. 천화상단과 대등한 자격을 갖추었는데, 역시 이름도 필요
하다고 생각한 것이다.

그래서 즉시 튀어나온 게 구천상단(九天商團)이라는 엉뚱
한 이름이었다.

하지만 그것은 이미 오래전부터 그의 마음속에 구상하고
있던 생각의 발현이기도 했다.

바로 자신의 뿌리인 구천수라신교(九天修羅神敎)의 부활과
부흥이다.

장팔봉은 사천에서 제 사문의 화려한 부활을 이루려고 계
획하고 있었던 것이다. 그 일에 제가 이루어놓은 상권의 영향
력과 막대한 금력이 크게 도움이 될 것이다.

진소소는 냉정을 찾기 위해 애쓰느라고 장팔봉의 그 말에

즉시 대꾸하지 못했다.

한동안의 시간이 흐른 뒤에야 그녀가 비로소 처음과 같이 평온해진 얼굴로 말했다.

"그렇다면 이 싸움은 우리의 승리로 끝난 것과 다름없군요."

"어째서 그렇소?"

"당신은 이렇게 혼자 있고, 내 주위에는 강호의 고수라 할 만한 사람들이 많으니 그렇지요."

"흥, 당신은 수하들을 시켜서 나를 잡으려는 것이오?"

"당신 한 사람만 제거하면 당신의 그 구천상단은 사상누각처럼 일시에 무너져 버릴 것 아니겠어요?"

"그렇게 자신만만하면 어디 한번 해보시구려."

"내가 못할 거라고 확신하나요?"

"내 등 뒤에는 천하의 이목이 있소이다. 그러니 나는 혼자가 아니라 지금 이 자리를 지켜보고 있을 천하의 모든 사람과 함께 있는 것이지. 당신은 당신의 힘으로 그것을 이길 수 있으리라고 보시오?"

진소소가 방긋 웃었다.

"안심하세요. 나는 그렇게 하지 않을 테니까. 한번 시험해 보았을 뿐이랍니다."

"쓸데없는 데에 심력을 허비하지 맙시다."

"당신, 등 대인은 과연 배포가 큰 사람이군요. 가히 천화상단과 천하의 상권을 놓고 겨룰 만한 자격이 있어요."

"나는 반드시 승리할 것이오."

"어째서 그렇게 자신하나요?"

"당신이 수하의 고수들을 모두 이끌고 바로 이곳, 사천에 들어와 있기 때문이지."

"그 말은 등 대인께서도 이미 준비를 철저히 해두었다는 것이로군요?"

"그렇소. 당신이 이렇게 많은 무사들을 거느리고 왔으니 그건 곧 상도로 싸우기를 포기하고 무도로 싸우겠다는 뜻 아니겠소? 나에게도 그만한 준비는 되어 있으니 무엇이 되었든 이곳에서 끝장을 봅시다."

진소소가 다시 방긋 웃었다.

"내가 듣기로 등 대인에게는 이재에 밝은 사람은 있어도 무용이 출중한 무사 집단은 없는 걸로 아는데요?"

"흥, 언제나 드러난 칼보다 숨겨진 비수가 더 무서운 법이라는 걸 모르시오?"

"궁금하군요, 과연 당신의 숨겨진 비수가 무엇인지."

"그 말은 지금 즉시 수하들을 이끌고 물러가라는 나의 충고를 받아들이지 않겠다는 것이로군?"

"그래요. 이렇게 왔으니 나는 반드시 소득을 얻고 돌아갈 거랍니다."

"좋소. 사천이 당신들의 피로 얼룩지게 만들어주지. 그 뒤에는 후회해도 늦소."

"당신이야말로 지금이라도 늦지 않았으니 구천상단을 해산하고 천화상단으로 들어오세요. 그러면 당신의 배짱과 수완을 높이 사서 부단주의 직함을 드리고 그에 맞도록 예우하지요."

"흥, 나에게 당신의 종노릇이나 하라고? 그런 일은 없을 것이오."

지그시 진소소를 바라보며 한껏 비웃음을 담아 말한다.

"또한 당신이 항복하고 나의 첩이 되어 들어앉겠다고 해도 받아들일 마음이 없소이다."

"이놈!"

장팔봉의 희롱하는 말에 화문무가 불같이 화를 내며 쿵쿵 달려왔다.

한 손을 번쩍 들고 당장에 때려죽일 듯이 노려본다.

그러나 장팔봉은 태연했다. 경멸하는 눈으로 화문무를 바라보며 이죽거린다.

"주인이 말씀하시는데 감히 종이 끼어드느냐? 너는 스스로 천화상단이 위아래도 없고 질서도 없는 쌍놈의 집단이라는 걸 드러내는구나."

"이, 이, 이… 죽일 놈!"

화문무가 치켜든 주먹을 부르르 떤다. 하지만 그는 그걸 내려칠 수 없었다.

진소소가 가만히 말했다.

"화 장로는 물러나 계세요. 마음껏 분노를 풀 날이 곧 올 것입니다. 하지만 지금 이 자리는 아닌 것 같군요."

"으으음—"

화문무가 가까스로 분노를 억누르고 이를 부드득부드득 갈면서 물러섰다.

자신을 노려보는 구룡검노 화문무의 눈에 살기가 이글거려 끔찍하련만 장팔봉은 태연했다. 자리에서 벌떡 일어나더니 포권한다.

"그럼 이 협상은 하나 마나 한 것으로 보고 이만 물러가겠소. 이후에 다시 만났을 때는 한 사람만 살아 있을 텐데 그게 과연 누가 될지는 모르겠구려."

눈으로는 '바로 나야' 라고 말하면서 능청을 떤다.

진소소가 따라 일어서며 배시시 웃었다.

"한 가지 궁금한 게 있는데 가르쳐 주시겠어요?"

"말씀해 보시오."

"우리는 장구봉이라는 자를 찾길 원하는데 등 대인께서는 혹시 그가 있는 곳을 아시나요?"

장팔봉이 히죽 웃었다.

"그는 신룡과 같은 사람이라 스스로 드러내기 전에는 아무도 알 수 없는데, 나라고 다르겠소?"

"나는 등 대인이 바로 그 장구봉이 아닌가 하고 생각해요.

등 대인의 생각은 어떠신가요?"

진소소의 눈에 이글거리는 빛이 담겼다. 뚫어지게 장팔봉을 바라본다. 그의 눈과 얼굴 표정에서 마음속을 알아내겠다는 뜻이다.

하지만 그녀는 장팔봉의 얼굴에서 아무것도 알아낼 수 없었다.

장팔봉이 여전히 느물거리듯 말했다.

"그렇게 생각한다니 스스로 알아보시는 게 좋을 것이오. 어쨌든 당신이 원한다면 조만간 그가 당신 앞에 모습을 드러낼지도 모르지."

"등 대인은 어째서 그렇게 생각하시나요?"

"당신이 보기 원하는데 천하의 어떤 남자가 뿌리칠 수 있겠소?"

진소소가 또 한 번 방긋 웃었다. 고혹적인 눈으로 지그시 바라보며 속삭인다.

"하지만 딱 한 사람 있지요. 등 대인 당신은 조금도 마음이 흔들리지 않으니 저는 실로 감탄하지 않을 수 없군요."

"과찬이시오."

장팔봉이 미련없이 돌아섰다.

뚜벅뚜벅 걸어나가는 그의 등을 보면서 진소소는 입술을 잘근잘근 깨물었다.

'장구봉, 등 대인, 장구봉, 장구봉……'

그들이 한 사람이라고 믿는 마음이 더 커졌다. 그러자 가슴 속에 어두운 그림자로 늘 남아 있던 또 한 사람과 그의 이름이 불쑥 떠올랐다.

'장팔봉……'

멀어지고 있는 등 대인의 뒷모습이 왜 자꾸 그를 생각나게 하는 건지 모를 일이다.

그래서 진소소는 이제 한없이 어두운 마음과 얼굴이 되어서 고개를 숙이고 말았다.

*   *   *

"이런, 이런. 쯧쯧—"

장팔봉이 혀를 차며 바라보는 곳에 한 여인이 다소곳이 서 있었다.

붉은 옷을 입고 붉게 치장을 해서 노을 한 점이 떨어진 것 같은 여인.

찰리가화(槊悧可花)였다.

"대체 방주께서는 이제 노망이 든 거냐?"

"왜요?"

장팔봉의 노성에 찰리가화가 방글방글 웃으며 빤히 바라본다.

"왜요, 라니? 아니, 내가 고수들을 보내달라고 했지 언제 너를 보내달라고 했어?"

"고수들과 함께 왔잖아요."

"네가 문제란 말이다! 당장 돌아가! 가서 네 오빠를 보내라고 해!"

찰리가화의 얼굴에 서운함이 가득해졌다. 그녀가 입을 삐죽이며 홍홍거리더니 쌀쌀맞게 말한다.

"오빠가 그렇게 한가한 줄 아세요?"

"그럼 바빠?"

"방 내의 일들을 처리하느라 눈코 뜰 새도 없단 말이에요. 나도 오빠 얼굴 보기가 힘들어요."

"어라? 방주는 뭐 하고?"

"홍, 몰라서 그래요?"

"모른다."

"홍, 홍. 중매를 서준 게 누군데?"

"중매라니? 이게 무슨 소리야?"

"장 오라버니가 백 사부님을 데려오지 않았다면 그런 일이 생겼겠어요?"

"어라?"

장팔봉이 눈을 휘둥그레 떴다.

"아니, 그 두 노인네가 기어이 일을 저질렀어?"

"신방을 차렸답니다. 두 분 모두 아주 폭 빠졌어요."

그래서 외롭고 쓸쓸하다는 얼굴로 찰리가화가 눈을 흘긴다.

"끄응—"

장팔봉이 된 숨을 내쉬었다.

'하긴, 그 두 늙은이가 서로 바라보는 눈길이 심상치 않더라니. 내 이렇게 될 줄 알았어.'

한편으로는 백무향이 비로소 안정을 찾게 되었다는 게 기쁘면서도 한편으로는 서운하고 야속했다.

그의 부탁대로 청해 창응방에서는 방 중의 고수 오십 명을 뽑아 신속하게 보내왔다.

장팔봉은 그들을 이끌고 온 게 찰리가화라는 게 못마땅했지만 나머지 오십 인의 고수들에 대해서는 만족할 수 있었다.

그들 한 명 한 명이 과연 청해의 용사라 불리기에 손색이 없어 보였던 것이다.

찰리가화 또한 그동안 백무향의 지도를 잘 받은 것 같았다.

일 년여 만에 다시 만난 그녀의 기도가 그전과는 비교할 수 없이 출중해져 있었던 것이다.

이제는 강호의 어디에 내놓아도 한 사람의 절정고수로서, 여걸로서 행세하기에 부족함이 없어 보인다.

또 한 가지, 그녀에게 크게 달라진 게 있다면 장팔봉을 대하는 태도였다.

그가 창응방에 있을 때 그녀는 마치 원수 보듯 했는데, 지금은 지극히 고분고분했던 것이다.

호칭마저 '너'에서 '오라버니'로 바뀌었다.

감히 눈을 마주치지도 못하고, 어쩌다 눈길이 마주치면 얼굴을 붉히며 외면하는 것이 수줍어하는 처녀의 모습 그대로였다.

장팔봉에게는 그게 어이없고, 한편으로는 우습기도 했다.

길들지 않은 망아지처럼 괄괄하던 그녀의 모습을 기억하고 있기 때문이다.

하지만 창응방에서 데리고 온 수하들을 닦달할 때의 그녀는 여전히 제멋대로이고, 거친 야생마의 모습 그대로였다. 오직 장팔봉의 면전에서만 부끄러움을 탔던 것이다.

그녀의 그런 변화가 장팔봉에게는 문득문득 부담스러움으로 다가오기도 했다. 그래서 장팔봉은 되도록 그녀를 피하려고 했다.

"그들이 움직였습니다."

목랍길의 음성에 긴장이 깃들었다.

찰리가화가 대뜸 반색을 한다.

"잘됐네. 아주 박살을 내주고 말 테야. 다시는 일어서지 못하도록 짓밟아주지 뭐. 어서 오라고 해."

"허―"

장팔봉이 눈살을 찌푸렸다.

한쪽에 묵묵히 앉아 있는 흑련귀 고흑성도 쓴 입맛을 다신다.

하지만 그녀의 성품을 잘 알고 있는 청리목극은 빙긋 웃을 뿐이었다. 장팔봉과 그녀를 번갈아 보는 눈길이 따뜻하다.

장팔봉이 위엄을 갖추고 말했다.

"명심해. 선봉은 무조건 패해서 달아나야 한다. 그게 이번 싸움의 승패를 좌우하게 된다."

"쳇, 시시해."

찰리가화가 즉시 입을 삐죽인다.

그녀는 장팔봉에게 떼를 쓰다시피 졸라서 겨우 선봉장의 자리를 따냈던 것이다. 그런데 제대로 싸우지도 말고 무조건 져서 죽어라고 달아나는 역할이니 불만이 없을 수 없다.

"이건 전쟁이야. 만약 내 명령을 어기고 제멋대로 해서 일을 망쳐놓는 자가 있다면 그게 누가 되었든 목을 베고 말 테다."

눈을 부라리며 엄포를 놓자 찰리가화가 혀를 쏙 빼물고 고개를 숙였다.

"퇴각한 선봉은 매바위 좌우의 언덕에 매복하고 있는 본진과 합류한다. 매바위가 폭파되면 그 즉시 들이치는데, 그때는 마음껏 싸워도 좋다. 가봐."

"존명!"

좌우 매복조를 이끌기로 되어 있는 청리목극과 고흑성이 즉시 복명하고 일어나 나갔다.

장팔봉이 찰리가화를 바라봤다. 너는 왜 안 가는 거냐고 눈으로 책망하자 찰리가화가 머뭇거리다가 물었다.

"오라버니는?"

"나는 따로 할 일이 있지."

"그게 뭔데?"

"길목을 지키는 사냥꾼 노릇을 하는 거야."

"쳇, 우리는 그러니까 그냥 고함만 지르다가 끝나는 몰이꾼이고, 결국 재미는 오라버니 혼자서 다 보겠다는 거네?"

"말이 많다. 안 갈 거냐?"

장팔봉이 눈을 부라리자 그제야 찰리가화가 마지못한 얼굴로 일어섰다.

"흥!"

한 번 매섭게 흘겨보고는 쌀쌀맞게 나간다.

*   *   *

"그들은 신묘사에서 개축연을 여는 게 틀림없소이다."

염극생의 보고는 활기에 차 있었다.

사흘 뒤, 등 대인이라는 자가 면양현 어귀, 촉도(蜀道)라 불리는 그 험한 길이 시작되는 곳에서 보란 듯이 구천상단을 정식 출범시키는 것이다.

창단식을 겸한 개축연을 성대하게 치르는데, 사천과 섬서, 감숙, 그리고 호남과 광동의 소단주들이 모두 참석하는 대성회였다.

등 대인이라는 자가 천외루에서 진소소와 회합을 가진 지 며칠 만에 그런 행사를 치른다는 게 천화상단의 무사들에게는 모욕적인 일이기만 했다.

문무전의 고수들이 사천의 상권을 힘으로 해결하기 위해 왔다는 걸 분명히 알았을 텐데도 해보라는 듯이 그런 행사를 개최하니 그렇다.

"이건 우리를 무시해도 이만저만 무시하는 게 아니올시다."

구룡검노 화문무가 노성을 터뜨렸다.

"이왕 작심하고 이곳에 온 마당이니 인정사정 봐줄 것 없소이다. 그냥 들이쳐서 한 놈도 남기지 말고 도륙해 버려야 할 것이오."

진소소가 차분한 얼굴로 말했다.

"그들에게도 그런 대비가 있지 않을까요?"

"대비는 무슨. 기껏 심복 무사 몇 놈이 있을 뿐, 나머지는 죄다 상업에 종사하는 상인들일 뿐이외다. 그렇지 않소?"

화문무가 동의를 구한다는 얼굴로 천뇌전주 염극생을 돌아본다.

염극생이 머리를 끄덕였다. 그가 취합한 정보도 그와 같던 것이다.

등 대인이라는 자의 곁에 있는 무사들 중 가장 고수는 흑련귀 고흑성과 청리목극이라는 자인데, 그들이 비록 경계해야할 고수이기는 하지만 구룡검노 화문무의 상대로서는 손색이 있다.

그렇다면 결과는 뻔했다.

어쩌면 이렇게 삼백여 명이나 되는 문무전의 고수들을 죄다 대동하고 온 것이 멋쩍을 수도 있다.

그런 형편을 등 대인이라는 자도 모르지 않을 텐데 저처럼 만용을 떨고 있으니 그게 이상하기도 하다.

그들이 상의하고 있을 때 염극생의 수하 한 명이 급히 들어와 부복했다.

음뇌각의 정탐꾼이다.

"그들에게 인원이 불어났습니다."

"불어났다고?"

"오십여 명의 무사가 새로 합류한 게 조금 전 파악되었습니다."

"어디에서 온 자들이더냐?"

염극생의 물음에 정탐꾼이 머리만 조아린다.

눈살을 찌푸린 염극생이 다시 물었다.

"어떻게 생겼더냐?"

"하나같이 우락부락한 것이 마치 산채의 녹림도들 같았습니다."

정탐꾼의 보고는 찰리가화가 이끌고 온 수하들의 모습을 제대로 파악한 것이었다.

그러나 그들이 청해의 창응방에서 왔다는 건 알지 못했다.

그 말을 들은 화문무가 코웃음을 쳤다.

"흥, 급하게 되니까 녹림도 몇 놈을 돈으로 산 모양이군. 그렇지 않고서야 며칠 사이에 그런 인원을 끌어모을 수가 없지."

사천은 산이 깊고 길이 험한 곳이다. 녹림도의 산채가 허다했고, 그들에 의한 횡포가 어디를 가나 흔했다.

그런 자들 중 몇 놈을 고용했다고 해서 눈 하나 깜짝할 화문무가 아니다.

그들 모두가 전의에 불타고 있었지만 진소소는 그렇지 않았다.

'이상해, 이 안에는 무언가 비밀이 있다.'

그런 꺼림칙함 때문에 그녀는 과감하게 결정을 하지 못하고 망설였다.

그런 진소소를 바라보는 화문무의 마음속에는 불만이 가득했다.

'이래서 여자를 우두머리로 모시는 일은 힘들다니까. 정작 큰일을 두고 결정을 내려야 할 때는 과감하지 못해.'

작은 일들은 세세하고 매끄럽게 처리하지만 존망(存亡)을 가르는 큰일 앞에서는 주저하기만 한다.

보다 못한 화문무가 책망하듯이 말했다.

"까짓 죽기 아니면 살기지. 싸움이라는 게 그런 것 아니겠소이까? 우리에게 승리할 확률이 일 할만 더 있어도 밀어붙이는 것이외다. 그렇지 않고서야 어떻게 승리를 얻을 수 있겠소?"

화문무의 불만 섞인 그런 투덜거림은 염극생의 마음이기도 했다.

　염극생도 재촉하는 눈길을 진소소에게 보낸다.

　그래도 진소소는 망설일 수밖에 없었다.

　아무래도 등 대인이라는 자가 장구봉일 것 같다는 심증 때문이다.

　장구봉의 무위가 어떤 건지는 제 눈으로 똑똑히 보지 않았던가.

　그 말을 해줬어도 화문무나 염극생은 믿지 않았다.

　이런 일에 직면하자 총단주가 지레 겁을 먹고 엄살을 떠는 거라고 여길 뿐이다.

　'하지만 그자가 장구봉이라는 물증은 아직 없지 않은가? 어쩌면 정말 배짱만 두둑한 허깨비인지도 몰라.'

　진소소는 그런 생각도 들었다.

　상황을 확신할 수 없게 되면 애써 자기에게 유리하게 생각하려고 하는 본능이기도 하다.

　거기에 재촉하고 있는 화문무와 염극생의 눈길은 그녀를 더 이상 망설일 수 없도록 했다.

　　　　　＊　　　　＊　　　　＊

　"제기랄, 대체 뭘 어쩌겠다는 거야?"

황천광도 양원생이 잔뜩 얼굴을 찌푸린 채 짜증 섞인 일성을 발했다.

그 즉시 세 명의 당주가 고개를 숙이고 눈을 깐다.

패천마련 사천 지부의 총감이라는 직위는 현재의 무림에서 일파의 장문인을 우습게 여길 만큼 대단한 위세를 떨친다.

그런 자리에 있는 황천광도이기에 세상을 굽어보고, 사천 무림을 우습게보는 오만함은 당연했다.

지금 그가 짜증을 내는 건 자신의 영역이나 다름없는 곳에서 저에게는 아무런 말도 없이 두 집단이 총력을 기울여 싸우려고 하기 때문이었다.

여타 문파나 방회였다면 그 이유 하나만으로도 멸문을 시켜 버렸을 일이었다.

황천광도 양원생이라면 능히 그렇게 하고도 남을 위인이다.

그만큼 무공이 절세적일뿐더러, 사천의 패천마련 지부에 우글거리는 마두, 거물들이 셀 수 없이 많기 때문이기도 하다.

하지만 그 양원생도 천화상단의 일에는 끼어들 수 없었다.

그들이 사천에 수백 명의 고수를 이끌고 와서 한바탕 전쟁을 치르려고 하는데도 손 놓고 수수방관할 수밖에 없다는 게 더욱 그를 짜증나게 한다.

"등 대인이라는 놈은 어떻게 되었어?"

그의 불호령에 당주들 중 장팔봉의 동향을 책임지고 있는 호치검마(虎齒劍魔) 당상환(唐橡煥)이 고개를 발딱 들고 대답했다.

"그는 어디에서인가 오십여 명의 장정들을 불러들였는데, 아마도 그게 다인 것 같습니다. 그 외에는 특별한 움직임이 없습니다."

"오십여 명? 어떤 놈들인데?"

"그게 잘, 처음 보는 놈들이라서 말씀입죠."

"이런, 둥신 같은 놈!"

딱!

책상 위에 있던 벼루가 날아가 당상환의 이마에 부딪쳤다.

그것이 박살나 흩어지고, 당상환의 이마도 깨져 피가 뚝뚝 떨어진다.

하지만 당상환은 꼼짝도 하지 못했다. 피한다는 건 엄두도 낼 수 없다. 그랬다가는 벼루가 아니라 당장 비수가 날아와 미간에 처박힐 것이기 때문이다.

그는 사천무림을 벌벌 떨게 하는 대마두였다. 그렇기에 사천 지부의 당주라는 위치에 올라 있기도 하다.

그가 한 번 나서면 사천무림이 긴장 상태에 들어갈 만큼 성격이 포악하고 검법이 고절한 마두이지만 황천광도 양원생 앞에서는 그저 고양이 앞의 쥐일 뿐이었다.

그가 뚝뚝 떨어지는 피를 닦을 생각도 하지 못하고 거듭 머리를 조아리며 제가 아는 걸 최대한 떠벌리기 시작했다.

내내 듣고 있던 양원생이 피식 웃는다.

"그래? 어디서 산적 놈들 몇 명을 끌어들인 모양이군. 등 대인이라는 그 물건은 무림이라는 곳을 몰라도 너무 모르는 얼간이로구나."

그저 장사 수완에 밝고 지독할 뿐, 이런 싸움에는 아무런 지식도 없는 인간이라고 치부한다.

그렇지 않고서야 천화상단의 호위무사단이 얼마나 무서운 집단인지 몰라도 그렇게 모를 수 없지 않은가.

개개인이 강호의 일류고수로 꼽히는 자들이 무려 삼백 명이나 몰려와 있는데, 어디서 긁어모은 어중이떠중이 오십여 명으로 상대하겠다고 버티고 있으니 한심해서 하품이 나올 지경이다.

"무언가 재미있는 구경이라도 할 줄 알았는데 이건 영 심심하겠군."

보나마나 진소소의 호위무사단에 의해 일패도지할 것이다. 그리고 등 대인이라는 자는 붙잡혀 목이 뎅겅 잘릴 게 뻔하다.

정말로 양원생이 늘어지게 하품을 했다.

"꺼져라. 나중에 결과나 보고해."

천화상단의 괘씸함은 일단 참았다가 그들이 사태를 정리한 다음에 진소소를 찾아가 따져 볼 생각을 한다.

第七章
매바위의 참극

鳳鳴刀
봉명도

매바위의 참극

　성도 외곽에서 시작된 싸움이 하루를 끌었다.

　삼백여 명의 천화상단 호위무사들은 거침없이 밀려들었는
데, 그들을 가로막아 선 건 고작 십여 명의 거친 청년들과 한
명의 붉은 구름처럼 생긴 아가씨, 찰리가화였다.

　머릿수에서부터 상대가 될 수 없는 전력이다.

　하지만 찰리가화는 아주 훌륭하게 그들의 전진을 막아냈
다.

　갑자기 나타나 맹렬하게 들이치고는 홀연히 사라지는 유
격전술을 구사했던 것이다.

　십여 명이 주변의 험한 산으로 뿔뿔이 흩어져 달아나면 뒤

쫓을 엄두도 낼 수 없었다.

그만큼 산이 험하고 숲이 울창했던 것이다.

그래서 전열을 정비하고 다시 전진하노라면 어느새 뒤에서 들이쳐 대열을 흩트려 놓는다.

거칠게 생긴 열 명의 장한은 하나같이 용맹무쌍하고 무공이 뛰어났다. 거기에 그들을 지휘하는 찰리가화의 교활함과 악착같음이 더해져 호위무사들로서는 약이 올라 미칠 지경이었다.

그들과 숨바꼭질을 하느라고 헛되이 하루를 보낸 구룡검노 화문무는 화가 극에 달했다.

"누구든지 그 계집을 잡는 자가 임자다!"

그 한마디에 호위무사들의 사기가 급상승했다.

그들은 싸우는 와중에도 찰리가화의 불꽃같은 모습에 가슴이 설레었던 것이다.

그녀를 사로잡으면 마음껏 제 노리개로 삼을 수 있다니, 생각만 해도 힘이 불끈 솟는다.

하지만 찰리가화는 쉽게 잡히지 않았다.

신법이 교묘하고 검법이 악독해서, 지난 하루 동안 그녀에게 달려들었던 자들 중 십여 명이 죽어 나자빠졌을 뿐이다.

그녀가 지휘하고 있는 정체를 알 수 없는 장한 세 명을 죽였을 때, 호위무사들은 삼십여 명이 희생되었다.

화문무가 미칠 듯 화를 냈다.

"대체 저놈들은 뭐냐? 어디에서 저런 놈들이 나온 거야? 산채의 산적들이라고? 염 장로! 당신은 녹림도 중에 저런 놈들이 있다는 말을 들어봤어? 어딜 봐서 저놈들이 하찮은 산적 놈들 같아?"

염극생은 할 말이 없었다.

제대로 된 정보를 주지 못한 건 자신의 잘못이기 때문이다. 그러자 그의 분노도 치솟았다.

"무슨 수를 쓰던지 저 계집을 잡아라! 잡아서 내 앞에 꿇려!"

애꿎은 수하들만 닦달한다.

그렇게 하루가 지나고 다음날이 되었다.

호위무사단은 자신들도 모르는 사이에 찰리가화의 교묘한 유인술에 말려들고 있었다.

매바위에 점점 가까워지고 있었던 것이다.

진소소는 그것을 알았지만 크게 걱정하지 않았다.

구천상단이 신묘사에서 개축연을 여는데, 면양성 못 미쳐에 있는 고찰이다.

그곳에 가는 길은 여러 갈래가 있고, 그중에는 매바위를 지나는 길도 있는 것이다. 그 길이 지름길이라고 해야 옳다.

그러니 어쨌든 신묘사로 가게 될 것 아닌가.

그런 생각 때문에 진소소는 물론 화문무나 염극생도 자신들의 진로가 어느새 틀어져 매바위 쪽으로 향하게 되었지만 크게 신경 쓰지 않았던 것이다.

내일 구천상단의 개축연에 사천의 유력한 세력가인 건승왕 주 왕야가 참석한다는 정보를 얻었을 때 화문무는 물론 진소소마저 마음이 초조해졌다.

건승왕이 그런 자리에 참석한다는 건 곧 등 대인이라는 자의 구천상단을 황실에서도 인정해 준다는 게 되기 때문이다.

그렇게 되면 위상 면에서 천화상단은 구천상단의 상대가 될 수 없다.

어쩌면 황실에서 필요로 하는 모든 물품에 대한 납품과 운송마저 구천상단으로 넘어가게 될지 모른다.

천화상단도 아직 거기까지는 손도 쓰지 못하고 있었는데, 등 대인이라는 자가 벌써 그렇게 하고 있다는 건 충격이었다.

"황실의 비호까지 받게 된다면 영영 그놈을 칠 수 없게 되오. 지금이 마지막 기회란 말씀이외다."

그런 화문무의 걱정은 그래서 진소소의 걱정이기도 했다.

그녀가 고개를 갸웃거리다가 말했다.

"그런데 염 장로님의 말로는 저런 자들이 오십여 명이라고 하지 않았나요? 하지만 벼룩이나 진드기처럼 우리를 괴롭히고 달아나는 자들은 고작 열 명이니 나머지는 어디에 있는 걸까요?"

화문무가 대수롭지 않다는 듯 대답했다.

"보나마나 개축연 장소를 지키고 있겠지. 우리가 그곳으로 향하고 있다는 걸 그들도 알 테니 그렇게 하지 않겠소?"

일리가 있다. 그래도 진소소는 확실히 해두지 않을 수 없었다.

"그들의 용맹도 저 열 명과 같다면 상대하기 쉽지 않을 텐데……."

"저놈들은 치고 빠지는 교활한 전법으로 잠시 우리를 혼란하게 할 뿐이오. 정면으로 부딪친다면 결코 우리의 적수가 될 수 없지. 머릿수에서도 그렇지 않소이까?"

진소소가 비로소 안심한다. 제 생각도 그와 같았으나 단지 화문무의 입을 통해서 다시 한 번 확인하고 싶었을 뿐이다.

그녀가 고개를 끄덕였다.

"내일, 주 왕야가 도착하기 전까지 반드시 그들을 모두 물리치고 구천상단의 개축연이 열리지 못하도록 하세요."

그녀의 말이 호위무사단에게 고루 전해졌다.

진소소에게 절대적인 충성을 맹세한 그들 아닌가. 그녀의 전의는 곧 그들의 전의가 되었다. 무섭게 증폭된다.

그렇게 날이 밝았고, 그들은 새벽같이 야영지의 측면을 기습해 온 찰리가화의 공격을 받아야 했다.

그녀도 독이 올랐는지, 이제 일곱 명이 남았을 뿐인 수하들을 독려하며 다른 때와는 달리 전력을 다해 쳐들어왔다.

하지만 누가 보든 계란으로 바위를 치는 격이다.

잠깐 흔들렸던 호위무사단이 곧 전열을 정비하고 사방에

서 그녀를 포위하기 시작했다.

검기와 살기가 난무하는 중에 고함 소리가 좁은 골짜기에 가득 찬다.

찰리가화의 검법은 과연 고명했다.

창응방에서 백무향을 사부로 모시고 배운 지난 일 년 동안 눈부신 성취를 이룬 게 틀림없다.

멀리서 그것을 지켜보던 화문무가 탄성을 터뜨렸다.

"저 계집애는 나이도 어린것이 정말 대단하다. 누가 저와 같은 제자를 길러냈을까?"

그는 구룡검노라 불리는 검법의 명인이 아니던가. 구룡검법으로 강호를 종횡하며 사해에 명성을 떨쳤던 것이다.

그런 만큼 찰리가화의 패도적이며 실전적인 검법에 지극한 호기심을 느꼈다. 그것이 중원에서는 찾아볼 수 없는 검법이었기 때문이다.

여협들의 검법은 대게 정교한 초식과 쾌속한 출수를 근간으로 했다.

힘에 있어서 남자와 차이가 있으므로 가볍고 표홀한 것으로 그 간극을 메울 수밖에 없기 때문이다.

그런데 찰리가화의 검법은 여느 남자의 그것보다 더 힘이 있고 단선적이었다. 그래서 패도적인 검법으로 보인다.

그게 화문무의 호기심을 끊임없이 자극했지만 그는 차마 나설 수가 없었다.

자신의 체면과 명성 때문이다.

어찌 손녀 또래밖에는 되지 않는 계집애와 검을 부딪치고 수염을 흩날리며 싸울 수 있을 것인가.

그래서 화문무가 구경만 하고 있으니 찰리가화는 더욱 돋보일 수밖에 없었다.

그녀와 상대하는 호위무사단의 청년 고수들은 생소한 그녀의 검법에 당황했고, 끊임없이 이어지는 그녀의 힘에 놀라 겁을 먹기 일쑤였다.

그 결과는 죽음이다.

찰리가화의 검법에는 추호의 인정도 없었다. 오직 적을 죽이고 싸움에서 승리하기 위해 만들어진 검법인 것 같다.

그게 창응방의 검법이라는 걸 온갖 정보에 밝은 염극생도 알지 못했다.

창응방이 여태까지 한 번도 중원에 들어와 자신들의 무공을 선보인 적이 없기 때문이다.

그들은 어디까지나 청해성에 웅크리고 있었을 뿐이었다. 속마음을 감추고 발톱을 감춘 세월이 이십여 년이니 중원에서 그들의 검법이나 여타 무공을 아는 자가 극히 드물 수밖에 없다.

그녀를 돕고 있는 일곱 명의 청년들 또한 그 넘쳐나는 힘과 패도적인 수법이며 악착같음이 단연 돋보였다.

중원의 여타 방회나 문파의 청년 고수들과는 비교할 수 없을 정도로 지독했던 것이다.

그 기세에 호위무사단의 청년 고수들이 주춤거린다.

그리고 벌써 몇 번이나 그랬듯이 찰리가화가 몸을 빼서 달아나기 시작했다.

"쫓아라!"

화문무가 버럭 소리쳤다.

찰리가화가 무슨 이유인지 이번에는 산속으로 달아나지 않고 길을 따라 내달리고 있지 않은가. 그렇다면 잡을 수 있다고 생각했다.

비록 거칠고 굽이가 많은 길이지만 산속으로 숨어버리는 것과는 비교할 수 없기 때문이다.

화문무는 저 계집애가 마음이 급해져서 허둥거리는 것이라고 믿었다.

그의 명령에 잔뜩 독이 오른 호위무사단의 청년 고수들이 함성을 지르며 일제히 찰리가화 일행을 뒤쫓기 시작했다.

삼백여 명이나 되는 자들이 서로 앞을 다투며 내달리자 온 골짜기가 그들의 함성과 발소리, 옷자락 펄럭이는 소리로 가득 찬다.

마치 폭풍이 불어닥치는 것 같은 소란스러움이었다.

그렇게 몇 굽이를 돌았을까, 급한 물소리가 콸콸거리며 들리고, 저 앞에 우뚝 솟아 있는 기우뚱한 바위 봉우리가 보였다.

매바위에 도착한 것이다.

붉은 옷자락을 펄럭이며 그것을 돌아 산으로 달아나는 찰리가화의 모습이 언뜻 보인다.

"서둘러라! 계집이 산속으로 들어가기 전에 잡아!"

당주인 이청풍의 고함 소리가 매바위에 부딪치고 쩌르릉 울렸다.

그의 제이당에 속한 일백여 명의 청년 고수들이 가장 앞서 나아가고 있었는데, 그들이 당주의 고함 소리에 부쩍 힘을 내어서 더욱 맹렬하게 찰리가화를 뒤쫓았다.

"제이당에 공을 빼앗기면 안 된다. 서둘러!"

제일당의 당주인 장학구도 급하게 소리치고 몸을 날린다. 그의 뒤를 일백여 명의 검사들이 악을 쓰며 따랐다.

그들의 경공신법은 훌륭해서 찰리가화와의 거리가 눈에 띄게 좁혀져 갔다.

그렇게 제일당과 이당 이백여 명의 청년 고수들이 질풍처럼 매바위 아래에 이르렀고, 제삼당의 고수들은 화문무의 독려를 받으며 일백여 장 떨어진 뒤에서 따르고 있었다. 진소소를 보호하는 게 그들의 주된 임무인 탓이다.

찰리가화의 붉은 옷자락은 이제 숲에 파묻혀 보이지 않게 되었다.

그러자 제일당과 이당의 이백 고수들이 더욱 기를 써서 달려갔다.

그들은 그렇게 정신없이 찰리가화의 뒤를 쫓느라 미처 허공에 은은히 퍼져 있는 유황 냄새를 맡지 못했다.

벼락치는 것처럼 발아래에서 으르렁거리며 무섭게 흐르고 있는 마룡탄의 물소리가 정신을 흩트려 놓은 탓도 있으리라.

그렇게 이백여 명의 무사가 매바위 아래를 한 덩어리로 뭉쳐진 것처럼 지나갈 때였다.

콰쾅!

천번지복의 굉음이 울렸다.

땅이 흔들리고 하늘이 노랗게 변한다.

콰콰콰콰—

고막을 찢어버리는 엄청난 굉음. 그리고 솟구치는 불길과 화약 연기.

"으아악—"

그것을 뚫는 처참한 비명 소리들.

우르르르—

지진을 만난 것처럼 온 산과 골짜기가 요동을 치고, 바윗덩이들이 새까맣게 굴러 내렸다.

콰콰쾅!

연이은 폭발음이 서너 차례나 더 터져 나왔다.

이제 하늘은 검은 연기와 먼지로 뒤덮여 한밤중인 것처럼 깜깜해졌다.

그 하늘 높이 잘게 부서진 바윗덩이들이 날아오른다.

콰르르르─

그리고 유성의 소나기처럼 쏟아졌다.

거대한 바위 봉우리였던 매바위는 어디에도 없었다.

흔적없이 사라져 버린 대신 수억 개의 바위 조각이 되어서 온 세상을 뒤덮을 듯 쏟아지고 있는 것이다.

쿠르르르─

여전히 뒤흔들리는 대지와 산과 골짜기.

마룡탄의 급류도 놀란 듯 비명을 지르며 더욱 솟구치고 어지럽게 맴돌았다.

그것에 떨어지는 바위 조각의 우박이 연못 위에 떨어지는 소나기 같다.

참담한 비명과 아우성도 그 굉음과 소란 속에 파묻혀 버렸다.

이백여 명이나 되던 자들이 바위 조각의 우박에 맞아 온몸이 짓이겨져서 쓰러지더니 이내 돌더미에 덮여 버린다.

그렇지 않은 자들은 천번지복의 그 엄청난 폭발에 휩쓸려 어디론가 날려가 버렸고, 그렇지 않은 자들은 마룡탄의 격한 물속에 떨어져 자취도 없이 사라져 버렸다.

으르르르─

은은한 진동을 수반한 폭발의 여운이 다 사라질 때까지 한참의 시간이 걸렸다. 그만큼 대단한 폭발이었던 것이다.

그리고 드디어 산천이 떨림을 멈추었을 때, 그 모습은 크게 달라져 있었다. 지옥의 처참한 광경으로 뒤바뀌었고, 아수라 장으로 변해 버린 것이다.

거기 있던 이백여 명의 호위무사단은 이제 없었다.

한순간에 사라져 버린 것 같아서 믿을 수 없다.

일백여 장 뒤에서 따르고 있던 진소소와 화문무, 염극생 등은 넋을 잃었다.

남은 일백여 명의 호위무사들도 마찬가지다.

그들은 아직도 귀가 먹먹하고 머릿속에 웅웅거리는 이명이 가득 차 있었다.

정신이 혼미해서 지금 제가 꿈을 꾸고 있는 것인지, 죽은 것인지, 산 것인지도 잘 알 수 없다.

그들의 주위에도 거기까지 날아온 작은 바위 조각들로 난장판이 되어 있었다.

그것에 맞아 죽고 깔려 죽은 자도 수십 명이다.

그들이 정신을 차리기 위해 안간힘을 쓸 때 오른쪽의 숲과 뒤에서 함성 소리가 들려왔다.

"매복이다!"

가장 먼저 이성을 회복한 화문무가 그렇게 외치고 몸을 날렸다.

이제 더 이상 뒷짐만 지고 구경할 수 없는 상황이 되었다는 걸 파악한 것이다.

불길한 예감에 온몸이 떨려온다.

염극생도 그걸 느낀 듯 수하들을 재촉하여 진소소의 주위를 에워싸게 했다. 그의 얼굴에도 불길한 기색이 가득하다.

옆에서 뛰쳐나오는 자들은 흑련귀 고흑성이 이끄는 스무 명의 장한이었다.

고흑성의 매서운 칼에 벌써 몇 명이 죽어 넘어졌다.

"이놈!"

화문무가 노성을 터뜨리며 곧장 고흑성에게 달려갔다.

그를 본 고흑성이 이를 부드득 갈더니 상대하던 놈들을 버리고 마주 달려온다.

캉!

두 사람의 병장기가 요란한 소리를 내며 부딪쳤다.

고흑성이 주르륵 뒤로 밀려났다. 화문무의 검에 실린 힘을 감당하기에는 역부족이었던 것이다.

하지만 고흑성은 특유의 끈질기고 재빠르며 지독한 도법으로 끝까지 화문무를 붙잡고 늘어졌다.

화문무는 일격에 고흑성을 처치할 수 없게 되자 당황했다. 사방에서 들려오는 수하들의 비명 소리 때문이다.

고흑성을 따라 달려나온 스무 명의 장한은 화문무가 보기에도 모두가 뛰어난 용사들이었다. 생긴 것만큼이나 거칠고 두려움없이 용맹하다.

칼을 휘두르며 좌충우돌하는데, 그들의 기세가 문무전의 청년 검사들을 압도한다.

그때 뒤에서도 스무 명의 장한이 먹이를 노리는 이리 떼처럼 달려들고 있었다.

그들을 이끄는 건 청리목극이다.

그가 검을 휘둘러 두 명을 쳐 넘기며 소리쳤다.

"고 형, 조금만 버티시오, 아우가 곧 그리로 가서 도와드리리다!"

그 소리에 고흑성은 '으얍!' 하고 우렁찬 기합성으로 화답했고, 화문무는 마음이 더 초조해졌다.

"죽일 놈! 감히 네놈 따위가 노부와 상대하겠단 말이냐?"

노성을 터뜨리면서 연신 구룡검법의 절초를 쏟아낸다.

하지만 고흑성은 그리 녹록한 존재가 아니었다. 칼을 휘둘러 수세를 굳건히 하면서 어느덧 다섯 초나 화문무의 검격을 받아내고 있었다.

화문무로서는 사방에 신경을 써야 하고, 뒤에서 들이치고 있는 청리목극과 그의 수하들에게도 신경을 써야 하니 고흑성에게 전력을 다할 수 없었다.

그게 원통하고 분하다.

"도대체 네놈들의 정체가 뭐냐?"

화문무가 검격을 쳐내며 소리쳐 물었다.

이와 같은 고수들이 등 대인이라는 자를 보좌하고 있다는 건 등 가 놈이 심상치 않은 내력을 지닌 자라고 파악한 것이다.

고흑성이 이를 악물고 화문무의 검격을 받아내며 대꾸한
다.

"그렇게 궁금하면 염라대왕 앞에 가서 물어보시오!"

"죽일 놈!"

화문무의 검격이 갈수록 격해지고 급해졌다. 고흑성으로
서는 이제 더 이상 그를 상대하는 게 무리였다.

그가 위기에 몰리고 있을 때, 숲에서 다시 한 무리의 장한
들이 뛰어나왔다.

찰리가화와 그녀를 따르던 자들이다.

찰리가화가 매섭게 소리쳤다.

"늙은이, 내가 왔다!"

붉은 구름덩이가 날아오듯 곧장 화문무를 노리고 도약해
온다.

"좋다, 오늘 너희들을 통쾌하게 죽여서 이 분풀이를 하고
말 테다!"

화문무가 버럭 소리치며 검력을 더욱 굳세게 하여 동시에
고흑성과 찰리가화를 몰아쳤다.

따당—

그들의 검과 칼이 가까스로 화문무의 일격을 막아냈다.

고흑성은 찰리가화가 거들자 즉시 위험에서 벗어날 수 있
었다.

안도의 숨을 쉬는 한편, 정신을 바짝 차리고 침착하게 화문

무를 협공한다.

그들이 그렇게 화문무를 악착같이 붙들고 늘어질 때, 뒤쪽
에서는 청리목극과 그를 따르는 장한들이 한바탕 도살극을
펼치고 있었다.

매바위의 참극에서 무사히 살아남은 일백여 명의 무사들
은 미처 정신을 차리기도 전에 들이닥친 그들 오십여 명의 장
한으로 인해 빠르게 숫자가 줄어들고 있었다.

기어이 진소소가 소매를 떨치고 나섰다.

제 주위를 굳건히 지키고 있는 무사들을 뛰어넘어 그대로
청리목극에게 덮쳐 간다.

"이얏!"

싸늘한 기합성과 함께 그녀의 일장이 청리목극의 면전에
들이닥쳤다.

"흐음."

청리목극이 방심하지 못하고 급히 몸을 틀며 힘껏 검을 뿌
렸다.

씨잉, 하고 뻗어나가는 그의 검격이 번갯불 같지만 진소소
의 장력을 가르지는 못했다.

쩌르릉—

냉랭하고 경쾌한 소리가 공간에 가득 찬다.

단단한 얼음덩이가 서로 부딪치는 것 같은 그런 장력음이
었다.

청리목극은 뼛속까지 시려오는 한기를 느꼈다.

그의 주위가 온통 새파란 한기로 가득 뒤덮이고, 그것의 정화인 것 같은 장력 한줄기가 뻗어온다.

카캉!

그것이 청리목극의 검을 두드렸다.

쩡! 하는 소리와 함께 단단한 백련정강의 장검이 얼음 조각이 되어 우수수 떨어지는 것 아닌가.

"으헛!"

청리목극은 처음 드러난 진소소의 그와 같은 무위에 크게 놀랐다. 가슴이 절로 떨려온다.

그가 급히 물러설 때 진소소가 옷자락을 펄럭이며 우아하게 방향을 틀었다.

호위무사들을 도륙하고 있는 스무 명의 장한을 향해 거푸 쌍장을 때리며 파고든다.

쩌정, 쩡—

그녀의 장력이 쏟아져 나가는 공간에서는 얼음장 갈라지는 소리가 났다.

으스스한 한기로 인해 서리가 덮인다.

그리고 그것에 맞은 장한들이 채 비명을 지를 새도 없이 온몸이 뻣뻣하게 얼어서 쓰러졌다.

순식간에 대여섯 명이 그렇게 죽어 넘어지자 장한들은 공세를 거두고 그녀를 피해 이리저리 흩어지기에 바빴다.

청리목극이 그들을 돕기 위해 달려가려다가 걸음을 멈추고 주저앉았다.

가슴속으로 파고들었던 한줄기 한기가 뼛속에 스며들어 조금도 힘을 쓸 수 없었던 것이다.

절로 이가 마주쳐 덜그럭거리고, 온몸이 학질에 걸린 것처럼 덜덜 떨린다.

얼음굴 속에 알몸으로 내던져진 것 같은 한기가 그를 꼼짝하지 못하게 했다. 자꾸만 가슴을 안고 몸을 웅크리게 된다.

청리목극은 진소소의 일장에 심각한 내상을 입었던 것이다.

장한들을 물리치고 여유를 갖게 된 진소소가 화문무를 돌아보았다.

그는 한창 고혹성과 찰리가화를 몰아치고 있는 중이었는데, 아직 그들을 제압하려면 시간이 더 걸릴 것 같았다.

문제는 양 떼들 속에 뛰어든 늑대 같은 장한들이었다.

그들은 치열한 싸움 속에서도 믿어지지 않을 만큼 희생이 적었다.

불과 십여 명이 줄어 있을 뿐, 나머지는 여전히 천화상단의 호위무사들 속을 헤집고 다니며 칼을 휘둘러 피를 뿌려대고 있다.

그들로 인해 일백여 명이던 무사가 어느덧 반 수 가까이 줄어들고 있었는데, 이대로 가다가는 머지않아 전멸하고 말 게 뻔했다.

한숨을 쉰 진소소가 다가온 염극생에게 말했다.

"퇴각하도록 해요."

그녀의 말에는 기운이 빠져 있었다. 천화상단은 이걸로 끝이라는 걸 뼈저리게 느꼈기 때문이다. 더 이상의 희생은 필요 없다고 여겼다.

상권의 싸움에 있어서도, 무력에 있어서도 철저하게 짓밟혔다. 그 사실 앞에 분노보다는 오히려 허탈해지고 절망했다.

독하지 못한 그녀의 성격 때문인지도 모르고, 남자와 다른 천성적인 나약함 때문인지도 모른다.

사천으로 들어올 때는 대단한 각오와 전의로 무장했던 사람들이었는데, 그곳을 떠날 때는 도둑처럼 눈치를 보며 숨어 갔다.

길도 아닌 어두운 삼나무 숲 속을 지나는 모두의 가슴에 비통함이 가득했다. 소리없이 눈물을 뿌릴 뿐, 누구도 말하는 자가 없다.

오직 구룡검노 화문무만이 제 분을 참지 못하고 씩씩거렸다.

그가 진소소에게 불만을 터뜨렸다.

"아직 싸울 수 있었는데 어째서 이렇게 달아나야 하는 거요?"

"우리는 졌어요."

"천만에. 내가 살아 있는 한 그렇게 말할 수 없소이다."

"화 장로의 마음은 잘 알아요. 하지만 현실은 바로 이와 같군요."

진소소가 눈길을 돌려 아직도 자신을 따르고 있는 호위단의 무사들을 돌아보았다.

고작 사십여 명이 남았을 뿐인데, 영기 발랄하던 그들이 지금은 풀 죽은 패잔병의 모습으로 고개를 푹 숙이고 있었다.

어디에도 하늘을 찌를 듯하던 사기는 없다.

화문무도 그것을 느끼고 있었던 듯 더 이상 말하지 못했다.

염극생이 다가와 조심스럽게 물었다.

"천화상단을 어떻게 하실 작정입니까?"

"일단 총단으로 돌아간 다음에 생각하도록 하지요."

염극생도 입을 다문다. 주름진 그의 얼굴에 잔주름이 더욱 늘어나 있었다. 지난 하루 새에 십 년은 더 늙은 것 같다.

염극생은 이제 천화상단을 해체하는 일만 남았다는 걸 진소소의 말투와 얼굴 표정에서 알았다.

가슴이 무너질 것처럼 무겁지만 이것이 현실인지라 받아들이지 않을 수 없다.

그와 화문무는 총단에서 기다리고 있을 두 명의 장로와 함께 천화상단의 태동기부터 함께해 온 원로였다.

상단의 흥망성쇠를 제 눈으로 똑똑히 지켜본 것이니 감회가 남다르고 슬픔과 분함이 더욱 크다.

"이대로 주저앉을 수는 없소!"

화문무가 버럭 소리쳤다.

"총단주는 이것이 마지막이라고 생각하는지 몰라도 나는 그럴 수 없소이다! 천화상단에 일생을 바쳐온 내 삶이 억울해서라도 이렇게 포기할 수 없소!"

"그럼 화 장로는 어떻게 할 생각인가요?"

"나 혼자서라도 등 가 그놈을 반드시 죽이고 말겠소. 그렇게 한다면 천화상단은 다시 부활할 수 있을 것 아니겠소?"

"화 장로는 당신의 목숨을 버리겠다는 건가요?"

"흥, 등 가 주위에 그럴 만한 고수가 있기는 한 거요? 고작 흑련귀 고혹성과 청리목극이라는 자, 그리고 그 붉은 계집애 뿐이라면 누가 나를 막을 수 있겠소?"

진소소가 묵묵히 생각에 잠긴다.

화문무가 다시 재촉했다.

"이렇게 총단으로 돌아갈 게 아니라 여기 숨어 있으면서 기회를 엿봅시다. 총단주와 내가 힘을 합쳐서 야습을 한다면 반드시 그 잡놈의 등 가를 쳐죽일 수 있을 것이오."

"일리가 있는 말이외다."

염극생이 고개를 끄덕여 동의했다.

"우리에게는 아직 사십 명의 무사가 남아 있소. 총단주께서 그들을 통솔하여 등 가의 수하 놈들을 한식경만 붙잡아놓

는다면 화 장로가 그 틈에 충분히 뜻을 이룰 수 있소이다. 이
건 승산이 있는 싸움이오."

"과연 그럴까요?"

야습은 좋은 계책이었다. 그들은 승리에 들떠 오늘 밤의 경
계가 느슨할지도 모른다. 게다가 내일 있을 구천상단의 창단
식과 개축연 준비로 눈코 뜰 새 없이 바쁘기도 할 것 아닌가.

그럴 때 야습한다면 그들의 허를 찌를 수 있을 것이다.

매복과 암계에 걸려 일패도지한 오늘 낮의 참혹한 패배를
단번에 설욕할 수 있게 되는 것이다.

그러나 진소소는 쉽게 결정할 수 없었다. 그녀가 망설이는
건 장구봉이라는 그 알 수 없는 존재 때문이었다.

아직도 그녀는 등 가가 바로 장구봉일 것이라는 믿음을 가
지고 있었다.

그리고 선부의 제를 올렸던 그날 밤 화룡각의 후원으로 불
쑥 찾아왔던 장구봉을 떠올리면 절망밖에는 남는 게 없었다.

그가 보여준 그 무위는 지금 생각해도 무섭기만 했다. 자신
은 물론 화 장로가 합세한다고 해도 결코 이길 수 없는 수준
아니던가.

"더 망설일 것 없소!"

화문무가 버럭 역정을 냈다.

"대체 총단주는 언제까지 망설이기만 할 것이오? 정 내키
지 않는다면 나 혼자서라도 하겠소! 남아 있는 문무전의 무사

들 사십 명이면 충분하오!"

청리목극은 진소소의 장력에 내상을 입었으니 더 이상 싸울 수 없을 것이다.

'그렇다면 가능하지 않을까?'

진소소에게 그런 생각이 들었다.

사십 명의 호위무사가 고흑성과 붉은 옷의 계집과 정체불명의 장한들을 한식경만 붙잡아둔다면 승산이 있을 것이라고 판단한 것이다.

그들이 모두 희생된다고 해도 등 대인이라는 자를 죽일 수만 있으면 천화상단은 다시 소생할 수 있다. 그렇게 되면 문무전의 무사들도 새로 충원할 수 있을 것 아닌가.

모든 게 등 대인이라는 자가 불쑥 나타나기 이전으로 돌아가는 것이다.

그게 화문무의 꿈이고, 염극생의 꿈이기도 했다.

"총단주는 이곳에서 기다리고 있으시오. 내가 보란 듯이 등 가 놈의 목을 가지고 돌아오리다!"

화문무의 호언장담이 끝나자마자 그것에 대한 대답인 듯 두 개의 머리통이 허공을 날아와 그와 염극생의 발아래 떨어졌다.

"으헛!"

의외의 일에 그들이 깜짝 놀라 물러선다.

화문무가 버럭 소리쳤다.

"척살조!"

한눈에 그것이 누구의 수급인지 알아본 것이다.

바로 등 대인이라는 자를 척살하기 위해 장로 이적에게 딸려 보냈던 세 명의 문무전 소속 척살자들 중 아직 소식이 없던 두 명이었다.

그들이 수급이 되어 갑자기 하늘에서 뚝, 떨어졌으니 기겁을 할 만큼 놀랄 수밖에 없다.

"이렇게 말이냐? 이렇게 내 목을 따겠단 말이지?"

문득 숲 속에서 귀에 익은 음성이 들려왔다.

그리고 한 사람이 천천히 걸어나오고 있었다. 그의 뒤를 거구의 회족 사내와 건장한 체구의 장한 한 명이 따르고 있다.

그는 등 대인의 모습을 하고 있는 장팔봉이었다. 그가 백목위리와 나가철기를 대동하고 불쑥 나타난 것이다.

"등 대인!"

"등 가로구나!"

진소소와 화문무가 동시에 소리쳤다.

第八章
천화상단의 최후

鳳鳴刀
봉명도

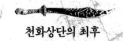

천화상단의 최후

"너희들은 한 놈도 살아서 이곳을 떠나지 못한다."

장팔봉의 스산한 말에 화문무의 얼굴이 붉으락푸르락해졌다.

검을 쥐고 나서며 소리친다.

"그러잖아도 네놈을 찾아갈 생각이었는데 스스로 이렇게 와주었구나. 기특한 놈이다!"

염극생의 손짓에 사십 명의 청년 무사가 겹겹이 장팔봉 등을 에워쌌다.

그는 꼼짝없이 그물에 걸린 물고기 신세가 된 것 같아 보였다.

하지만 장팔봉은 여전히 태연했고, 그를 바라보는 진소소의 얼굴에는 어두운 그림자가 드리웠다.

그녀가 한숨과 함께 말했다.

"역시 내 생각이 맞았군요. 당신은 등 대인이면서 장구봉이지요?"

"그렇다."

"아!"

장팔봉의 말에 진소소는 물론 화문무와 염극생도 탄성을 터뜨렸다.

그들도 그럴 것이라고 짐작은 하고 있었지만 이처럼 본인의 입을 통해서 듣자 놀라지 않을 수 없었던 것이다.

진소소가 떨리는 마음을 추스르고 말했다.

"그렇다면 당신은 면구를 써서 장구봉으로 가장했던 거로군요? 아니면 지금 당신의 그 얼굴이 면구이던지."

"어떤 게 내 얼굴인지는 중요하지 않아. 너희들이 오늘 이곳에서 모두 죽어야 한다는 게 중요하지. 그렇지 않으냐?"

"헛소리!"

화문무가 분노로 수염을 떨며 소리쳤지만 진소소는 침착했다.

한 손을 들어 그를 제지한 그녀가 다시 말했다.

"당신이 이처럼 천화상단을 방해하고 적대시하는 이유가 궁금해요."

"흐흥, 스스로 알게 될 날이 곧 오겠지."

장팔봉의 말에 진소소가 고개를 갸웃거린다.

"우리 천화상단이 당신에게 원한을 살 만한 잘못이라도 한 적이 있던가요?"

"천화상단에 원한을 품고 앙심을 먹은 자들이 어디 한둘이더냐?"

"인정해요. 큰일을 하다 보면 사소한 것까지는 미처 신경을 쓰지 못할 때도 있으니까요."

"핫! 사소한 일이라고?"

장팔봉이 거칠게 코웃음을 쳤다.

마음속으로는, '내 등을 치고 나를 죽음으로 떨어뜨린 게 너에게는 사소한 일이란 말이지?' 하는 말을 소리치지만 겉모습은 여전히 무뚝뚝하고 무표정하기만 하다.

진소소가 다시 말했다.

"어쨌든 당신은 당신이 가진 모든 힘을 기울여서 천화상단을 기어이 짓밟을 작정이겠지요?"

"흥, 모든 힘을 기울일 필요가 뭐 있느냐? 내 이 한 손만으로도 충분하고 남을 텐데 말이다."

"타협의 여지는 없는 건가요?"

"네가 내 앞에서 스스로 목숨을 끊는다면 여기 있는 자들을 살려서 돌려보낼 뿐 아니라, 천화상단이 존속할 수 있도록 자비를 베풀어주지."

그 말은 조금도 타협하고 싶은 생각이 없다는 것 아닌가.

"호—"

진소소가 한숨을 뱉어냈다.

"죽일 놈!"

장팔봉의 오만방자한 말에 기어이 화문무가 버럭 소리치며 몸을 날렸다. 미처 말릴 새도 없이 순식간에 벌어진 일이다.

피잉—

진기를 가득 실은 그의 검이 곧장 장팔봉의 얼굴을 노리고 뻗어나갔다.

그것을 냉큼 가로막은 자는 장팔봉 곁에 서서 눈을 부라리고 있던 거구의 사내, 백목위리였다.

쩡!

쇠와 쇠가 부딪치는 요란한 소리가 터져 나왔다.

백목위리가 손을 내밀어 화문무의 검을 덥석 붙잡아 버렸던 것이다.

그는 손에 철린갑(鐵鱗匣)을 끼고 있었는데, 그것으로 거뜬히 화문무의 검을 잡아버렸으니 화문무도 놀라고 진소소도 놀랄 일이었다.

"이놈!"

화문무는 제 검이 고작 장팔봉의 종에게 가로막혔다는 데에 불같이 화가 났다.

검에 더욱 내력을 실어 좌우로 비틀어 버리려고 했다. 그렇게 하면 비록 철린갑을 끼고 있다 해도 백목위리의 손은 갈가리 찢겨 못쓰게 될 것이다.

하지만 그는 그렇게 할 수 없었다.

장팔봉이 슬쩍 손가락을 튕겨 한줄기 지력을 쏘아냈기 때문이다.

그것이 맹렬하게 뻗어 나가 검신을 두드렸다.

땅!

그 즉시 화문무가 평생을 제 몸처럼 지니고 다녔던 보검이 두 토막이 되었다.

검봉은 여전히 백목위리의 손에 잡혀 있고, 검자루는 화문무의 손에 있다.

마치 잘 드는 칼로 수숫대를 썩둑 잘라 버린 것 같았다.

"아!"

화문무가 지나친 놀람으로 낯빛마저 새파랗게 질려서 주춤주춤 물러섰다.

그것을 본 염극생이 악을 쓰듯 외쳤다.

"쳐라! 죽여 버려!"

"와아—"

그 즉시 장팔봉 등을 에워싸고 있던 청년 검사들이 함성을 지르며 일제히 들이쳤다.

장팔봉은 여전히 뒷짐을 진 채 태연하게 서 있고, 그의 좌우를 지키던 백목위리와 나가철기가 용맹하게 나서서 청년 검사들을 막았다.

백목위리는 어린아이 팔뚝만큼이나 굵은 채찍 한 자루를 꺼내 들었고, 나가철기는 예리하게 날이 서 있는 두 자루의 만도를 뽑아 들었다.

그들은 장팔봉의 주위 일 장 밖으로 벗어나지 않고 맴돌았다. 그들 두 사람이 방어진을 치고 있는 그 안으로는 그 누구도 들어갈 수 없어 보였다.

나가철기의 만도가 춤추듯 좌우를 가르며 어지럽게 떨어졌고, 백목위리의 굵고 긴 채찍은 한 마리의 구렁이처럼 꿈틀거리며 허공을 날았다.

윙윙거리며 이리저리 휘어지고 후려치는 그것에서 쏟아져 나오는 파공성 자체가 지극히 위협적이다.

게다가 한 번 맞으면 말이라고 해도 살이 찢어지고 뼈가 부러질 만한 위력을 가지고 있었다.

그 앞에서 청년 고수 몇 명이 제대로 방비조차 해보지 못하고 죽거나 심각한 부상을 입고 쓰러졌다.

그렇게 백목위리의 채찍이 사방을 휘감으며 적들이 다가오지 못하게 한다면, 기어이 그것을 뚫고 들어온 자들은 나가철기의 만도가 용서하지 않았다.

그의 재빠르고 신묘한 도법 앞에서 속수무책으로 죽어 나자빠질 뿐이다.

나가철기의 만도는 그 예리함이 종잇장 같았다. 스치기만 해도 길게 베이는 상처를 입을 뿐 아니라, 자칫 힘줄이나 혈관이 끊어지는 중상을 입게 된다.

좌도가 검을 막으며 우도가 휘둘러 베고 지나가면 허공에 선연한 피보라가 피어올랐다.

그렇게 몇 개의 목이 덧없이 땅에 떨어졌고, 잘려진 팔다리가 여기저기 흩어졌다.

원근을 지배하는 그들 두 사람의 합공은 가히 환상적이라고 할 만큼 완벽했다.

불과 일다경이 채 되지 않았는데 벌써 십여 명이 죽거나 재기불능의 중상을 입고 나뒹굴었다.

"멈춰!"

그것을 본 진소소가 날카롭게 외쳤다.

이러한 도살은 그녀의 마음을 사뭇 떨리게 하면서 또한 분노를 증폭시키기도 했다.

그녀가 두 손을 활짝 펼쳤다.

옷소매 밖으로 드러난 손이 팔목에 이르기까지 투명할 정도로 하얗게 변한다.

빙천신공을 극성으로 끌어올린 것이다.

그것으로 백목위리와 나가철기를 향해 한빙면장을 쳐내려는데 눈앞에 번쩍, 하는 움직임이 느껴졌다. 장팔봉이 그녀의 면전으로 짓쳐 들어갔던 것이다.

본 것이 아니라 느꼈다고 해야 할 만큼 그의 신법은 빨랐다. 극쾌라는 말조차 부족할 지경이다.

"앗!"

진소소가 깜짝 놀랐고, 화문무와 염극생도 크게 놀랐지만 미처 손을 쓸 새도 없었다.

장팔봉이 진소소의 투명하게 변한 그 두 손목을 꽉 움켜쥐었다.

놀란 마음을 진정시킨 진소소가 이를 악물고 빙천신공의 한기를 쏟아냈다.

바위라도 순식간에 얼려 버리고 말 지독한 음한지기가 두 손을 통해 장팔봉에게로 전해진다.

진소소는 저의 십이성 진기가 실린 빙천신공이라면 장팔봉을 물리칠 수 있을 것이라고 믿었다.

며칠 전, 화룡각의 뜰에서 마주쳤을 때에도 십성의 진기를 실은 한빙면장으로 그를 물러나게 했지 않던가.

그러니 이번에는 적어도 심중한 내상을 입힐 수 있을 것이라 믿었다.

하지만 그 지독한 음기에 놀란 건 장팔봉이 아니라 진소소 본인이었다.

"아앗!"

그녀가 뾰족한 비명을 터뜨렸다.

오히려 장팔봉의 손을 통해 전해져 오는 음한지기가 자신의 빙천신공보다 지독했던 것이다.

그녀는 장팔봉의 체내에 세상에서 가장 강한 양기와 음기가 깃들어 서로 조화를 이루고 있다는 걸 모른다. 그러니 간이 떨어질 만큼 놀랄 수밖에 없다.

"흥!"

코웃음을 친 장팔봉이 그녀의 팔을 놓아주었다.

진소소가 창백하게 질린 얼굴로 비틀거리며 물러선다.

"어떻게, 어떻게……?"

그녀가 의아해져서 장팔봉을 바라보았다.

그때는 장팔봉이 아무런 방비 없이 호신지기만으로 그녀의 일장을 고스란히 맞아주었던 것인데, 진소소로서는 그런 사실을 알지 못하니 더욱 어리둥절해질 수밖에 없다.

"이놈, 그만두지 못해! 네 상대는 나다!"

장팔봉이 진소소를 해치려는 것으로 여긴 화문무가 다급하게 외치며 앞뒤 가릴 새 없이 들이쳤다.

일장의 위맹한 장력을 뿌려 백목위리의 채찍을 걷어내며 그대로 몸을 날렸는데, 그 신속함은 나가철기가 미처 쌍도를 휘둘러 가로막을 새도 없을 정도였다.

단번에 그들 두 사람의 방어진을 뚫고 쇄도해 드는 화문무의 무공은 과연 놀랄 만했다.

그들이 '앗!' 하고 놀라는 사이에 이미 장팔봉의 지척에 다가선 화문무가 그의 등을 노리고 강맹한 일장을 쳐냈다.

파앙! 하고 터져 나오는 장력의 험악함이 그대로 장팔봉의 몸을 가루로 만들어 버리고도 남을 것 같다.

장팔봉이 빙글 몸을 돌렸다.

화문무와 얼굴이 부딪칠 것 같다.

'웃어?'

화문무의 표정이 일그러졌다. 장팔봉의 비웃음을 담은 눈을 마주 보았기 때문이다.

그리고 장팔봉이 뻗어낸 손과 손이 맞닿았다.

그 순간 화문무는 찢어질 듯 눈을 부릅떴다.

바위라도 부술 것 같았던 자신의 장력이 물에 빠진 것처럼 흔적없이 사라졌기 때문이다.

그리고 밀려드는 엄청난 열기.

"으악!"

화문무가 놀란 비명을 터뜨리며 급히 물러섰다.

자신의 모든 내력을 쏟아내 몸 안에 파고든 열양지기와 싸우느라고 우뚝 선 채 움직이지도 못했다.

그 모든 광경을 본 염극생은 두려움과 놀람으로 부들부들 떨 뿐 아무것도 하지 못했다.

그는 자신의 무공이 화문무와 비교할 수 없으니 아무 소용도 없다는 걸 안 것이다.

장팔봉, 등 대인이면서 장구봉이라 알고 있는 눈앞의 인물에 대한 놀람과 두려움 때문에 숨이 막힐 지경이다.

'어째서 저런 자가 강호에 있다는 걸 아무도 모르고 있었 단 말인가?'

그런 의문 때문에 더 놀란다.

천화상단의 막강한 정보력을 주물럭거리던 자신에게조차 등 대인이면서 장구봉인 저자의 참모습이 전해지지 않았으니 그렇다.

신비로운 자라고밖에는 달리 말할 수 없었다.

강호에 전혀 알려지지 않았으면서, 구룡검노 화문무를 일 장에 물리칠 수 있는 초절정의 고수.

패천마련 내에도 저와 같은 무위를 지닌 고수는 없을 거라 는 생각에 더욱 기가 질린다. 오직 절대천마로 등극한 거령신 마 무극전만이 저런 무위를 지녔을지도 모른다.

그런 생각은 제일 먼저 염극생을 절망하게 했다. 이제 모든 게 끝났다는 걸 느끼고 허탈해한다.

장팔봉은 더 이상 화문무를 상대하지 않았다.

그는 이미 알고 있었던 것이다. 화문무가 비록 목숨은 건지 겠지만 더 이상 무공을 쓸 수 없게 되었다는 것을.

죽는 날까지 오직 제 혈맥 안에 깃든 화염마장의 열기와 싸 워야 하기 때문이다.

그러니 무공을 폐쇄당한 것과 마찬가지인 몸이 된 것이다.

장팔봉이 화문무의 혈맥 안에 심어놓은 건 왜마왕 염철석 의 화염마장이었다.

어지간한 자 같으면 그 막중한 열양신공에 의해 벌써 내부가 숯덩이처럼 되어 쓰러졌어야 한다.

하지만 화문무는 자신의 높은 내공으로 그것을 억누르고 있는 중이었다.

전력을 다하고 있다.

화문무가 그렇게 무기력해지고, 염극생이 고양이 앞의 쥐처럼 벌벌 떨기만 하자 그것을 본 자들은 더 이상 싸울 의욕을 잃고 말았다.

하늘같이 믿고 있는 진소소마저 얼이 빠진 것처럼 서서 장팔봉의 처분만 기다리고 있으니 더욱 그렇다.

장팔봉이 진소소를 뚫어지게 바라보았다.

그 눈 안에 가득 차 있는 두려움과 절망을 보자 살기가 슬며시 가라앉고 불쌍하게 여기는 마음이 고개를 든다.

그래도 한때는 제 목숨처럼 사랑했던 여자 아니던가.

뜨거운 정을 주고받으며 세상에서 가장 큰 기쁨과 행복을 느끼기도 했었다.

부부와 같았던 것이다.

그 일을 생각하자 자신을 배신한 그녀의 행위가 비록 괘씸하기 짝이 없지만 이제는 불쌍하게 여겨졌다.

천화상단이 영영 일어서지 못할 만큼 망가졌으니 더욱 그렇다.

이제 이 넓은 천하에 그녀가 갈 수 있는 곳은 아무 데도 없는 것이다.

'이만하면 충분하지.'

장팔봉은 그것으로 복수했다고 여겼다.

이곳에 왔을 때는 그녀의 모든 수하들을 죽여 버리고, 그녀 앞에서 제 정체를 밝힌 다음에 마음껏 욕하고 모욕을 줄 생각이었다.

그리고 일장에 쳐죽일 작정이었는데, 그녀의 이처럼 초라한 모습을 보자 그만 그런 마음이 스르르 녹아버린다.

연민의 마음이 그를 원래의 순박하던 사람으로 돌아가게 한 것인지도 모른다.

"가라."

장팔봉이 무심한 어투로 말했다.

"다시는 내 눈앞에 나타나지 마라. 아니, 강호에 나오지도 마라. 그렇지 않으면 그때는 정말 네 목숨을 빼앗아 버리고 말겠다."

"당신, 당신……."

진소소가 주춤주춤 물러서며 장팔봉을 가리켰다.

무언가 입 안에 맴도는 말이 있는 모양인데 차마 내뱉지 못한다.

"가서 깊은 산속에 있는 듯 없는 듯 숨어살아라. 그러면 천수를 누릴 수 있을 것이다."

장팔봉이 미련없이 돌아섰다.

그의 등을 바라보는 진소소의 얼굴이 밀랍처럼 파랗게 질려간다.

"당신, 당신은……."

장팔봉을 가리키는 손가락이 부들부들 떨고 있었다. 그러더니 이내 온몸을 떤다.

그녀의 뺨을 타고 굵은 눈물이 줄줄 흘러내렸다.

"당신은, 당신은……."

무언가 머릿속에 가득하고, 가슴속에 가득한 생각이 있는 것 같았다. 그 생각이 입 안에서 한 사람의 이름으로 가득 고였다.

그것을 시원하게 내뱉고 싶었는데 그녀는 끝내 그렇게 하지 못했다.

이제는 사라지고 없는 장팔봉을 찾기라도 하듯이 두리번거리다가 처연하게 중얼거린다.

"아니야, 그럴 리가 없어. 그는 죽었어."

　　　　*　　　　　*　　　　　*

다음날, 예정대로 신묘사에서 구천상단의 창단식과 개축연이 성대하게 열렸다.

각 성의 성주와 지부는 물론 어지간한 재력가이거나 호족 등, 사천의 내로라하는 자들이 거의 빠짐없이 모여 문전성시를 이룬 보기 드문 행사였다.

신묘사 주위가 그곳으로 들어가지 못한 자들로 들끓었는데, 마치 구름이 산봉우리를 감싸고 있는 것 같았다.

그런 사람들 속에는 현령이나 현감 등도 있었다. 그들은 지방의 고위 관원이지만 감히 신묘사 안으로 들어서지도 못했다.

그렇게 모여든 귀인들 중 으뜸은 역시 건승왕 주필도였다.

현 황제가 총애하는 이복동생이자 사천에 왕부를 세우고 부귀와 영화를 한껏 누리는 사람.

그가 참석했다는 것만으로도 구천상단의 창단식은 그 어떤 문파나 방회의 그것보다 몇 배는 더 돋보였다.

그 자리의 화젯거리는 당연히 어제 있었던 대폭발이어야 했다.

거대한 매바위가 통째로 사라져 버리고 새 길이 뚫렸지 않았던가.

그때 쏟아진 바윗덩이들로 인해 그 급한 마룡탄의 물길이 바뀌었을 정도였던 것이다.

그리고 수많은 사람들이 그곳에서 죽었다.

하지만 누구도 그 일에 대해서 말을 꺼내는 사람이 없었다.

건승왕 주필도가 입을 꾹 다물고 있으니 다들 그의 눈치를 볼 수밖에 없는 것이다.

　　　　*　　　　*　　　　*

"흥! 병신 같은 것들."

황천광도 양원생의 코웃음이 터져 나왔다.

진소소가 대패했다는 소식을 들은 것이다.

그의 얼굴 가득 떠올라 있는 건 비웃음이었다.

"천화상단이 대단한 줄 알았더니 이건 영 허수아비들이었구나. 대체 그런 것들이 무슨 수로 천하의 상권을 잡았었담?'

한편으로는 고소하면서 한편으로는 은근히 걱정이 되기도 한다.

고소해하는 건 그동안 천화상단이 마치 패천마련의 힘이 미치지 않는 먼 곳에 있는 것처럼 행동해 온 데 대한 반감이었다.

패천마련과 동맹을 맺은 관계라고는 해도 이 시대의 절대 마존이자 패천마련의 련주인 거령신마가 어째서 그들을 그토록 감싸주었는지는 알 수 없다.

다음으로 걱정이 되는 건, 그 거령신마의 노여움이 폭발할 테니 그렇다.

그처럼 총애했던 진소소의 몰락은 필연코 거령신마의 노여움을 불러올 것 아닌가.

그러면 제일 먼저 불똥이 떨어질 곳이 바로 사천인 것은 세살 먹은 어린애라도 생각할 수 있는 일이다.

"왜 그 등 대인, 아니, 장구봉이라는 놈은 하필 사천에서 구천상단을 출범시켰단 말이냐?"

툴툴거리지만 그에 대한 대비를 미리 해두지 않을 수 없었다.

자신이 사천 지역을 책임지고 있는 총감이니 잘못하면 거령신마의 모든 노여움이 저에게 떨어질 수도 있다는 위기감이 든다.

씩씩거리던 황천광도 양원생이 밖에 대고 버럭 소리쳤다.

"한 바퀴 순찰을 돌아야겠다. 준비해!"

말이 순찰이지, 패천마련 사천 지부를 맡고 있는 총감 양원생의 나들이는 그 자체로 사천무림을 긴장 상태로 몰고 갈 사건이었다.

그가 강호로 나왔다는 소문이 즉시 사천무림 전역에 퍼진다.

백도의 협사들은 말할 것도 없고, 흑도의 무리마저 그 즉시 거리에서 싹 사라져 버렸고, 산에 사는 녹림도의 무리들도 산채의 문을 닫아걸고 숨죽였다.

산천초목이 벌벌 떤다는 말이 과장이 아닐 만큼 위세가 대단했던 것이다.

일백여 명의 마두를 수행종사로 거느리고 금과 옥으로 치장된 화려한 가마에 올라탄 양원생의 모습은 황제의 행차처럼 요란했다.

흰 바지를 입고 웃통은 벌거벗은 여덟 명의 장한이 가마를 메었다.

청동의 조각상처럼 번들거리는 근육이 보는 이의 감탄을 자아낼 만큼 우람한 장한들.

무공마저 예사롭지 않은 듯, 그들은 커다란 가마를 메고서도 여느 말보다 빠르게 질주했다. 그러면서도 가마는 조금도 흔들리지 않게 한다.

그 앞에 열 명의 기마대가 패천마련의 깃발을 펄럭이며 길을 열었고, 뒤에는 다시 스무 명의 기마 무사가 호위가 되어 따랐다.

그런 거창한 행렬이 향한 곳은 성도 외곽에 있는 당가의 장원이었다.

말이 장원이지 어지간한 성채를 보는 것 같은 거대한 규모의 장원. 그것이 강호에 널리 알려진 사천당가였다.

양원생이 온다는 말을 들은 당가의 가주가 장로들을 거느리고 오 리 밖까지 나와 기다리고 있다가 그를 맞이했다.

백도의 여타 문파들과 마찬가지로 사천당가도 숨죽이고 있었다.

거령신마의 허락이 없는 한 강호에 나와 활동할 수는 없는 것이다. 그러니 봉문 상태라고 해도 과언이 아니었다.

백도의 구대문파가 모두 그런 상태였고, 당문을 포함해 유력한 세력으로 꼽히는 강호의 오대세가도 사정은 같았다.

강호가 완전히 패천마련의 수중에 들어간 지 벌써 이 년이 되어가니 그들로서는 숨이 막혀 죽기 일보 직전이었다.

그 숨통을 틀 수 있는 유일한 길은 패천마련에 편입되거나, 적어도 잘 보여서 거령신마의 사면장을 받는 일이었다.

그러니 당문에서는 사천 지역의 책임자인 황천광도 양원생에게 굽실거릴 수밖에 없었다.

당문으로 들어간 양원생은 칙사 대접을 받으며 이틀을 머물렀다.

그러는 동안 당문의 속사정을 살펴보았음은 물론, 중원의 상권에 파란을 일으키고 있는 구천상단과의 관계에 대해서도 의중을 떠보았다.

"우리는 천화상단에 모든 물품의 조달을 의탁하고 있었소이다. 하지만 천화상단이 괴멸되었으니 이제는 어쩔 수 없이 구천상단에게 의지할 수밖에 없지 않겠소이까?"

문주인 당호상의 말은 일리가 있었다.

그들이 자급자족하지 않는 이상 생활용품에 대한 수요는 어쩔 수 없을 것 아닌가.

봉문했다고 해도 저자에 나가 구입하는 수밖에 없는데, 그렇게 하려면 뻔질나게 당문 밖으로 출입을 해야 한다.

그렇게 되면 강호의 일이라는 게 언제나 그렇듯이 자칫 엉뚱한 분쟁에 휘말릴 수도 있다.

패천마련이 좋아할 리가 없지 않은가.

그런 걸 걱정해서 양원생은 사천 지부의 총감으로 부임해 오자 아예 당문의 문도들이 바깥출입 하는 걸 금지시켰다.

모르는 자가 본다면 거령신마의 조치보다 더욱 가혹한 일이라고 할 것이다.

하지만 실은 당문을 안전하게 해주려는 양원생의 배려이기도 했다.

그는 패천마련에 몸담기 전까지 당문과의 사이가 좋았다. 그들에게 크고 작은 신세를 두어 번 진 적도 있었던 것이다.

그 뒤부터 당문의 가주는 아예 장원의 문을 닫아버리고 문도들의 바깥출입을 철저히 통제했다.

생활용품은 전적으로 천화상단에 맡기고 있었는데 이제는 그 일을 구천상단으로 넘길 수밖에 없다.

황천광도 양원생이 고개를 끄덕였다.

당문의 궁색함에 대하여 동정이 간다.

잠시 생각하던 그가 의젓하게 말했다.

"좋소이다. 특별히 당문에 한해서는 직접 저자에서 용품을 구입하는 걸 눈감아주겠소. 단, 성도 밖으로 나가서는 안 되오."

그 정도는 사천무림을 관장하는 자의 신분으로서 충분히 결정할 수 있는 사안이다.

"감사하오!"

문주 당호상의 얼굴에 웃음이 번졌다.

당문 안에서만 갇혀 있던 지난 이 년여의 세월이 지옥 같기만 했는데, 숨통이 트인 것이다.

비록 성도성 안이라고만 해도 자유롭게 출입할 수 있게 되었으니 기쁘기 한량없다.

황천광도가 덧붙여 말한다.

"문주도 아시겠지만 그렇다고 해서 강호의 일에 관여하는 것마저 허락한 건 아니외다. 그건 어디까지나 본인의 소관 밖의 일이오."

"여부가 있겠소이까?"

"만약 문도들이 말썽이라도 부린다면 그에 따른 모든 책임을 문주에게 물을 것이오."

"철저히 감독해서 절대 그런 일이 없도록 하겠소이다."

말을 하면서도 당호상은 가슴이 아프고 속이 쓰렸다.

언제 당문이 누구의 눈치를 보았고, 누구에게 이처럼 머리를 조아리며 사정해 본 적이 있었던가.

한때는 백도의 세가 중 가장 강한 힘을 자랑하며 구대문파와 어깨를 나란히 한 적도 있었다.

하지만 무림맹이 패망하고 백도 전체가 패천마련의 통제

를 받게 된 지금의 상황에서는 과거의 영화가 아무 소용이 없다.

그게 당호상을 원통하고 분하게 하는 일이었지만 황천광도 양원생 앞에서는 털끝만큼도 내색할 수가 없었다.

第九章

또 하나의 시작

鳳鳴刀
봉명도

또 하나의 시작

당문에서 나온 양원생이 다음으로 향한 곳은 성도에서 가까운 청성산이었다.

구대문파 중 당당하게 한자리를 차지하고 있는 청성파의 본산이다.

도가의 명산답게 청성산은 서운(瑞雲)이 봉우리를 감쌌고, 산 밑에서부터 은근하고 엄숙한 분위기가 느껴졌다.

양원생은 수하들을 도관 입구에서 기다리게 하고 홀로 상청궁으로 올라갔다.

장문인인 진각 진인이 그를 기다리고 있다가 반갑게 맞는다.

몇 마디 덕담이 오가고 난 후에 양원생이 구천상단에 대한 청성파의 생각을 묻자 진각 진인이 웃으며 말했다.

"우리는 필요한 물품을 스스로 조달하고 있으니 천화상단이든 구천상단이든 상관없소이다."

"하긴 그렇겠군요. 신도들이 모두 가져다줄 테니 말이오."

"다행히도 귀 련주께서 청성산 내에서는 자유롭게 다녀도 좋다는 허락을 내리셨으므로 여기저기 흩어져 있는 도관과 도관을 오가는 데에도 불편함이 없으니 아무 불만도 없소."

거령신마 무극전은 청성파뿐 아니라 무당과 화산, 아미, 소림 등의 문파에 대하여 그들이 근거지로 삼고 있는 각 산에서만은 자유롭게 활동할 수 있도록 허락해 주고 있었다.

백도에서의 그들의 위치를 인정해 준 것이면서 오랜 전통에 대하여 존중해 준 것이다.

그런 이유로 각 문파는 비록 강호에서의 활동은 금지당하고 있었지만 산이 있는 수백 리 안에서는 자유롭게 활동하고 있었다.

패천마련이 봉문을 명했을 때 그들은 발끈했다. 그러나 천하의 대세가 이미 거령신마 무극전의 손으로 넘어갔으니 어쩔 수 없는 일 아닌가.

수치와 노여움을 꾹꾹 눌러 참고 문파의 문을 닫아걸었으나 최소한의 자유는 보장받고 있었으니 다행이기도 했다.

아쉽다면 멀리 떨어져 있는 다른 도가나 불가 문파와 서로 왕래할 수 없으니 어쨌거나 고립된 처지를 면하지 못한다는 것이다.

그러나 당문이나 여타 오대세가와는 비교할 수 없는 특혜를 누리는 것이라고 해야 하므로 불만을 말할 수 없었다.

양원생에게는 그게 불만이었다.

구대문파라는 것들을 아예 없애 버렸으면 속이 시원했을 것이다.

그러나 하늘같은 련주가 내린 결정이니 감히 제가 나서서 이래라저래라 할 수가 없다.

그가 트집을 잡으려는 듯이 진각 진인을 흘겨보며 넌지시 말했다.

"듣자 하니 얼마 전에 귀 파의 명숙 한 사람이 수행 제자들을 거느리고 성도까지 나들이를 했다던데 사실이오?"

백미 도장을 말하는 것이다.

진각 진인이 빙긋 웃으며 여유롭게 대꾸한다.

"백미 사형께서는 천화상단 진 총단주의 초빙을 받아서 그렇게 한 것이외다. 그녀가 보내왔던 서찰이 있는데 보시겠소?"

"됐소."

양원생이 불편한 기색을 감추지 않았다.

비록 련주가 정해준 규정을 어긴 셈이지만 진소소의 초대에 응한 것이니 트집을 잡는다면 오히려 련주의 노여움을 살지도 모르는 것이다.

그만큼 거령신마 무극전의 진소소에 대한 신임이 두터웠던 것이니, 총단의 천주 급 인물이라면 모를까 양원생처럼 한 지방의 감찰역으로서는 그녀의 일에 트집을 잡기가 어려웠다.

패천마련 안에서 진소소는 마계오천의 오대천주와 동등한 대우를 받고 있었던 것이다.

그래서 속으로 그녀를 못마땅하게 여기는 감찰역들이 한둘이 아니었다. 황천광도 양원생도 그런 사람들 중 한 명이기도 하다.

'그렇게 도도하고 콧대 높더니 오늘날에는 오갈 데 없는 처량한 신세가 되고 말았구나. 흥.'

그런 속마음을 감춘 양원생이 위압적인 자세로 진각 진인을 바라보며 말했다.

"차후라도 구천상단과 손을 잡는다거나, 그들과 왕래하려면 사전에 나의 허락을 받아야 할 것이오. 그렇지 않으면 아무리 도를 수행하는 같은 도반이라고 해도 묵과하지 않겠소이다."

황천광도 자신이 어디까지나 도사를 자처했으므로 청성파의 도사들과는 무관하지 않았다. 그래서 도반(道伴)이라고 칭했는데, 그게 진각 진인에게는 모욕적인 말로 들렸다.

망설이던 진각 진인이 넌지시 말했다.

"그런데 양 감찰께서는 장구봉이라는 이름을 들어보셨소?"

도반이라고 부르지 않는다.

살짝 눈살을 찌푸리던 양원생이 태연하게 대답했다.

"그자가 천화상단의 일에 사사건건 훼방을 놓았다는 말을 들었소이다."

"그렇다면 그 장구봉이 바로 구천상단을 일으킨 등 대인이라는 것도 알고 있겠구려?"

"그렇소."

"내가 들은 바로는 장구봉이라는 사람의 무공이 신기막측해서 천화상단의 고수들로서도 그를 잡을 수 없었음은 물론이려니와, 그가 바로 등 대인이라는 것도 밝혀내지 못했다고 하더구려."

"홍, 장문인께서는 산중에만 거하고 있으면서도 세상일에 어찌 그리 밝으시오?"

혹시 마련의 금제를 깨고 세상 출입을 한 게 아니냐는 듯이 쩨려본다.

진각 진인이 빙그레 웃었다.

"구름을 타고 찾아오며 바람에 실려 날아오는 말들을 어찌 막을 수 있겠소?"

"쳇, 장문인께서는 이미 도가 통해서 천이통이라도 얻은 모양이구려."

"오가는 신도가 한둘이 아니고, 가깝고 먼 데에서 끊임없이 청성산을 찾아오는데 세상일이 어찌 흘러들어 오지 않겠소이까."

"그래서 하시고 싶은 말이 뭐요?"

"그 등 대인이자 장구봉이면서 지금은 구천상단의 총단주가 된 자의 무공이 하늘을 놀라게 할 만하다니 호기심이 생겼을 뿐이외다."

"장문인께서는 그자를 만나보기라도 하셨소?"

"그럴 리가……."

"하면, 그자와 싸워보기라도 하셨소? 적어도 그자가 싸우는 걸 구경은 하신 모양이로군."

"나는 이곳에서 꼼짝도 하지 못하는 처지인데 그럴 수 있겠소?"

"흥, 그런데 어찌 그리 잘 아시오?"

"실은……."

진각 진인이 백미 도장으로부터 들은 말을 전하자 양원생의 낯빛이 싹 변했다.

"터무니없는 소리!"

그가 버럭 역정을 내는 걸 보며 진각 진인은 내심 통쾌해하고 있었다.

양원생이 씩씩거리며 말한다.

"이제 보니 청성파의 무공도 많이 유실된 모양이구려?"

"그런지도 모르지요."

화낼 줄 모르고 빙글빙글 웃는 진각 진인이 양원생에게는 그렇게 얄미울 수가 없었다.

"홍, 청성파의 최고 배분인 백미 도장이 장구봉이라는 놈에게 일패도지했다는 말이 밖으로 새나가면 망신이겠구려?"

"그렇지 않소이다. 강호에 그와 같은 고수가 나타났다면 실로 축하해 줘야 할 일이지요."

적의 적은 친구라는 말이 있지 않은가.

진각 진인은 그 장구봉이 천화상단을 짓밟았다는 데에 누구보다 통쾌함을 느끼는 사람이었다.

천화상단이 패천마련의 비호를 받고 있는 곳이라는 걸 뻔히 알면서도 그렇게 했다는 건 곧 패천마련을 두려워하지 않는다는 것 아니겠는가.

장구봉이 누구인지는 모르지만 그가 패천마련과 적이 된다면 나와는 언제든지 친구가 될 수 있다고 생각했다.

그래서 양원생을 골려주고 있는 것이다.

과연 양원생은 버럭버럭 화를 냈다. 그러나 한편으로는 가슴이 철렁하기도 했다.

'그놈이 정말 백미 도장을 일격에 쳐부수었다면 그건 보통 일이 아니다.'

천화상단의 장로인 구룡검노 화문무가 장구봉에게 패했다는 건 잘 알고 있었다.

그때에도 양원생은 긴장했지만 지금만큼은 아니었다.

화문무가 대단한 고수이기는 해도 누구나 백미 도장의 화후를 한 수 더 높게 쳐줄 것이다.

양원생 자신이 비록 마도의 절정고수이고 패천마련의 일백위 고수 중의 한 명으로 꼽히지만 백미 도장을 일격에 제압할 자신은 없었다.

그런데 장구봉이라는 자가 그렇게 했다니 믿고 싶지 않다.

"사람들의 입에서 나오는 말을 어찌 다 믿을 수 있겠소? 이 소문은 과장된 게 틀림없소."

퉁명스런 그의 말에 진각 진인은 여전히 빙그레 웃기만 했다.

"그럴지도 모르지요. 그때 백미 사형께서 잠깐 졸았거나 다른 생각을 하고 있었던 건지도 모르고요."

'이놈의 늙은이가?'

양원생이 눈을 치떴지만 그 말 몇 마디 가지고 트집을 잡을 수는 없었다.

한때 그는 제 성질대로 죽이고 살리는 걸 결정한 괴팍한 자였다.

그러나 한 지방을 책임진 막중한 자리에 오르고 나서부터는 그렇게 무지막지하고 몰지각한 행동을 할 수 없었다.

강호의 분규를 일으킬 만한 일을 자제하라는 거령신마의 명령 때문에도 더욱 그렇다.

그래서 꾹꾹 눌러 참자니 미칠 것만 같다.

권세를 얻은 대신 자유를 잃었으니 어느 게 더 낫다고 단정하기 어려운 부분이다.

잔뜩 심기가 불편해진 양원생은 씩씩거리며 청성산을 내려왔다.

'제기랄, 구대문파에 속한 놈들은 아직까지 우리 패천마련에 대하여 반감을 품고 있구나. 언제든 반기를 들 기미가 보이기만 해봐라. 그때는 내가 직접 나서서 제일 먼저 이놈의 청성산을 불바다로 만들어 버리고 말 테다.'

그렇게 속으로 벼른다.

멀리 떨어진 아미산까지 가는 동안 그는 내내 불편한 심기를 추스르지 못했다.

시도 때도 없이 짜증을 내고 트집을 잡으니 그를 수행하고 있는 자들은 죽을 맛이었다.

그렇게 아미산에 도착했다.

마중 나온 자가 아무도 없었다.

그 사실이 또 양원생을 짜증나게 했다.

"빌어먹을 계집중들 같으니. 아미산의 계집중들이 감히 나를 무시하는구나."

청성산에 이어서 아미산에 대한 노여움도 왈칵 밀려든다.

그리고 그런 노여움은 복호사에 들어가 노주지이자 장문

인인 소화 사태를 만났을 때 폭발하고 말았다.

"이것들이 지금 누구를 거지 취급하는 거냐?"

그가 한 발을 번쩍 들어 탁자를 걷어차 버렸다.

뜨거운 찻물이 사방으로 튄다.

주지의 선방 안에 모셔둔 금불상에게까지 찻물이 뒤었고, 소화 사태는 그것을 뒤집어쓰다시피 했다.

양원생을 갑자기 발작하게 만든 건 그를 대하는 주지의 태도 때문이었다.

손님을 대접한다며 내온 게 고작 밍밍한 차와 몇 개의 다과이지 않은가.

청성산에서도 이런 대접은 받지 않았다.

하지만 이곳이 비구니들의 절이라는 걸 감안해서 그 정도는 참아줄 아량도 있었다.

하지만 소화 사태의 제자가 들고 온 작은 함 하나가 기어이 그의 인내심을 무너뜨렸다.

어린 비구니가 조심히 내려놓은 그 함을 열어보고 양원생은 기가 막혀 한동안 말을 하지 못했다.

번쩍이는 은괴 다섯 개가 들어 있었던 것이다.

오십 냥이다.

민간에서 그 돈은 무시할 수 없이 큰돈이지만 양원생에게는 저를 모욕하는 걸로밖에는 받아들일 수 없는 액수였다.

그래서 기어이 발작을 한 것이다.

"내가 이따위 구린 돈 몇 푼 뜯어내자고 이 먼 곳까지 온 줄 알아?"

당장 난동을 부릴 것처럼 버티고 서서 씩씩거리지만 소화 사태는 침착했다.

수건을 꺼내더니 먼저 부처님의 상호에 튄 찻물을 정성스럽게 닦아냈다.

그 손길이 얼마나 정성스러워 보이는지 양원생은 그것을 바라보는 동안 그만 머쓱해지고 말았다.

그런 다음에 소화 사태는 비로소 제 몸과 얼굴에 튄 찻물을 닦았다.

"커흠."

뒤늦게 후회가 들었다.

아무리 지금은 별 볼일 없는 처지가 되었다고 해도 한 문파의 장문인 아닌가.

그것도 아미파라는 유서 깊은 문파의 수장 앞이다.

아미파의 여승들은 하나같이 수행이 깊고 무공이 높아서 세상의 존경을 받았다.

그럼에도 불구하고 행실은 온화하고 겸손하기 짝이 없다.

그래서 더욱 백도무림의 존경을 받는 그런 곳에서 이처럼 볼썽사나운 난동을 부렸다는 게 알려지면 거령신마가 화를 낼지도 모른다.

련주의 속마음이야 알 수 없지만 그가 천하무림의 패자로

군림하면서 표방한 건 어디까지나 온건한 통치였기 때문이다.

제약을 가하기는 했어도 백도 제 문파, 방회와 화합하여 살기를 원하는 것처럼 보였던 것이다.

무림맹을 짓밟고 강호를 일통한 뒤에 내뱉은 첫마디가 군림하되 지배하지는 않겠다는 것 아니었던가.

"커흠. 본인이 잠시 흥분해서 이성을 잃고 꼴사나운 짓을 했으니 장문께서는 너그러이 이해해 주시오."

"아미타불. 부처님도 화를 내실 때가 있는데 하물며 사람이야……."

소화 사태가 온건한 태도로 합장하고 불호를 중얼거린다.

그 모습에 양원생은 더욱 머쓱해졌다.

"은괴 다섯 덩어리가 시주를 모욕한 것처럼 보이지만 실은 우리 복호사의 전 재산이랍니다. 그것을 드린 것은 먼 길을 오신 귀한 손님에게 정성을 보인다는 뜻이었지 다른 뜻은 없습니다."

"아, 죄송하오, 죄송해. 내가 원래 이런 놈이라는 걸 장문께서도 잘 알고 계시지 않소?"

양원생이 포권하고 허리를 굽혀 바닥에 흩어진 은괴를 주섬주섬 주워 들었다.

청성산에서는 그토록 거만하게 굴더니 복호사에 와 소화 사태를 마주하자 다른 사람이 된 것 같다.

노사태의 깊은 불심과 수양이 마두 중의 마두라 불리기에 손색없는 황천광도 양원생의 심성마저 은연중에 교화시킨 건 지도 모른다.

양원생이 그렇게 다시 주운 다섯 덩어리의 은괴에 제가 지니고 있던 일천 냥짜리 전표를 꺼내 더하더니 그것들을 공손하게 부처님 발아래 내려놓았다.

"이건 소생이 아미성산에 방문한 기념으로 부처님께 드리는 예물이라오. 커흠."

"아미타불."

그것을 바라보며 합장하고 절하지만 소화 사태의 얼굴은 밝지 못했다. 수심이 깃든 우울한 표정이다.

"장문께서는 무슨 근심이라도 있으시오?"

"한 사람의 일 때문이랍니다."

"그게 누구요? 누가 감히 아미산에 들어와 난동을 부리고 사태를 핍박하기라도 했소?"

조금 전에 자기가 그렇게 했다는 건 까맣게 잊은 듯 말한다.

소화 사태가 연륜이 깃든 음성으로 조용조용하게 말하기 시작했다.

"강호에 또 한차례의 피바람이 몰아칠까 봐 내내 근심이 떠나지 않는답니다."

"피바람이라니? 아니, 누가 감히 그런 짓을 할 수 있단 말이오?"

"흥망성쇄는 사람이나 강호나 다르지 않답니다. 예로부터 백도가 흥하면 흑도가 쇄하고, 흑도가 흥하면 백도가 쇄했지요. 하지만 잘 생각해 보면 그때마다 쇄한 것을 다시 일으키기 위한 움직임이 저 밑바닥에서부터 싹텄다는 걸 시주께서도 아실 것입니다."

"무슨 말씀을 하고 싶은 게요?"

"일양래복이라는 말을 시주께서도 잘 아시겠지요?"

"물론이오."

양원생은 근본이 도사 아니던가.

일양래복(一陽來復)은 주역에서 나온 말이니 그가 모를 리가 없다.

음기가 가장 극성한 곤위지(坤爲地)의 괘에서 양효가 생성되면 변화가 일어나 지뢰복(地雷復)의 괘가 된다. 그 괘를 가리켜 일양래복이라고 하는 것이다.

한겨울에 봄의 기운이 태동하고 있는 것이요, 인생의 나락에서 한 가닥 소생의 기운이 일어나는 것과 같은 이치다.

그러므로 소화 사태의 말은 짓눌려 있는 백도에 한 가닥 소생의 기운이 움트고 있다는 뜻이기도 하다.

사태가 다시 말했다.

"음지에 있으니 한 가닥 양의 기운이 태동하는 걸 기뻐해야 옳겠으나, 불제자의 본분을 지키는 몸으로서는 그것이 가

져을 세상의 환난에 대하여 근심하지 않을 수 없답니다. 아미
타불……."

양원생이 다시 벌컥 화를 낸다.

"그러니까 장문인의 말인즉슨, 백도에 한 영웅이 탄생해서
장차 우리 패천마련을 싹 쓸어버릴 텐데, 그러자면 또 한차례
의 정사대전이 벌어질 테니 시체가 산을 이루고 피가 강을 이
룰 것이다. 그게 안타깝기 짝이 없다. 이 말씀 아니오?"

"그렇소이다. 그 와중에 얼마나 많은 사람들이 죽을 것이
며, 그중에는 애꿎게 목숨을 잃는 사람도 헤아릴 수 없을 것
아니겠소이까?"

"허! 이런, 이런!"

양원생이 발을 굴렀다.

"장문인께서는 내가 우리 패천마련의 사천 지부를 다스리
는 감찰이라는 걸 모르시는 거요?"

"어찌 모르겠습니까?"

"알면서도 내 앞에서 그런 말을 하다니? 대체 정신이 있는
것이오?"

"아미타불……."

소화 사태가 합장하고 낮게 불호를 중얼거렸다.

올 때는 신경질을 내면서 왔는데 지금, 아미산을 떠나는 양
원생의 마음은 어둡고 무거웠다.

청성의 진각 진인과 마찬가지로 소화 사태 역시 장구봉이라는 자를 언급했기 때문이다.

아미의 절학을 두루 꿰뚫고 있으면서, 소화 사태의 사매이기도 한 소양 사태의 일에 대하여 들은 것 때문에 은근히 걱정이 되기도 했다.

장구봉이라는 놈이 청성의 백미 도장은 물론 아미의 소양 사태마저 일격에 물리쳤다니 그렇다.

그게 헛소문이기를 바랐는데, 이렇게 직접 확인하자 묘한 적개심이 생기기도 한다.

"그놈은 더 두고 볼 필요가 없겠군. 홍, 그놈이 일양래복의 기운이란 말이지? 백도의 희망이고?"

소화 사태의 말이 내내 마음에 걸린다.

"그렇다면 더 자라기 전에 아예 뿌리를 뽑아버려야겠지."

그런 결심을 한다.

하지만 구천상단이 이미 건승왕 주 왕야를 끼고 있으니 섣불리 달려들 일도 아니었다.

"교활한 놈."

장구봉에 대해서 생각할수록 이가 박박 갈린다.

우선은 제가 듣고 본 모든 것들을 대신의가산의 총단에 보고하는 게 순서였다.

그런 다음에 총단의 명령을 기다리는 건데, 보고서에 장구봉을 제거하고 구천상단을 깨뜨려야 할 필요성에 대해서 강하게 요청할 작정이었다.

그리하여 총단에서 허락한다면 그때는 제가 앞장서리라고 결심한다. 손수 장구봉이라는 자를 통쾌하게 죽여 버리려는 것이다.

그러기 위해서는 먼저 그자를 만나볼 필요가 있다고 판단했다.

"구천상단으로 간다."

그의 말에 수하들이 일제히 방향을 틀었다.

*   *   *

장팔봉은 성도에 구천상단의 총단을 두었는데, 진소소의 선부인 진국경의 사당을 접수하여 그것을 개조하고 들어앉은 것이다.

그 의미는 컸다.

진국사(秦國祠)라는 그 사당의 현판을 내렸다는 건 곧 천화상단의 종말을 온 세상에 알리는 일이었기 때문이다.

그리고 그곳에 새롭게 구천상단의 총단임을 알리는 '구천상가(九天商家)' 라는 현판을 걸었다.

'일위구천(一位九天) 만세성업(萬歲盛業)' 이라는 문구가 함께 새겨진 그 현판이 걸린 날 터진 폭죽과 축포로 인해 성도의 밤이 대낮처럼 밝았다.

장팔봉은 진소소가 머물던 거대한 규모의 별원을 개축하여 장원으로 만들었는데, 성도의 구경거리가 되었을 만큼 크고 화려했다.

화룡각을 개조해서 구천보각(九天寶閣)이라 하여 그곳을 처소로 삼았고, 외부의 손님들이 머물던 천화각을 개조하여 청해의 창응방에서 온 장한들과 찰리가화가 사용하게 하였다.

낮은 담 하나를 두고 장팔봉의 지척에 기거함으로써 자연스레 그를 호위하는 호위대의 역할을 수행하도록 한 것이다. 외전에 속했던 태화당(太華堂)도 중, 개축하였다.

장팔봉은 장차 이 장원과 바깥의 사당을 개조한 총단 건축물들을 모두 구천수라신교의 총교당으로 삼을 작정이었다.

그러므로 개보수와 증축의 전 과정에 걸쳐서 몸소 감독하였음은 물론, 정성을 기울여 꼼꼼하게 했다.

그의 마음속에는 이미 구천수라신교의 차기 교주를 누구로 추대할 것인지, 어떤 인물들을 받아들여 어떻게 운영할 것인지에 대한 계획이 서 있었던 것이다.

이곳에 당당하게 구천수라신교의 현판을 걸고, 선대 교주들의 위패를 모시는 날이 바로 강호에 자신의 완전한 승리를 선포하는 날이 될 것이라고 여겼다.

그 첫걸음으로 천화상단과 진소소를 패망시켰으니 이제는

패천마련을 향해 칼끝을 돌려야 할 때인 것이다.

시비를 걸 구실을 찾고 있는 중인데 황천광도 양원생이 이 곳으로 찾아오고 있다는 소식이 들려왔다.

그에게는 반갑기 짝이 없는 소식이었다.

'이놈들이?

양원생이 이마를 찌푸렸다.

저를 마중 나온 자가 총단주 장구봉이 아니라 달랑 청리목극이라는 수하 한 명이지 않은가.

그는 진소소의 한빙면장에 심각한 내상을 입었다고 들었다. 그런데 저렇게 멀쩡한 걸 보니 그새 회복된 모양이다.

양원생은, 그렇다면 장구봉이라는 자가 그렇게 해주었을 것이라고 짐작했다.

그래서 장구봉에 대해 더욱 경계하는 마음을 갖는다.

그런 한편 괘씸하기도 했다. 제가 방문했다는데 감히 나와 보지도 않으니 그렇다.

'꼴에 거물 대접을 받아보고 싶다 이건가? 흐흥, 그렇다면 제 처지가 어떤 건지 뼈저리게 알려줄 테다.'

그런 생각으로 마음에 끓어오르는 분노를 애써 달래며 구천상가의 대문을 지났다.

그리고 그곳에서 서른 명의 장한을 거느리고 나와 있던 흑련귀 고흑성과 찰리가화를 만났다.

양원생은 찰리가화와 그 서른 명의 장한을 눈여겨보았다.

그들이 천화상단 문무전의 고수들을 어떻게 상대했는지 이미 보고를 받았으므로 호기심이 생긴 것이다.

장한들의 골격이 철골강근(鐵骨强筋)이라 할 만큼 굳세어 보이고, 찰리가화의 기품이 고수의 품격을 여실히 보여주는 것이라 속으로 적잖이 놀란다.

'이놈들은 수상하군. 대체 강호의 어떤 방회, 문파에 이와 같은 자들이 있었던가?

아무리 기억을 더듬어봐도 제가 알고 있는 한 이처럼 거칠고 강인한 기질을 내보이는 자들을 거느린 곳이 없었다.

"수하들은 이곳에 있게 하고 양 총감만 들어가실 수 있소이다."

흑련귀 고흑성이 앞으로 나서서 양원생을 가로막으며 그렇게 말했다.

양원생이 벌컥 역정을 낸다.

"흑련귀, 네놈 따위가 감히 나에게 이래라저래라 할 수 있단 말이냐?"

"죄송하오. 하지만 이건 내 뜻이 아니라 주인의 뜻이니 수하 된 자로서 복종할 수밖에 없는 일 아니겠소?"

양원생은 흑련귀 고흑성이 흑도무림에서 얻고 있는 명성에 대하여 잘 알고 있었다.

그런 자가 패천마련에 투항해 오지 않고 혼자서 활동하는 것도 못마땅했었는데, 이제는 장구봉이라는 자를 서슴없이 주인이라고 칭하니 더욱 짜증이 난다.

"너는 주인의 총애를 듬뿍 받는 모양이구나. 그래, 행복하냐?"

비웃어주지만 고흑성은 진지했다.

"넘치는 신임을 받고 있으니 비로소 삶의 보람을 느끼지요."

"흐음—"

고흑성의 태도에 한 점의 거짓도 없다는 게 양원생을 곤혹스럽게 했다.

그는 잘 알고 있었다.

고흑성 같은 부류의 인간은 결코 주인을 섬기지 못한다는 걸. 자유롭게 떠도는 한 마리 늑대 같은 자인 것이다.

제가 한때 그런 길을 걷지 않았던가.

홀로 자유롭게 강호를 떠돌면서 마음대로 행하고 산다. 그게 삶의 참 맛이라고 굳게 믿는 것이다.

그만큼 자기 자신에 대한 확신이 있으면서 무공에 대한 자부심도 큰 자이게 마련이다.

그런데 제가 거령신마에게 완전히 굴복하여 그의 수하가 된 것처럼 흑련귀 고흑성도 그렇게 되어 있으니 장구봉이 새삼 대단한 자라고 여겨진다.

지그시 고흑성을 바라보던 양원생이 다시 말했다.

"내가 수하들을 거느리고 너의 주인에게 가겠다고 한다면?"

고흑성이 두려움없이 칼집을 두드렸다.

"나와 총단주의 호위무사들은 이곳에서 모두 죽는 한이 있어도 결코 한 걸음도 물러서지 않을 것이오."

"으음—"

성질 같아서는 대동한 마두들에게 명하여 한바탕 피바람을 일으키게 하고 싶었다.

고흑성이나 찰리가화, 청리목극이 한꺼번에 달려든다고 해도 저의 상대가 되지 못할 테니 이곳을 피로 씻어버릴 자신이 있다.

'하지만 아직은 그럴 때가 아니지.'

양원생은 가까스로 심중에 끓어오르는 살심을 가라앉혔다.

구천상단은 어디까지나 상인들의 단체이지 강호의 방회가 아니지 않은가.

그런 자들을 무력으로 짓밟았다고 하면 세상의 지탄을 받을 뿐 아니라, 련주로부터도 무서운 질책을 당할 것이다.

게다가 구천상단이 아직 패천마련에 반항하는 어떤 행위도 한 게 없지 않은가.

"끄응—"

된 숨을 내쉰 양원생은 어쩔 수 없이 혼자서 구천보각으로 향할 수밖에 없었다.

그리고 그곳에서 장팔봉을 만났다.

'이놈이?'

역시 노여움이 치솟는다.

그럴 때는 자신이 패천마련 사천 지부를 통솔하는 총감이라는 게 못마땅했다.

제 성질대로 할 수 없기 때문이다.

장팔봉은 연못가의 정자에 앉아서 차를 마시고 있었는데, 양원생을 안내해 온 고혹성이 계단 아래에서 그의 도착을 알릴 때까지 돌아보지도 않았다.

어린 계집종 한 명의 수발을 받아가며 차를 마시고 있던 장팔봉이 느릿느릿 양원생을 돌아보았다.

그는 이제 완전히 장구봉으로 돌아와 있었다.

더 이상 등 대인으로서의 행세를 하지 않기로 작정한 것이다.

천화상단을 패망시켰으니 이제는 그럴 필요가 없기 때문이기도 하다.

세상 사람들이 모두 등 대인이 바로 장구봉이었다는 걸 알게 된 까닭이기도 하다.

장팔봉이 일어서서 맞이하지도 않은 채 고개만 한 번 끄덕였다.

"당신이 패천마련 사천 지부의 양 총감이시오?"

대뜸 건네는 말이라는 게 오만하기 짝이 없다.

양원생이 부글부글 끓어오르는 속을 감추기 위해 무진 애를 쓰며 뚜벅뚜벅 정자의 계단을 올라갔다.

장팔봉에게 형식상의 예의조차 생략한 채 털썩 마주 보고 앉는다.

네가 나를 무시한다면 나는 더욱 너를 무시해 주겠다는 뜻이었다.

장팔봉이 그런 일에는 개의치 않겠다는 듯 물끄러미 바라보았다.

쪼르르—

어린 시비가 양원생의 찻잔에 차 따라주는 소리만 들릴 뿐 무거운 적막이 둘 사이에 담을 쌓았다.

차 한 잔 따르는 그 짧은 시간이 한없이 길고 지루하게 느껴진다.

장팔봉의 눈짓에 시비가 발소리를 죽이며 조심스럽게 정자를 내려가고, 드디어 두 사람만 마주 앉게 되었다.

후원의 그 넓은 정원이 텅 비어 있으니 적막강산 같다.

장팔봉은 여전히 아무 말도 하지 않았다. 그가 어떤 표정을 하고 있든지 면구는 무표정하고 삭막하기까지 한 얼굴을 보여줄 뿐이다. 아무런 감정도 드러나지 않는다.

그런 사실을 알 리 없는 양원생은 장팔봉의 그 거친 얼굴 생김새와, 흔들림없는 무표정 앞에서 스스로 위축되는 걸 느껐다.

반발심이 생긴다.

"당신이 바로 그 유명한 장구봉이로군?"

"유명한지는 모르겠으나 장구봉은 맞소."

"혼자서 천화상단의 문무전에 속한 삼백 명이나 되는 호위무사단을 괴멸시켰다니 대단하군."

"수하들이 제 목숨을 아끼지 않고 싸워준 공이오. 내가 한 일은 없소이다."

"구룡검노 화문무를 제압하고, 진 총단주를 제압하지 않았소?"

"그들이 이미 의욕을 잃고 싸우기 싫어했기 때문이지. 그렇지 않았다면 내가 어찌 혼자서 그들을 물리칠 수 있었겠소?"

어디까지나 겸양하는 말이지만 양원생에게는 그게 자신를 비웃는 말로 들렸다.

그가 이글거리는 눈으로 장팔봉을 뚫어지게 바라보며 말했다.

"당신의 무공 화후가 그토록 대단하고, 중원의 상권마저 손에 넣었으니 가히 천하를 오시할 만하겠군."

"강호에는 패천마련이 있고, 장사꾼들에게는 구천상단이 있을 뿐이오. 바다가 강물을 침범하지 않듯이 서로의 사는 세상이 다르니 각각 제 일에 충실하면 그만 아니겠소?"

"그 말은 천화상단이 그랬듯이 우리 패천마련과 공존하겠다는 것인가?"

"힘은 패천마련에게 있고, 돈은 나에게 있으니 서로가 잘 협력한다면 세상에 두려울 게 무엇이 있겠소?"

"흐음."

양원생은 보기보다 장구봉이라는 자가 능글맞으면서 영악하다고 생각했다.

하지만 그건 곧 타협점을 그만큼 쉽게 찾을 수 있다는 말이기도 하다.

'이놈을 잘 타일러서 패천마련에 협력하게 만든다면 천화상단의 돈줄을 대신하게 할 수 있겠지. 그렇게 되면 련주께서도 나의 공을 인정해 주실 것이다.'

그런 생각이 들지 않을 수 없다.

처음 이곳에 올 때는 단지 장구봉이라는 자의 성향을 파악하고, 그가 과연 얼마나 대단한 자인지 제 눈으로 확인해 볼 작정이었다.

그런 다음에 어떤 트집이라도 잡아서 총단의 허락을 받아 제거해 버릴 생각을 갖고 있었던 것이다.

그러나 이렇게 몇 마디 말을 나누어보자 생각이 달라졌다.

장구봉이 패천마련을 충분히 의식하고 두려워한다는 느낌을 받았던 것이다.

게다가 그가 패천마련과 좋은 관계를 유지하고 싶어하는

것 같으니 양원생으로서는 마다할 이유가 없었다.

　적개심이 슬그머니 가라앉으면서 구천상단에 대해 경계하
던 마음도 흐려진다.

第十章

이놈들, 아직 살아 있었구나

鳳鳴刀
봉명도

이놈들, 아직 살아 있었구나

　사천의 북서쪽은 민산과 사고랑산으로 가로막혀 천혜의
험지를 이룬다.

　산이 높고 골이 깊으며 길은 좁고 험하니 행인들의 발이 수
고롭지 않을 수 없다.

　그러나 귀주나 운남에서 서역으로 향하는 대상들로서는
넘지 않을 수 없는 산이고 지나지 않을 수 없는 길 중 한 곳이
기도 하다.

　섬서나 감숙으로 가기에는 너무 먼 길을 돌아가야 하기 때
문에 사천을 통과해서 청해로 넘어가는 험한 길을 택하곤 했
던 것이다.

그 길에는 그런 대상들을 노리는 녹림도의 무리가 수도 없이 많았다.

워낙 깊고 험한 산중에 산채를 틀고 있는지라 관에서도 그들을 토벌할 수 없었고, 강호의 고수들 역시 꺼려하는 바가 있다.

그래서 사천을 북서로 관통하는 행로를 택한 대상들은 유력한 강호의 방회에 호위를 의뢰하곤 했다.

거기서 나오는 수입이 컸으므로 사천에는 상인들의 호위를 주된 업으로 하는 강호의 방회가 많이 생겨났다.

호송 의뢰를 받은 방회에서는 경험이 많고 무공이 뛰어난 고수들로 호송단을 만들어 파견했다.

한번 그렇게 호송단이 결성되면 의뢰인을 목적지까지 무사히 호송해 주느냐, 그렇지 못하느냐에 따라서 자신들의 명예가 좌우되는 건 물론, 방회의 이익에도 직결되게 마련이었다.

어떤 방회가 호위 임무에 실패했다더라, 하는 소문이라도 퍼지게 되면 상인들이 다시 그 방회에 호송을 의뢰하지 않으려 할 것 아닌가.

그러므로 그들은 아무리 큰 희생을 치르게 되더라도 반드시 상인들을 목적지까지 무사히 갈 수 있게 해주었다.

그렇게 옥문관까지 도착해서 임무를 완수한 호송단은 그곳에서 이번에는 사천으로 들어가려는 또 다른 상인들을 기다렸다.

그러니 옥문관에는 민산이나 사고랑산을 넘어온 호송단들로 언제나 들끓었다.

그들과 대상들을 상대로 한 주루며 객잔, 색주가들이 번성하고 있는 건 물론이다.

거기에 관을 지키는 삼만의 수비대 병사들마저 있으니 옥문관 일대는 중원의 여느 대도시 못지않게 흥청거렸다.

그러니 상인들은 좋아할 것이지만 그와는 반대로 불만이 쌓이고, 신경질이 나는 부류도 있었다.

양지에는 음지가 있게 마련 아니던가.

바로 산마다, 골짜기마다 웅크리고 있는 크고 작은 녹림도들이 그들이다.

나그네 봇짐이나 터는 작은 규모의 녹림도야 무시해도 좋지만, 제법 번듯한 산채를 틀고 눌러앉아 있는 녹림도들은 하루하루가 생존과의 전쟁이지 않을 수 없었다.

그런 산채에는 많게는 수백여 명에서 적게는 수십 명에 이르기까지 산적이라고 분류되는 인종들이 모여 살고 있었다.

그러니 두령이 된 자는 제 부하들을 먹여 살리는 일에 거의 온종일 매달리지 않을 수 없다.

부양가족이라도 딸린 부하라면 더욱 신경이 쓰이지 않겠는가.

민산과 사고랑산을 넘는 길목에는 그런 산채들 또한 무수

히 많았는데, 그중 규모가 크거나, 잔인하거나, 제법 실력이
있는 산적들이 속해 있거나 하는 산채들은 몇 개 되지 않았
다.

그중 한 곳이 적성채(赤城寨)라고 불리는 곳이었다.

들리는 말로는 산채에 속해 있는 녹림도들만도 무려 삼백
여 명이나 된다고 했다.

그러니 멀리까지 나가서 약탈을 해와야 겨우 먹고살 정도
가 되리라.

녹림도라는 게 칼밥을 먹고산다는 데에 있어서는 일반 강
호의 고수와 다를 게 없지만 그들 두 부류는 비교 대상이 되
지 않았다.

녹림도는 어디까지나 녹림도일 뿐이지 결코 강호의 고수
가 될 수 없었던 것이다.

그렇지 않다면 그들이 할 짓이 없어서 녹림의 무리가 되어
힘없는 백성들이나 약탈하며 살 것인가.

그러나 그 적성채의 무리는 다른 데가 있었다.

악착같기도 하지만, 때로는 호송단 무사들을 괴멸시키면
서 화물을 약탈할 만큼 실력이 뛰어났던 것이다.

그래서 민산을 넘어가는 화주들이 가장 두려워하는 건 바
로 그 적성채의 무리를 만나게 되는 것이었다.

그건 그쪽 길로 가는 화주를 호송하기로 한 호송단의 무사
들도 마찬가지였다.

그들은 적성채의 무리와 조우하는 걸 달가워하지 않았다.

그들의 교활하고 악착같은 노림수에 한번 걸리면 비록 물리친다고 해도 자기들 또한 피해를 보는 일이 많았기 때문이다.

그렇게 피해를 입고 나면 다음 호송단의 일을 하는 데 지장이 클 수밖에 없다.

그래서 적성채의 무리가 출몰하는 지역을 지나가는 호송단은 강호의 고수들이라는 자존심을 버리고 그들에게 일정액의 통행세를 건네곤 했다. 그러면 아무 탈 없이 지나갈 수 있는 것이다.

들리는 말로는 그 적성채의 무리를 이끄는 대두령 역시 강호의 고수인데, 어떤 일인가로 인해 더 이상 강호에 있을 수 없게 되자 적성채를 만들고 거기 눌러앉아 있는 것이라고도 했다.

그래서 적성채의 녹림도 중에는 제법 무공이 높은 자들도 섞여 있다고 하지만 어디까지나 소문일 뿐이었다.

그들의 구성원은 모두 강족들이었으나, 언제부터인가 몇 명의 한족이 그들과 섞였다.

그리고 그들이 대두령 밑의 우두머리의 위치를 차지하고 강족의 장한들을 호령한다고 했다.

한족이 강족들과 섞여 산다는 건 그들에게 동화되었거나, 그들을 굴복시켰다는 것이다.

그런데 한족들이 산채의 우두머리 노릇을 하고 있다니 동화가 아니라 적성채의 거친 강족 장한들을 굴복시킨 것이리라.

그렇다면 대단한 자들이 아닐 수 없었다.

그 적성채는 송번고성(松藩高城)을 의지하고 있었다.

그곳에서 백하(白河)를 거슬러 민산의 줄기를 타고 청해로 넘어가는 길을 장악하고 있는 것이다.

송번현은 당나라 시대에 강족과의 큰 전쟁이 있었던 역사적인 곳이다.

현종 때에 강족을 방비하기 위해 성을 쌓고 병사를 주둔시켰던 곳인데, 지금도 조정에서 나온 성군이 주둔하고 있었다. 그들과 강족이 뒤섞여 살고 있는 변방인 것이다.

당나라 이래 지금까지 서역으로 향하는 대상들이 통과하는 곳이기도 하다.

적성채의 녹림도들은 수시로 그 송번성에 내려와 대상단의 움직임을 정찰했으며 생활용품을 구해갔다. 아예 그곳에 살림집을 갖고 있는 자도 많았다.

그들은 평시에는 송번성의 주민이었다가 일이 있으면 산채로 올라가 산적이 되는 것이다.

그 송번성에 한 사람이 들어왔다.

누런 얼굴에 주름이 가득하고, 세 가닥 짧은 수염을 길렀으며 눈매가 처졌다. 골격은 굵직굵직했지만 완연한 노인의 모습이다.

자세히 보지 않으면 누구나 그가 강족의 노인인 줄 알 것이다.

목랍길의 솜씨에 또 한 번 변화한 장팔봉의 모습이었다.

송번성에서 하룻밤을 묵은 그는 다음날 아침 일찍 성을 떠나 북으로 향했다.

그가 찾아가는 곳은 검봉(劍峰)이라는 곳에 있는 적성채였다.

그곳은 민산의 한 줄기인 적성산의 바위 봉우리인데, 주변의 산세가 워낙 높고 험한 탓에 천연적인 요새처럼 보였다.

험한 산과 깊은 골짜기 사이로 검을 꽂아놓은 것처럼 생긴 높은 바위 봉우리 하나가 우뚝 솟아 있었다. 그곳이 검봉이다.

적성산에서 검봉으로 가는 방법은 오직 하나뿐이었다.

깊은 골짜기를 가로질러 이어져 있는 한 줄기 출렁다리를 건너는 것이다.

금방이라도 끊어질 것처럼 보이는 줄에 매달려 있는 그것은 바람만 조금 불어도 불안하게 좌우로 흔들렸으므로 어지간히 담력이 큰 사람이 아니고서는 건너갈 엄두도 내지 못한다.

그 검봉을 빙 둘러 두 사람이 몸을 맞대고서야 겨우 지나갈 수 있는 너비의 길이 나 있었다.

검봉 꼭대기에 있는 적성채에 도달하는 길은 오직 그것뿐
이었다.

그러니 혼자서 능히 만 명의 병사도 막아낼 수 있는 천혜의
요새가 아닐 수 없다.

적성산을 빙 돌아 그 다리가 있는 곳으로 가는 길은 이십여
리쯤 되었다.

군데군데 허름한 객주가며 조잡한 물건을 파는 상점들이
있다.

그곳의 상인들은 단지 물건을 팔고 술과 고기를 팔 뿐 아니
라 그 길을 오가는 행인들을 관찰했다.

또한 대상과 호송단의 동향을 감시해서 주의해야 할 만한
일이다 싶으면 즉시 적성채로 전서구를 날려 소식을 전했다.

그러니 상인이면서 적성채의 첩자 노릇을 겸하고 있는 자
들인 것이다.

장팔봉은 적성채로 통하는 길목에서 네 명의 장한에게 제
지당했다.

적성채 입구를 지키는 위사인 셈이다.

그들 중 우두머리로 보이는 자가 나서서 눈을 부라리며 말
했다.

"여기는 길이 없으니 저 윗길로 가."

"당신들 등 뒤에 있는 저건 길이 아니고 뭐요?"

"흐흐, 길은 길인데 좀 특이한 길이지."

"뭐가 특이하단 말이오?"

"황천으로 가는 길이라고나 할까? 영감, 그래도 꼭 이 길로 가야겠어?"

"그럼 저 길 끝에 사는 것들은 죄다 죽은 망령들이겠군?"

"뭐야?"

"그렇지 않소? 저 길이 황천으로 가는 길이라니 말이오."

"저 길이 어디로 통하는 길인지 알고는 있는 거냐?"

"적성채로 가는 길인데, 그게 황천에 있는 모양이니 그럼 그곳의 대두령은 염라부의 귀졸쯤 되는 귀신이겠군."

"이놈의 영감탱이가? 정말 황천으로 가고 싶어서 안달이 난 거냐?"

장팔봉의 이죽거리는 말을 듣던 놈들 중 한 놈이 털이 숭숭 박혀 있는 굵은 팔뚝을 걷어붙이고 나섰다.

당장 장팔봉의 팔을 비틀고 다리를 분질러 놓겠다는 기세다.

장팔봉이 손을 들어 그를 막으며 의젓하게 말했다.

"한 살이라도 더 먹었다는 건 그만큼 세상 경험이 많고 사람을 많이 대해봤다는 것이라네. 늙어서 우습게보일지 몰라도 속은 깊지."

"……?"

"내가 이 나이를 먹으면서 수없이 많은 사람들을 대해보았는데, 그중에는 잡놈도 있었으며 상종 못할 야비한 놈도 있었어."

"그래서?"

"자네는 그중 어디에 속할 것 같나?"

"뭐라고? 이놈의 영감이 정말 죽고 싶어서 환장을 했구나!"

"내가 볼 때 자네는 잡놈도 못 되고 야비한 놈도 못 되네."

"그럼?"

"영 덜떨어진 팔푼이야. 앞뒤 생각을 할 줄 모르니 변고가 생기면 제일 먼저 황천으로 직행하는 자가 될 걸세."

"이, 이, 이!"

장한이 제 분을 참지 못하고 주먹을 부들부들 떨었다. 그러더니 한주먹에 장팔봉을 때려죽이고 말겠다는 듯 무섭게 달려들었다.

그러나 그자는 제 동료들에게 가로막혔다.

고함을 지르며 길길이 날뛰지만 두 놈이 꽉 붙들고 놓아주지 않는다.

처음 장팔봉을 가로막았던 우두머리가 나서더니 이리저리 뜯어보며 말했다.

"영감, 보아하니 목적이 있어서 온 게로군? 적성채로 가기를 원하는 거요?"

"이제야 그럭저럭 말이 통할 만한 자가 나섰군."

감시조의 연락을 받은 산채에서 장팔봉을 안내해 갈 자가 내려왔다. 한차례 아래위를 쓸어보더니 심드렁하게 말한다.

"따라오시오."

그자를 따라 검봉의 바위 면을 파고 만든 길을 걸어가면서 장팔봉은 속으로 감탄에 감탄을 거듭했다.

'과연 이 산채는 난공불락의 요새로구나. 제아무리 무공이 뛰어난 자라고 해도 함부로 달려들 수가 없겠어. 그러니 관병들이야 말할 것도 없지.'

길은 검봉을 감싸듯이 돌며 위로 향하고 있었는데, 아래는 까마득한 절벽이었다.

한눈팔다가 자칫 발을 잘못 딛기라도 하는 날에는 저 아래의 급류 속으로 떨어져 버릴 테니 시체조차 찾기 힘들 것이다.

이런 지형이라면 천신이 하강하지 않는 이상 사람으로서는 이 적성채를 공략할 수 없을 거라는 생각이 절로 든다.

두어 식경쯤 그렇게 아슬아슬한 길을 곡예하듯이 올라가자 비로소 머리 위에 하늘이 보였다.

검봉의 정상에 도착한 것이다.

그곳에는 제법 널찍한 평지가 있고, 바위 모서리를 따라 벽돌과 나무로 만든 집들이 빙 둘러 있었다.

가운데는 족히 백여 명의 장정들이 들어설 만큼의 광장이 형성되어 있다.

연무장으로도 사용하고, 인원을 점고하거나 단체 행사를 치를 때에도 사용하리라.

도대체 이 까마득한 암봉 위에 어떻게 이런 집을, 그것도 깎아지른 것과 다름없는 절벽의 모서리를 따라서 빙 둘러가며 위태롭게 지었는지 기가 막힐 뿐이다.

"저곳이오. 여기서 잠시 기다리시오. 내가 안에 기별을 하리다."

장팔봉을 안내해 온 자가 그를 세워두고 빠른 걸음으로 광장을 가로질러 갔다.

장팔봉은 제가 서 있는 곳이 말하자면 이 산채의 정문인 것을 알았다.

암봉을 빙 둘러온 건물들이 그곳에서 뚝 끊어져 들고 나는 공간을 남겨두었던 것이다.

그러므로 건물들은 그 자체로 성벽의 역할을 했고, 뻥 뚫린 이곳이 바로 성문이 되는 셈이다.

그곳을 지키는 자들 두 명은 수문위사라고 보아야 하리라.

그들이 낯선 장팔봉을 힐끔거리며 저희들끼리 낮은 말로 무어라고 속삭였다.

장팔봉은 곁눈질로 그들의 면면을 살펴보았다.

비록 거친 옷차림이고 거친 용모이지만 골격이 단단해 보이는 자들이었다.

키가 크고 눈이 부리부리하며 뼈마디가 굵은 것이 한눈에 용맹한 전사들이라는 걸 알 수 있다.

창응방에서 보내온 토족의 장한들 못지않게 씩씩한 기상이 있는 자들인 것이다.

역시 강족의 사내들이라는 감탄성이 절로 나온다.

잠시 후 광장 건너편의 커다란 전각 앞에 한 사람이 나타났다. 장팔봉을 이곳까지 안내해 온 자다.

그자가 어서 오라는 듯 손짓을 했다.

장팔봉이 히죽 웃고는 느릿느릿 광장을 건너기 시작했다.

'억!'

장팔봉은 내심 크게 놀라 비명을 터뜨렸다.

눈이 휘둥그레지고 머릿속에 윙ー 하는 이명이 가득 들어찬다.

아찔한 현기증마저 느낄 정도로 그는 크게 놀랐다.

대두령의 집무전인 전각 안에 들어선 직후였다.

거기서 그를 기다리고 있던 사람들을 보았는데, 놀람은 갑자기 찾아왔다.

대전 안쪽의 호랑이 가죽을 덮은 의자에는 흰 수염의 노인이 의젓하게 앉아 있었다.

그가 바로 이 산채의 대두령인 왕창명(王昶明)이다.

아래 세상에서는 그를 두고 적성대제(赤城大帝)라고 했다.

그가 적성채의 삼백 명이나 되는 산적들을 거느리고 이 일 대의 패자로 군림하고 있기 때문이다.

강족의 노인이었는데, 골격과 기상으로 보아 젊었을 때에 는 그 힘과 위용이 가히 세상을 놀라게 할 만큼 대단한 자였 을 것이다.

대두령 왕창명의 좌우에는 두 사람의 부두령이 표범 가죽 의자에 앉아 있었다.

한 사람은 한족이 분명해 보이고, 다른 한 사람은 강족의 장한이다.

장팔봉을 놀라게 한 사람은 바로 그 한족의 중년 장한이었 다.

귀신이라도 본 것처럼 눈을 휘둥그레 뜨고 얼굴 가득 경악 한 표정이 떠올랐지만 다행히 면구가 그것을 가려주었다.

그래서 겉으로 보았을 때는 그저 조금 놀랐거나, 겁을 먹은 노인 정도로 보일 뿐이다.

장팔봉을 그렇게 놀라도록 한 사내.

그는 바로 장팔봉이 무림맹의 말단 조직인 풍운조장으로 있을 때 인연을 맺었던 자였다.

당시 풍운조가 속해 있던 풍운당의 당주 비호검(飛虎劍) 마 득량(馬得梁)이었던 것이다.

'아니, 저 인간이 왜 여기에?'

그런 의문이 든다.

마득량은 점창파의 고수였다. 가장 어린 나이에 장로라는 막중한 자리에 오른 자이기도 하다.

그런 자가 무림맹의 일원이 되어 풍운당의 당주로 왔을 때 다들 고수를 당주로 모시게 되었다며 어깨를 으쓱거리지 않았던가.

과연 마득량은 무서운 고수였다.

그러나 장팔봉과는 사사건건 의견 충돌을 일으켰었다.

장팔봉이 임기응변을 신조로 삼고 있다면 마득량은 원리 원칙을 신조로 삼고 있었던 것이다.

그건 그가 명문이라고 할 수 있는 문파에서 올바른 교육을 받고 자랐기 때문이다.

그런 점이 거친 야생마 같았던 장팔봉에게는 영 불만이지 않을 수 없었다.

그래서 놀리기도 많이 놀렸고, 골탕을 먹였던 적도 한두 번이 아니다.

그렇게 티격태격하면서 정이 들었던 인물.

한때는 직속상관이었던 그 마득량이 지금은 적성채의 부두령이 되어서 의젓하게 앉아 있으니 어안이 벙벙해질 수밖에 없다.

그를 보자 그동안 잊고 있었던 두 사람의 얼굴이 가득 떠올랐다.

제 뒤를 이어 풍운조장이 되었던 이가춘(李加春)과 뇌신조장이 되었던 왕소걸(王小杰)이다.

열 명이던 풍운조가 죄다 죽었을 때에도 그들 두 놈은 끝까지 살아남아서 저를 따르지 않았던가.

그러다가 제가 무림맹 총단으로 옮겨가면서 그놈들과 헤어졌다.

어떻게 보면 그 시절 어리바리한 신출내기였던 그들 두 놈을 장팔봉이 키웠다고 해도 과언이 아니었다.

그러니 지금, 이렇게 마득량을 보자 그들이 새삼 그리워질 수밖에 없는 것이다.

'그놈들도 마 당주 저 인간처럼 지금 어디에선가 잘살고 있겠지. 제발 그래 줘야 할 텐데……'

그런 생각을 마득량이 알 리가 없다.

그는 번쩍이는 눈으로 장팔봉을 뚫어지게 바라보고 있었다. 그의 표정에서 내심을 읽으려는 것이다.

하지만 면구 안의 표정을 어찌 꿰뚫어볼 수 있을 것인가.

'이상한걸? 저 늙은이의 눈빛이 아주 익숙해.'

그런 생각으로 고개를 갸웃거릴 뿐이다.

마득량은 지금 제 앞에 저렇게 서 있는 늙은이가 장팔봉일 것이라고는 꿈에도 생각하지 못하고 있었다.

그가 봉명도 건으로 강호를 온통 시끄럽게 하고 있다는 소문을 들은 적은 있었다. 하지만 기련산에서 죽었다지 않던가.

그 말을 들었을 때 마득량은 종일 미친 듯이 술을 퍼마셨다. 그리고 엉엉 울었다.

풍운당의 당주로서 장팔봉을 거느리고 있을 때를 잊을 수 없었기 때문이다.

참 지긋지긋하게도 말을 안 들어 처먹고 속을 썩였던 놈이지만, 그래서 더욱 정이 들기도 했다.

풍운당이 그토록 유명해졌던 건 오직 장팔봉 그 한 놈 때문이지 않았던가.

평상시에는 날건달 같았으나 척후로 나서면 세상에서 그보다 영악하고 과감하며 용맹무쌍한 자가 없었다.

불사귀라고까지 불렸던 풍운조의 조장 장팔봉.

그에 대한 그리움이 새삼 가슴을 뜨겁게 한다.

마득량은 그때의 일에 대한 추억과 감상에 빠져 장팔봉과 대두령 사이에 무슨 말이 오가고 있는 건지 알지 못했다. 하나도 귀에 들어오지 않았던 것이다.

얼마나 시간이 지났을까?

"그래, 대가는?"

"일천 냥."

"흠—"

'응?'

일천 냥이라는 말에 마득량이 비로소 정신을 번쩍 차리고 장팔봉을 다시 바라보았다.

그와 대두령 사이에는 이미 모종의 거래가 성사되고 있었다.

'제기랄, 중요한 부분인데 듣지 못했구나.'

아쉬워하지만 잠시 후면 절로 알게 될 테니 상관없기도 하다.

그래서 다시 번쩍이는 눈으로 장팔봉을 노려보듯 바라본다.

잠시 고민하던 대두령 왕창명이 말했다.

"일천 냥은 거금이오. 그런데 당신의 몰골을 보니 그런 거금을 내놓을 만한 사람 같지가 않군."

"허허, 이런 일을 꾸미기 위해 오는 사람이 비단옷을 입고 많은 종자를 거느리겠소?"

"좋소, 당신의 제안을 받아들이지. 단, 약속한 그 일천 냥을 선금으로 내놓아야 하오. 그래야 믿을 수 있거든."

"나는 당신들을 뭘로 믿어야 하오? 돈만 받고 입 씻어버리면 어디 가서 하소연할 데도 없는데?"

그 말도 맞다. 그래서 왕창명은 다시 한동안 생각에 잠기더니 다시 말했다.

"문서로 이행각서를 써주면 되겠소?"

"그런 건 있으나 마나요. 일천 냥은 적지 않은 돈인데 그걸 건네준 대가로 종이쪽 한 장을 달랑 들고 돌아간다면 내 주인께서 뭐라고 하시겠소?"

장팔봉 자신이 까막눈이니 그 이행각서라는 데에다 잔뜩
욕을 적어놓아도 알아볼 수 없지 않은가.

그런 종이쪽은 있으나 마나다.

그래서 즉각 부정하자 대두령의 얼굴에 실망했다는 기색
이 어렸다.

"우리를 믿지 못하겠다는 거로군?"

"강호의 명망있는 고수라면 모를까, 누가 당신들 같은 산
적을 믿소?"

"뭐라고 지껄이는 거냐?"

거침없는 그의 말에 한쪽에 묵묵히 앉아 있던 강족의 부두
령 장한이 버럭 노성을 질렀다.

그러나 장팔봉은 태연했다. 목에 칼이 들어와도 제 할 말은
다 하겠다는 듯 느물거리며 말한다.

"언제든지 이익이 생기면 즉시 안면을 몰수하는 게 바로
녹림도의 생리 아니오? 그럴 모르는 사람은 아무도 없소이
다."

"무엇이?"

멈추지 않는 그의 모욕적인 말에 강족의 부두령 장한이 발
끈하여 칼자루에 손을 얹었다.

장팔봉이 그자를 물끄러미 바라본다.

"내 목을 치는 건 쉽겠지. 하지만 그 즉시 일천 냥도 사라
져 버린다는 걸 명심해라."

장한이 망설이자 대두령이 손을 흔들었다.

"좋소, 그럼 당신이 원하는 걸 말해보시오."

"인질 한 사람을 데려가겠소이다."

"인질이라고? 누구를?"

"바로 저 사람."

장팔봉이 망설이지 않고 마득량을 지목했다.

마득량이 얼떨떨해졌고, 대두령 왕창명은 고민에 빠졌다.

그가 난색을 표하며 사정하듯 말했다.

"솔직히 말하리다. 그는 우리 산채의 기둥 같은 존재요. 그의 무공이 가장 높지. 강호의 일류고수라는 자들도 그에게는 삼초지적이 되지 않을 것이외다."

"그렇다면 더욱 잘됐군."

"천만에. 그를 빼놓는다면 우리는 당신의 주인이 의뢰한 이 일을 해낼 자신이 없다오."

"오호, 그래요?"

'그새 많이 늘었나 보군.'

장팔봉이 속으로 웃음을 흘린다.

마득량은 원래 고수였다. 하지만 대두령의 말대로라면 지금은 그때보다 훨씬 무공의 화후가 깊어졌다는 것 아닌가.

흑련귀 고흑성이나 청리목극과 비견할 만한 고수가 되어

있다면 반가운 일이 아닐 수 없다.

'그러고 보니 이 적성채가 바로 당주 때문에 먹고사는 거였군.'

그런 생각이 들면서 마득량이 새롭게 보인다.

"그럼 이렇게 합시다. 일단 저 사람을 인질로 주인에게 데려간 후 붙잡고 있다가, 적성채에서 일에 착수했다는 소식을 접하면 그때 풀어주겠소. 그러면 공평하지 않겠소?"

그 말에는 대두령 왕창명도 양보할 수밖에 없었다.

그가 겸연쩍은 눈으로 마득량을 바라보았다.

"마 두령, 잠시 산채를 떠나 편히 쉰다고 생각할 수 없겠나?"

"끄응—"

인질이 된다는 건 몹시 기분 나쁘고 자존심 상하는 일이다. 하지만 일천 냥이라는 거금을 생각하면 어쩔 수 없지 않은가.

게다가 대두령이 저렇게 사정하는데 안 된다고 뻗댈 수가 없다.

"좋습니다. 까짓, 그들이 나를 어떻게 하는지 봅시다."

"그럼 일이 성사된 것으로 알고 나는 이만 돌아가겠소."

장팔봉이 일어서자 마득량이 잔뜩 불만 어린 얼굴로 따라 일어선다.

대두령이 다급하게 말했다.

"약속한 일천 냥은?"

"내가 그런 거금을 품에 지니고 왔겠소? 당신들이 나를 죽이고 품을 뒤져 꺼내 가면 그만인데."

"불쾌하군. 우리를 그렇게 야비한 놈들로 보다니."

"원래 산적질이라는 게 야비한 것 아니겠소?"

"끄응—"

여전히 비아냥거리는 장팔봉의 말에 속이 뒤집히지만 어쩔 수 없다.

"돈은 주인께서 지불해 주실 것이오. 은자를 원한다면 은자로 바리바리 싸주실 것이고, 전표를 원한다면 사천에서 가장 큰 금룡전장의 전표로 발행해 드릴 것이오. 그 밖에 보석으로 원한다면 일천 냥의 값어치가 있는 보석을 드릴 테니 걱정 마시오."

"누가 그것을 가져온단 말이오?"

"인질 외에 믿을 만한 자를 두어 명 딸려 보내시오. 그들이 대두령이 원하는 걸 받아서 가지고 돌아오면 되지 않겠소? 설마 대두령은 수하들도 믿지 못하는 건 아니겠지?"

"끄응—"

대두령이 거푸 된 숨을 내뱉는다.

이제는 장팔봉에게 완전히 주도권이 넘어간 것과 같았다. 그의 말대로 따르는 수밖에 없다.

대두령이 밖에 대고 소리쳤다.

"이 가와 왕 가, 두 소두령을 데려와라!"

잠시 후 두 사람의 장한이 고개를 끄덕이며 안으로 들어왔다.

그들을 본 장팔봉은 또 한 번 놀라 저도 모르게 급한 숨을 들이켰다.

오히려 마득량을 보았을 때보다 배는 더 놀란다.

가슴이 쿵쾅거리고 눈알이 튀어나올 것처럼 느껴졌다.

어슬렁거리며 걸어 들어오는 사람들은 바로 그가 그처럼 보고 싶어하던 두 놈.

풍운조의 생존자.

이가춘과 왕소걸이 아닌가.

'아니, 저놈들도 여기에 있었단 말인가?'

그런 의문과 함께 당장 달려가 부둥켜안고 싶은 충동을 참기 힘들었다.

하지만 여기서 제 정체를 드러낼 수는 없다.

장팔봉이 어금니를 꽉 깨물고 억지로 마음의 격동을 참는데, 건달처럼 건들거리며 들어온 두 놈이 대두령에게 꾸벅 인사를 하더니 매서운 눈길로 장팔봉을 쏘아보았다.

이 늙은이는 뭔가? 하는 얼굴이다.

자초지종을 들은 이가춘이 대뜸 버럭 소리쳤다.

"아니, 정신 나갔소? 마 두령을 인질로 내주다니? 게다가 우리가 고작 그런 심부름이나 할 사람이오?"

대두령이 쓴 입맛을 다신다.

"사정이 그러니 어쩌겠느냐? 너희들 말고 그런 거금을 운반해 올 자가 또 있어야 말이지. 너희들이 가져온다면 어느 놈도 그것을 강탈하지 못할 테니 안심이 되지만 다른 놈들은 그렇지 못하거든."

"끄응—"

그 말에는 이가춘이 입을 다문다.

내내 장팔봉만 노려보고 있던 왕소걸이 퉁명스럽게 말했다.

"대두령의 명령이니 따라야겠지요. 하지만 만약 이 늙은이가 우리를 골탕먹인 거라면 그때는 내 성질대로 할 테니 뒷일이 어떻게 되든 나를 원망하지 마시오."

대두령에게 하는 말이면서 장팔봉에게 하는 엄포이기도 하다.

'이놈들이 그동안 많이 컸군, 많이 컸어.'

장팔봉은 속으로 터져 나오는 웃음을 애써 참았다.

대두령 앞에서도 저렇게 건달처럼 건들대며 저희들 할 말을 또박또박 하는 걸로 보아 이 산채에서 이가춘과 왕소걸의 위치 또한 마득량 못지않게 중요하다는 걸 짐작할 수 있었던 것이다.

게다가 풍운조의 신참이었을 때 그들이 보여주었던 모습과는 하늘과 땅만큼이나 차이가 있지 않은가.

그때의 이가춘과 왕소걸은 무당과 공동이라는 대문파의

제자 신분이었다.

무림맹의 젊은것들 중 귀족의 신분이나 다름없었던 것이다.

그런 자부심으로 한껏 멋을 내며 매사에 코웃음만 쳐대던 병아리들.

그러던 것이 장팔봉을 따라 몇 번 험한 싸움을 치르고 나더니 기가 팍 죽어서 보기에도 딱할 만큼 의기소침해졌다.

그런 것을 장팔봉이 어디에 내놓아도 빠지지 않을 한 사람의 훌륭한 전사로 가르치고 키워놓지 않았던가.

그렇게 잘난 척을 해대던 놈들이 지금은 누가 봐도 건달 같은 모습이요, 성질 더러운 산적의 표본처럼 변해 있으니 세월의 무상함을 느끼게 된다.

장팔봉은 그들의 말투와 행동이 그때의 자신과 판박이처럼 닮아 있는 걸 보고 더욱 애정이 샘솟았다.

그들을 바라보는 시선이 따뜻해졌다가 장난기 가득한 개구쟁이의 그것으로 변하기를 거듭한다.

장팔봉이 히죽히죽 웃더니 이가춘과 왕소걸에게 불쑥 호통쳤다.

"갈 거냐, 말 거냐? 사내자식들이 뭔 말이 그렇게 많아? 가면 가고 말면 마는 거지!"

"응?"

엉뚱한 장팔봉의 호통에 이가춘과 왕소걸이 눈을 휘둥그

레 떴다.

어이없다는 얼굴이고, 믿을 수 없다는 얼굴이다.

그들은 장팔봉의 그 호통을 지금도 똑똑히 기억하고 있었다. 한마디 한마디가 뼛속에 박혀 있다.

바로 자신들이 풍운조의 조원으로서 첫 싸움에 나갈 때 조장이던 장팔봉이 했던 호통이었던 것이다.

두렵기도 하고, 마치 소풍이라도 가는 것처럼 대수롭지 않게 건들거리는 장팔봉이 마음에 들지 않기도 했다. 그래서 이런저런 말들로 불만을 터뜨리자 그가 그렇게 호통쳤던 것이다.

그리고 뒷덜미를 잡더니 사정없이 끌고 갔다. 개처럼 끌려가면서 얼마나 불안하고 두려워했던가.

이런 무식하고 예의를 모르는 자를 조장으로 만난 게 자신들의 일생일대의 불행이라고 생각했다.

하지만 몇 차례의 싸움을 거치면서 그들은 장팔봉을 제 조상처럼 떠받들게 되었다.

그가 시키는 대로만 하면 그 어떤 싸움터에서도 죽지 않고 살아날 수 있다는 믿음이 생겼던 것이다.

"갈 거야, 말 거야? 사내자식들이 뭔 말이 그렇게 많아? 가면 가고 말면 마는 거지!"

그게 장팔봉이 자기들에게 내질렀던 첫 고함이었다.

그 고함 때문에 그와의 인연이 시작되었던 것 아니던가.

그런데 이런 곳에서 엉뚱한 사람의 입을 통해 그 말을 다시 듣게 되자 머릿속이 멍해진다.

第十一章
낚시꾼이 되다

鳳鳴刀
봉명도

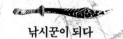
낚시꾼이 되다

"며칠 더 쉬었다 가게."

장구봉의 신분으로 돌아와 있는 장팔봉의 눈길에 아쉬움
이 떠오른다.

이가춘과 왕소걸은 영문을 몰랐다.

그들이 낯선 노인을 따라온 곳은 구천상단 총단이었다.

그 사실을 알았을 때 기겁을 하고 놀랐다.

구천상단이라니.

그곳이 천화상단을 몰아내고 중원의 상권을 장악했다는
소문은 벌써 들어 알고 있었다.

그런데 그곳에서 자신들에게 일을 의뢰했다는 게 놀라우

면서도 의아하다.

장터에 나온 촌닭처럼 그들이 기죽어서 눈치를 보며 기다리는데 노인 대신 한 사람이 의젓한 걸음걸이로 나왔다.

구천상단의 총단주인 장구봉이다.

이가춘과 왕소걸은 물론 인질로 따라온 마득량도 바짝 긴장하여 일어섰다.

듣기로는 그가 무시무시한 고수라고 하지 않던가.

그런 자가 강호에서 활동하지 않고 이처럼 상단을 만들어 꾸려 나가고 있다는 걸 다들 의아하게 생각하고 있었다.

이런저런 인사의 말들이 오가고 나서 그들은 총단주의 간곡한 권유로 마지못해 사흘 동안 머물렀다.

마음 같아서는 당장 산채로 돌아가고 싶은데 장구봉이 허락하지 않았던 것이다.

그래서 사흘을 머무는 동안 그들 세 사람은 의외의 대접을 받았다.

황제의 칙사라도 그런 대접을 받을 수 있을까? 싶을 만큼 과분한 대접에 오히려 불안해질 정도였다.

대체 구천상단의 주인이 자기들을 이렇게 대접하는 이유가 무엇인지 알 수 없어서 불안하기도 했다.

그런 의문은 다른 사람들도 마찬가지였다.

"주인의 마음속에 무슨 생각이 있는 건지 모르겠다."

청리목극의 말에 목랍길이 잔뜩 인상을 찌푸린 채 고개를 갸웃거린다.

"그러게 말이야. 나도 대체 무슨 영문인지 알 수 없다."

세상 모든 걸 마음만 먹으면 제 손바닥 위에 올려놓고 낱낱이 들여다볼 수 있는 재주를 가진 목랍길이다.

그러나 장팔봉에 대해서는 아무것도 알 수 없고 짐작할 수 없었다.

흑련귀 고흑성이 빙긋 웃었다.

"우리가 굳이 알 필요 없지. 무엇이 되었든 주인께서 생각이 있으니 그렇게 하는 것 아니겠는가?"

"그렇소. 고 형님의 말이 맞소이다."

청리목극이 한숨을 쉬고 고개를 끄덕였다.

그와 고흑성은 의형제를 맺었다. 그래서 청리목극은 깎듯이 그를 형님으로 모셨고, 고흑성은 제 몸인 것처럼 청리목극을 아끼고 돌봤다.

그런 두 사람의 우애가 부러워서 목랍길이 은근히 저도 끼워주기를 바랐지만 두 사람은 그것만은 한사코 거절했다.

목랍길이 그들을 흘겨보며 투덜댔다.

"제기랄, 진짜 좋은 종은 되지 못하는군."

"뭐라고?"

청리목극이 눈을 부릅뜬다. 목랍길이 비아냥거리듯 말했다.

"진짜 좋은 좋은 말이다, 주인의 생각을 읽을 줄 알아야 하는 거야. 그래서 주인이 뭘 시키기 전에 미리 알아서 척척 해야 하는 거란 말이다. 안 그래?"

"……."

그 말에는 청리목극도, 고흑성도 입을 다물었다. 슬그머니 외면한다.

그날 저녁에 장팔봉이 불쑥 목랍길의 방으로 들어왔다.

"빨리 다시 만들어라, 빨리!"

밑도 끝도 없이 채근한다.

목랍길이 어리둥절해서 바라보자 장팔봉이 버럭 화를 냈다.

"이놈이! 이제는 귓구멍이 막힌 거냐? 내 말 못 들었어?"

"아니, 그러니까 뭘 어떻게 하라는 건지 말씀을 해주셔야……."

"집사 노인의 모습으로 다시 바꿔달란 말이다! 어서! 시간이 없어!"

"예?"

무슨 영문인지도 모르는 채 목랍길은 장팔봉에게 끌려 일어나 면구를 다시 고쳐 주어야 했다.

일천 냥의 값어치가 나가기에 충분한 서역 특산의 묘안석 두 알을 받아 각기 한 알씩 품에 지닌 이가춘과 왕소걸은 마득량과 작별하고 연신 고개를 갸웃거리며 구천상단의 총단을 떠났다.

"우리가 꿈을 꾸고 있는 건 아니겠지?"

이가춘이 왕소걸을 돌아보고 말하자 왕소걸도 고개를 갸웃거렸다.

"그럴지도 몰라. 그렇지 않고서야 어떻게 이 일을 설명할 수 있겠어?"

"그나저나 그 장 대인은 정말 모를 사람이군. 우리를 바라볼 때의 그의 눈을 봤어?"

"봤지."

"마치 제 혈육을 대하는 것 같은 정감이 넘쳐흐르지 않더냐?"

"그만 잊자. 자꾸 징그러운 생각이 든다."

"제기랄, 무언가 내막이 있는 것 같은데 그게 뭔지 알 수 없으니 정말 답답하다."

이가춘이 탄식했고, 왕소걸은 걸음을 빨리하기만 했다.

"어서 이 유쾌하지 못한 곳을 떠나자. 대두령이 목 빠지게 기다리고 있겠어."

그들은 구천상가에서 받은 환대가 못내 찜찜하기만 했다. 아무리 생각해 봐도 그럴 이유가 없는 일이었기 때문이다.

그저 계약대로 일천 냥만 주어 돌려보내면 그만 아닌가.

오히려 저희와 같은 산적들과 내통한다는 게 외부에 알려지면 귀찮은 일이 생길지도 모른다.

그런데도 장 대인은 자꾸 붙잡아두려고 했다.

"이름이 좀 그렇지 않으냐?"

부지런히 걷던 이가춘이 다시 불쑥 말했다.

"뭐가?"

"그 장 대인이라는 사람 말이야. 이름이 장구봉이라면서?"

"그렇다는군."

"너는 그 이름을 들으면 뭐 떠오르는 거 없어?"

"없을 리가 있냐? 에휴―"

왕소걸이 한숨을 쉬었다. 이가춘도 덩달아 한숨을 쉰다.

그들은 말은 꺼내지 않았지만 동시에 장팔봉을 떠올리고 있었던 것이다.

장구봉이라는 이름을 들을 때마다 자꾸만 장팔봉의 얼굴이 떠오르는 걸 막을 수가 없다.

이가춘이 피식 웃고 말했다.

"염라대왕이 골치깨나 아파하고 있을 거야."

"맞아. 괜히 잡아왔다고 엄청 후회하고 있을걸?"

"흐흐흐, 조장님이 그 성격을 그대로 지닌 채 저승으로 갔다면 그곳이 하루도 편할 날이 없겠지."

"벌써 삼 년이나 지났으니 지금쯤은 저승이 아주 난장판이 되었을 거다."

"히히, 염라대왕이 '에이, 지겨운 놈. 너는 여기 없는 게 낫겠다.' 이러고선 다시 세상으로 돌려보내는 거 아닌지 몰라."

이가춘의 헛소리에 왕소걸이 시무룩한 얼굴로 중얼거렸다.

"그렇게 해서라도 조장이 다시 살아왔으면 좋겠다. 강호에서 활동하고 있다는 말을 들었을 때 왜 그를 찾아가지 않았나 몰라. 지금도 후회가 된다."

그 말에 이가춘도 시무룩해졌다.

"죽은 사람은 잊어버리자. 자꾸 생각하면 뭐 하겠어?"

"옳은 말이야."

두 사람은 걸음을 빨리하여 앞만 보고 걸었다. 화난 사람들처럼 서로 아무런 말도 하지 않는다.

그때 저 뒤에서 그들을 부르는 소리가 들려왔다.

"거기 잠깐 기다리게!"

"응? 저 영감이?"

돌아본 이가춘이 눈살을 찌푸렸다.

적성채로 찾아왔던 그 영감이 헐레벌떡 쫓아오고 있었던 것이다.

다가온 그가 숨을 헐떡이며 말했다.

"날도 저물었는데 설마 이대로 갈 건 아니겠지?"

"그게 무슨 상관이오?"

"혹시 당신 주인이 주었던 걸 도로 뺏어오라고 합디까?"

이가춘과 왕소걸이 경계의 눈으로 바라본다.

노인이 웃었다.

"그럴 리가 있나. 나는 다만 자네들을 걱정해서 그런 거라네."

"무슨 걱정이오?"

"이 밤에 산길을 간다면 몹쓸 짐승을 만날 수도 있고, 더 몹쓸 산적 놈들을 만날 수도 있지 않겠나?"

"쳇, 산적이라고? 잊었소? 우리가 바로 그 산적이라는 걸."

"그리고 짐승 따위는 겁나지 않아. 호랑이가 나타난다면 좋은 일이지. 그놈의 가죽을 벗겨서 이번에는 내 의자 덮개를 만들 테다."

두 사람의 말에 노인, 장팔봉이 빙그레 웃었다.

"씩씩하군. 자네들의 말을 들으니 나까지 호연지기가 샘솟는 것 같네."

"그러니 별다른 일이 없으면 그만 돌아가시오. 밤이슬 맞고 감기 걸리리다."

이가춘이 혀를 찬다. 장팔봉이 그런 이가춘의 옷자락을 붙들었다.

"그러지 말고 어디 가서 하룻밤 자고 내일 아침에 떠나게. 내가 한잔 사지."

"노인장이 왜?"

"자네들을 보니 얼마 전에 잃어버린 내 아들놈이 생각나서 그런다네."

"아들이라고?"

"그렇다네. 삼 년 전에 그만 잃어버리고 말았지."

장팔봉이 처연하게 한숨을 쉬었다.

보는 사람의 마음이 다 뭉클해지는 그런 한숨이다.

"죽었는지 살았는지도 몰라. 살아 있다면 제 아비에게 소식 한 자 전하지 않으니 불효도 그런 불효가 없는 게야."

"그것과 우리가 무슨 상관이오?"

이가춘이 안됐다는 얼굴로 노인을 바라보지만 왕소걸은 여전히 퉁명스러웠다.

노인이 저희들을 이렇게 한사코 붙들고 늘어지는 게 다른 속셈이 있어서 아닌가, 하고 의심하는 것이다.

노인이 그런 왕소걸에게 눈을 흘겼다.

"젊은 사람이 그렇게 의심이 많으면 못쓰네. 믿을 사람인지 아닌지 가려볼 줄 아는 눈을 가져야 앞에 있는 자가 적인지 아닌지도 알 수 있게 되는 거야."

"뭐라는 거요?"

"적인지 아닌지 빨리 알아채야 방비도 할 수 있는 것 아니겠는가?"

"……."

"그러니 먼저 보는 놈이 이기는 거고 살아남는 거지. 그게 세상 이치라네."

"웅?"

이가춘과 왕소걸이 눈을 휘둥그레 떴다.

노인에게서 다시 장팔봉의 말을 들었기 때문이다.

"먼저 보는 놈이 이긴다. 명심해 둬."

무림맹 총단으로 옮겨가면서 저희들에게 신신당부했던 말
아니던가.

그 말만 지키면 어떤 경우에라도 죽지 않고 살아남을 수 있
다고 했었다.

이가춘과 왕소걸은 그 말을 또한 자신들의 좌우명으로 삼
고 오늘날까지 살아왔다.

그런데 알고 한 것인지 무심결에 한 것인지, 노인으로부터
두 번씩이나 장팔봉의 말을 듣게 되자 기가 막힌다.

아무리 봐도 이전에는 전혀 본 적이 없는 노인이었다.

그가 어찌 그 말들을 알고 있는 건지 희한하기만 하다.

의심스럽게 노인을 바라보던 이가춘이 불쑥 물었다.

"그 말은 어디서 들었소?"

"뭘?"

장팔봉이 짐짓 음흉을 떤다.

"먼저 보는 놈이 이긴다는 그 말 말이외다."

"며칠 전 산채에서도 말했었지."

"무슨 말?"

"우리에게 그랬잖소? '갈 거야, 말 거야? 사내자식들이 뭔 말이 그렇게 많아? 가면 가고 말면 마는 거지!'라고 말이오."

이가춘과 왕소걸의 다그침에 노인이 의뭉을 떤다.

"그게 뭐 어쨌단 말인가?"

"그 말들을 어디서, 누구에게 들었는지 알고 싶다는 거요."

"쳇, 싱거운 젊은이들이로군. 그런 말이야 누구나 할 수 있는 거지. 그게 무슨 대단한 말이라도 되나?"

그것도 그렇다. 그러니 이 노인은 우연히 그런 말을 한 건지도 모른다.

"자네들을 처음 보았을 때부터 자꾸 내 새끼들이 생각났었다니까?"

한사코 그들의 옷자락을 붙들고 졸라댄다.

"그러니 오늘 밤은 여기서 나와 함께 하룻밤을 자고 내일 아침 일찍 떠나게. 술값이며 밥값이며 내가 다 내지."

"노인이 이토록 간곡하게 말하니 그렇게 하자."

이가춘이 그렇게 말하는 데에 왕소걸도 더 이상 고집을 부릴 수 없었다.

"그러지 뭐. 하룻밤 노인장의 아들 노릇을 해주는 것도 공덕을 쌓는 일이 되겠지."

노인이 좋아한다.

그래서 그들은 성도 북쪽의 계양현으로 들어갔고, 그곳에서 가장 크고 좋은 객잔에 들었으며, 가장 비싸고 맛있는 음식과 술을 시켜서 먹고 마셨다.

"그런데 노인장은 어쩌다가 두 아들을 잃어버린 거요?"

불콰하게 술이 오른 얼굴로 이가춘이 물었다. 장팔봉이 짐짓 눈가를 찍어낸다.

그의 연기력도 몇 사람의 역할을 하던 지난 일 년 몇 개월 동안 팔목상대할 만큼 좋아져서 누가 보든 영락없이 소식 한 자 없는 아들을 걱정하며 슬퍼하는 노인이었다.

의심할 수가 없다.

"삼 년 전 무림맹이 망할 때 사라졌다네."

"그래요?"

"그 난리통에 사라졌으니 죽었다고 봐야겠지."

"무림맹의 일원이었소?"

왕소걸이 눈을 반짝이며 묻는다.

"그렇다네."

"어디에서 싸웠답니까? 부서는? 직위가 뭐였지요?"

장팔봉이 짐짓 의아스럽다는 얼굴로 왕소걸을 빤히 보았다.

"왜 그런 걸 묻는가? 자네도 무림맹과 무슨 상관이라도 있었나?"

"아, 아니. 그런 건 아니지요. 우리 같은 산적 놈이 어디 무림맹에 발이라도 들일 수 있겠소이까?"

"그렇겠군."

"그나저나 노인장의 두 아들이 모두 무림맹에 속해서 패천 마련과 싸웠다니 무공들이 뛰어났던 모양이군요?"

"큰놈은 무당파에서 배웠고, 작은놈은 그 뭐라더라? 옳지. 공동파에서 배웠다네."

"응?"

"엇?"

이가춘과 왕소걸이 깜짝 놀라 젓가락을 떨어뜨렸다.

잠시 멍해서 노인을 바라보던 이가춘이 떨리는 음성으로 물었다.

"큰아들이 무당파의 제자였다고요? 그래, 이름이 뭡니까? 누구의 문하였는지 아십니까?"

"왜? 자네도 무당파와 관계가 있나?"

이가춘이 급히 변명한다.

"아니, 그건 아니고요, 그냥 무당파의 제자였다니 궁금해서 그러지요. 무당파라면 유서 깊은 문파 아닙니까?"

"그놈이 워낙 제 사문에 대한 일은 얘기하지 않는지라 잘 모르네."

"그렇군요."

이가춘이 매우 아쉽다는 얼굴로 혀를 찬다.

이번에는 왕소걸이 노인에게 바짝 얼굴을 디밀었다.

"작은 아들이 공동파의 제자였다고요? 누구의 문하였답니까? 도호는 받았나요? 그렇다면 그게 뭐죠?"

이가춘의 물음과 대동소이하다.

노인이 씁쓸하게 웃었다.

"작은 놈도 마찬가지야. 제 사문에 대해서는 입도 뻥긋하지 않았지. 도사는 도사인데 그냥 개차반 같은 놈이었으니 그게 부끄러웠는지도 모르지. 온갖 못된 짓은 다 하고 다녔거든."

"공동파의 문규가 엄해서 그렇게 멋대로 했다면 치도곤을 당했을 텐데……."

왕소걸이 쓴 입맛을 다셨다.

얼굴에 못마땅해하는 기색이 가득한 건 제가 공동파의 제자였으니 그런 것이다.

노인이 빙그레 웃었다.

"그놈이 제 사문에서는 아주 예의바르고 착실했던 모양이지 뭐. 하지만 밖에 나와서는 개차반 짓을 했으니… 공동산에 있는 사부가 어찌 알겠나?"

장팔봉은 왕소걸을 빗대어 놀리는 것이었다.

하지만 그런 속을 알 리 없는 왕소걸은 그저 못마땅하기만 할 뿐이었다. 그래서 앓는 소리를 낸다.

"끄응—"

"그래도 저희들 딴에는 의협심이라는 게 있어서 무림맹이 곤경에 처하자 제 목숨 아까운 줄 모르고 냉큼 뛰어들었으니 기특하지 뭔가."

"그렇지요!"

노인의 그 말에 이가춘과 왕소걸이 동시에 소리쳤다.

"그런 기개가 없다면 좋은 사문에서 훌륭한 스승을 모시고 배운 사람이라 할 수 없지요!"

"그러면 뭐 하나? 무림맹이 패천마련에게 쫄딱 망해 버릴 때 뒈졌는지도 모르는데 말이야."

"어디에선가 잘살고 있을지도 모릅니다."

이가춘이 그렇게 말하는 건 제 처지를 생각해서였다.

왕소걸도 그런 마음이 되어 고개를 끄덕인다.

"분명 어디에선가 잘살고 있을 겁니다. 그러니 노인장께서 는 너무 걱정하지 마세요."

이제는 눈앞의 노인이 남처럼 보이지 않았다.

그의 두 아들이 다른 곳도 아닌 무당과 공동파의 제자였다 니 그렇다.

자신들과 동문 사형제지간이 아닌가.

노인이 처량하게 한숨을 내쉬었다.

"제발 그래 주기만 바랄 뿐이지."

서글프게 말하더니 두 사람을 빤히 바라보며 히죽 웃었 다.

"어디 숨어서 산적질을 해 처먹더라도 살아 있기만 한다면 천지신명께 감사할 일이야."

'응?'

'아니, 이 노인이?'

이가춘과 왕소걸은 가슴이 뜨끔했다. 노인을 무섭게 째려본다.

노인이 그것을 모르는 듯 푸념을 했다.

"세상이 패천마련의 것이 되었으니 내가 누구다, 하고 나서지 못할 형편이 되지 않았겠나? 그러니 숨어살아야 하는데, 배운 거라고는 무술밖에 없으니 뭘 해 처먹겠어?"

"……."

"산적질이 제격이지. 그놈들 성격에 어쩌면 그게 제일 맞는 일인지도 몰라. 어디서 산적질을 해 처먹고 있는지는 몰라도 아마 잘할 거야. 암, 그렇고말고."

"노인장!"

참다못한 이가춘이 버럭 소리쳤다.

"대체 지금 노인장의 두 아들 이야기를 하고 있는 게 맞소?"

"맞지 않고."

"어떻게 제 자식에 대해서 그런 말을 할 수 있단 말이오?"

"어쨌거나 이 험한 세상 속에서 제발 살아 있어주기를 바라는 마음에서라네. 내 입이 원래 좀 험한 편이지. 그래도 그놈들은 한 번도 화를 내지 않았어. 오히려 좋아했지."

장팔봉이 한사코 그들을 붙잡아두고 이렇게 놀리기도 하

면서 밤을 보내는 건 그들과 함께 있는 시간을 조금이라도 더 갖기 위해서였다.

할 수만 있다면 죽을 때까지 제 곁에 붙잡아두고 싶다.

풍운조의 조장으로서 삶과 죽음의 경계를 무수히 넘나들던 그때의 삶이 그리웠던 것이기도 하다.

그때야말로 제 인생에 있어서 가장 재미있고 황홀한 시기였다고 생각한다.

그런 추억 속에 단단히 박혀 있는 이가춘과 왕소걸을 이렇게 만났으니 애정이 더욱 솟구칠 수밖에 없다.

그것이 이런 식으로 표현되는 걸 그들이 알지 못하는 건 바로 제 앞에 앉아서 빙글빙글 웃고 있는 노인이 장팔봉이라는 걸 모르기 때문이었다.

그렇지 않았다면 함께 놀리거나, 화가 나서 씩씩거리거나, 쳇, 쳇, 거리면서 흘겨보았을 것이다.

다음날 그들이 떠났다.

아침 일찍 객잔을 나와 뒤도 돌아보지 않고 빠르게 떠나가는 그들의 뒷모습을 바라보고 서 있는 장팔봉은 가슴이 아팠다. 그들이 미워지기도 한다.

"야속한 놈들. 한번 돌아보고 손이라도 흔들어주면 어디가 덧나기라도 하나?"

쫓아가서 뒤통수를 때려주고 싶지만 그럴 수 없었다.

"어디에 있는지 알았으니 조만간 다시 만나게 되겠지."

그런 생각으로 스스로를 달래지만 마음이 더욱 울적해졌다.

"계획을 수정할 필요가 있겠다."

지금 구천상가에 인질의 신분으로 와 있는 마득량과 저 두 놈을 위해서라도 제 계획을 전면 수정해야 한다고 생각했다.

원래는 패천마련 사천 지부를 끌어내기 위해 적성채의 산적 놈들을 이용할 계획이었다.

그 과정에서 물론 적성채는 사라져 버리고, 산적 놈들은 전멸을 당하리라.

그건 장팔봉에게 아무 일도 아니었다. 그런데 이제는 그렇지 않게 되었다.

"방법이 없는 것도 아니지."

장팔봉이 묘한 웃음을 흘리고 이가춘과 왕소걸이 사라진 곳과는 반대 방향으로 천천히 떠나갔다.

*   *   *

그날 오후, 장팔봉이 도착한 곳은 패천마련 사천 지부가 있는 마운산(磨雲山)이었다.

성도에서 서쪽으로 일백여 리 떨어진 백룡탄(白龍灘) 곁이다.

마운산은 머리에 늘 구름처럼 흰 눈을 이고 있는 높은 산이었다.

그 중턱에 거대한 보(堡)가 세워져 있는데, 원래는 그 지역의 호족이었던 강족의 족장이 살던 곳이었으나 천화상단에서 거금을 들여 구입해 패천마련에 건네주었고, 그래서 패천마련의 사천 지부로 사용하고 있었다.

십 리 밖에서도 보의 망루가 보일 만큼 대단한 위용을 자랑하고 있는 그것을 지금은 마황보(魔皇堡)라고 부른다.

깊은 골짜기를 건너고, 가파른 산비탈을 올라가야 하는 곳에 우뚝 서 있으니 그 자체로서 난공불락의 요새이기도 하다.

산 아래에서부터 그 마황보에 이르기까지 길이 잘 닦여 있었다.

그 길을 따라 보의 외곽을 지키는 마졸들이 몇 개의 채에 나뉘어 기거하면서 끊이지 않고 주변을 순찰한다.

장팔봉이 느긋한 모습으로 그들의 영역에 들어서자 당장 숲 속에서 두 명의 마졸이 튀어나와 앞을 가로막고 눈을 부라렸다.

"영감은 누구인데 여기서 어슬렁거리고 있는 거지?"

"갈 데가 있어서."

장팔봉이 턱짓으로 저 위에 보이는 마황보를 가리켰다. 마졸들의 인상이 험악하고, 기세가 등등하지만 조금도 위축되지 않는다.

마졸들은 그런 노인을 이상하게 여겼다.

"본 보에 볼일이 있어서 왔다면 신분 내력을 밝히고 허락이 떨어질 때까지 기다려."

"그러지. 나는 성도의 구천상단 총단에서 온 사람이라네. 왕 집사라고 하지. 우리 주인의 명을 총감께 전하러 왔으니 그리 알리게."

장구봉의 이름이 적혀 있고, 구천상단의 문양이 찍혀 있는 배첩을 내밀자 두 마졸의 태도가 달라졌다.

즉시 눈빛을 부드럽게 하고 말투도 그렇게 변한다.

"저 위에 내방객들이 쉬면서 대기하는 장소가 마련되어 있소이다. 내가 안내할 테니 따라오시오."

한 놈이 앞장섰고, 한 놈은 즉시 자신들의 조장에게 보고하기 위해 달려갔다.

길을 가로막고 있는 목책 안에 화려한 접객소가 마련되어 있었다.

장팔봉이 그 안에서 반 시진쯤 무료하게 기다리고 있자 비단옷을 입고 섭선을 쥔 중년의 사내가 들어섰다.

마졸답지 않게 점잖아 보이는 문사풍의 사내다.

그가 장팔봉에게 포권하고 웃으며 말했다.

"성도의 구천상단 총단에서 오신 분이라고요?"

"그렇소이다. 왕 집사라고 하오."

장팔봉이 일어나 마주 포권하자 사내가 친절한 웃음을 띠고 제 소개를 했다.

"소생은 본 보에서 집사 일을 맡고 있는 서문갈이라고 하외다. 이렇게 뵙게 되니 반갑군요."

"동감이오. 우리는 성이 다르고 생긴 게 다르지만 같은 일을 하고 있으니 서로 통하는 게 있을 것 아니겠소? 차후에 따로 만나 술이라도 한잔 나눕시다."

"좋으신 말씀. 소생이 언제든 날을 잡아서 한번 모시리다."

서문갈이 환하게 웃는다.

장팔봉은 황천광도 양원생이 제 집사를 내보내 영접한 일을 염두에 두었다.

그건 양원생이 구천상단의 총단주인 장구봉에 대해서 예우를 다한다는 증표 아닌가.

총단에서 집사가 왔다는 소리를 듣고 마황보에서도 그의 신분에 맞는 집사를 내보내 손수 영접하게 했으니 말이다.

장팔봉은 서문갈과 어깨를 나란히 하고, 마졸들의 엄중한 호위를 받으며 비탈길을 천천히 올라갔다.

만약 장팔봉이 구천상단의 총단주 신분으로 왔다면 가마를 대령했을 테지만, 지금은 어디까지나 집사의 신분으로 왔으니 걷는 걸 불편하다고 할 수 없다.

그렇게 두어 식경 가까이 걸어서야 드디어 마황보의 정문에 이를 수 있었다.

깨끗한 옷을 입었고, 인상이 날카로운 중년인 한 명이 시비로 보이는 네 명의 아리따운 소녀들을 대동하고 기다리고 있었다.

"어서 오시오. 나는 본 보의 경비를 맡고 있는 백무랑이외다."

일검쟁천(一劍爭天) 백무랑(白武郎).

장팔봉은 그의 명성을 무림맹에 있을 때부터 들어 알고 있었다.

백도의 기인으로 이름 높은 한 고인의 제자로서 강호의 후기지수로 꼽혔던 협사이고 검객이었다. 그런데 본분을 버리고 거령신마에게 투신하여 패천마련의 마두가 된 자였던 것이다.

그 일을 두고 백도에서는 그를 변절자라고 비난하기보다 자꾸만 나락으로 떨어지는 자신들의 세(勢)를 한탄했다고 한다.

그만큼 백도무림의 명숙들에게 관심을 받던 자가 지금은 마황성의 수뇌 중 한 명이 되어 있는 것이다.

시비들이 들고 온 금쟁반을 장팔봉 앞에 내밀었다.

그 위에는 은잔에 담긴 맑은 술과 당과가 있었다.

백무랑이 웃으며 권한다.

"귀한 손님이 오면 먼저 문 안으로 들이기 전에 본 보의 특제주 한 잔을 대접한다오. 가파른 길을 올라오느라 목이 마르고 숨이 찰 테니 잠시 안정한 후에 들어오라는 배려이지요."

"이게 무슨 술이오?"

"원후주라는 것이외다. 기력의 보강에 좋을뿐더러 머리를 맑게 해주는 효능이 있지요."

장팔봉이 살짝 눈살을 찌푸렸다.

원후주(猿侯酒)란 원숭이의 골을 자르고 그 안에 과일과 몇 가지 약재를 넣어 발효시켜 만든 술이다. 물론 원숭이의 뇌수도 적당히 섞인다.

그래서 꺼려지지만 특별한 대우를 한다는 표시이니 사양할 수가 없지 않은가.

은잔에 술을 담은 건 그 안에 어떤 독도 들어 있지 않다는 걸 보이기 위함일 것이다.

장팔봉이 떨떠름한 마음을 참고 한 잔의 술을 단숨에 들이켰다.

입 안에 화한 기운이 감돌면서 달착지근한 중에 독한 주향이 미각을 자극한다.

정말 어디에서도 맛볼 수 없는 독특한 맛과 향을 가진 좋은 술이었다.

원후주에 대한 선입견을 그 한 잔으로 싹 씻어주기에 부족함이 없다.

장팔봉이 술을 마시고 과자를 한입 깨물었다가 내려놓자 백무랑이 앞서 그를 인도했다.

네 명의 아리따운 시비는 장팔봉의 좌우에 붙어 서서 그를 부축한다.

'음, 좋군.'

향기로운 술을 마시고 이렇게 어여쁜 계집애들의 향취를 맡으며 걸어가니 절로 어깨가 우쭐거려진다.

생각하지 못했던 뜻밖의 환대였다. 그래서 어리둥절해지기도 하지만 장팔봉은 오히려 잘되었다고 생각했다.

성질 급하고 독하기로 악명 높은 양원생이라는 자가 이처럼 구천상단에 대하여 애써 호감을 보여주려고 하니 제 계획을 성사시키기가 훨씬 쉬울 것이기 때문이다.

양원생과의 독대는 아무나 할 수 있는 게 아니었다.

구파의 장문방장이라고 해도 이제는 그를 쉽게 만날 수 없다.

그만큼 사천무림에서 양원생의 위상은 독보적이었다.

패천마련을 대리해서 사천무림을 다스리는 총독 격이 아닌가.

그런 양원생이 열 일을 제쳐 놓고 고작 집사의 신분에 불과한 자를 몸소 만나주었다.

그 사실만으로도 사천무림은 놀라는 한편, 구천상단의 위세를 누구나 절감하게 될 만한 사건이다.

"일전에 귀 가를 방문했을 때는 총단주로부터 대접을 잘 받았지. 후대에 감사해하더라고 전해주게."

양원생의 첫마디가 장팔봉을 속으로 웃게 했다.

그때 제가 그를 얼마나 홀대했던가. 마중 나가지도 않았음은 물론, 정자에 앉은 채 그를 맞이했다.

대접한 거라고는 고작 몇 잔의 술이었을 뿐이고, 제대로 공대해 주지도 않았다.

양원생은 그때의 일을 비꼬면서 지금 제가 보여주는 성의가 어떠냐고 으스대는 것이다.

마음속에 구천상단의 총단주인 장구봉이라는 자에 대하여 서운함과 앙심을 품고 있다는 것을 은연중에 드러낸 것이기도 하다.

장팔봉은 시치미를 뚝 뗐다.

"총단주께서도 뒤늦게 그 일을 후회하고 계십니다."

"그래?"

"때문에 이처럼 저를 보내 한 가지 일을 상의하도록 하신 것 아니겠습니까?"

"흠, 상의할 일이라……."

양원생이 짐짓 눈을 가늘게 뜨고 장팔봉을 바라보았다.

'드디어 총단주라는 자가 꼬리를 흔들어오는군. 그러면 그

렁지. 중원의 상권을 제대로 유지하려면 우리 패천마련의 비호를 받지 않을 수가 없는 거지. 이제 그런 사실을 깨달은 모양이야.'

저의 속생각을 장팔봉이 다 읽고 있다는 건 알지 못하고 혼자서 속으로 흐뭇해한다.

장팔봉은 그런 양원생을 조금 더 추어주기에 지금이 적절한 때라는 걸 파악했다.

즉시 아첨의 말을 꺼낸다.

"본 상단의 총단주께서는 무공이 뛰어나시고 영특하시지만 세상이 혼자서 살아가는 게 아님을 이제 아신 거지요."

"험, 험."

"무엇보다 양 총감의 도움과 보살핌이 없고서는 이 험한 강호에서 상단을 꾸려 나가기 힘들다는 걸 아셨으니 저도 마음이 놓입니다."

"그건 참 다행스런 일이야."

"조만간 총단주께서 정식으로 양 총감을 초대하시어 만찬을 베푸신다고 하니 그때는 바쁘시더라도 꼭 시간을 내주시기 바랍니다."

"여부가 있나? 장 총단주가 초청한다면 아무리 바쁜 일이 있다고 해도 다 미루고 반드시 찾아가야지."

양원생의 입가에 흐뭇한 미소가 번졌다.

그걸 보면서 장팔봉은 내심 비웃음을 흘리고 있었다.

'미끼를 덥석덥석 물어대니 착한 물고기지 뭐냐? 조만간 아주 좋은 상을 내려주마. 기대하고 있어라. 흐흐흐—'

"그래, 상의할 일이라는 게 뭔가? 어려워하지 말고 허심탄회하게 말해보시게."

第十二章
적성채(赤城寨)의 활약

鳳鳴刀
봉명도

적성채(赤城寨)의 활약

　"온다."

　이가춘이 검을 쥐고 벌떡 일어났다.

　왕소걸이 마른침을 삼킨다.

　"드디어 일을 벌이는구나. 그런데 정말 괜찮은 건지 몰라."

　"아니면 어때? 이런 기회가 아니면 언제 패천마련의 마졸 놈들을 골탕먹여 줄 수 있겠어?"

　"하긴."

　고개를 끄덕이면서도 왕소걸은 일말의 불안감을 떨쳐 버릴 수 없었다.

이가춘이 숨가쁘게 달려와 보고한 놈에게 다시 물었다.

"십 리 밖이라고 했느냐?"

"그렇습니다."

"몇 놈이나 호위하고 있어?"

"모두 오십오 명입니다."

"흥, 나찰방의 고수라고 거들먹거리는 놈들이 죄다 달라붙은 모양이로구나. 아주 좋아, 잘됐어."

그들은 지금 화물 하나를 털려는 중이었다.

성도 외곽에서 제일 강하다는 나찰방(羅札幇)이 오십오 명이나 되는 고수들을 보내 호송하도록 한 화물이다.

그건 그 화물이 그만큼 중요한 것이라는 말인데, 산적들이 노리는 건 당연한 일이다.

하지만 호송단의 무사들이 나찰방의 고수들이라는 걸 알고서 누가 감히 그것을 노리겠는가.

그러나 이가춘과 왕소걸은 지금 그것을 노리고 있었다.

그게 구천상단의 총단주라는 자와 은밀하게 맺은 계약이기도 했다.

"화물을 털어주게. 물론 턴 화물은 적성채의 몫일세. 대신 호송단의 무사들은 그게 누가 되었든 한 놈도 살려 보내서는 안 되네."

그런 제안을 받았을 때 모두 어리둥절해했다. 자신이 보내는 화물을 털어서 가지라니?

게다가 그 대가로 일천 냥까지 얹어준다니 그렇다.

믿을 수 없는 말이지만, 그게 사실이라면 꿩 먹고 알 먹는 것 아닌가.

그런 제안에 넘어가지 않을 산적 패거리는 없을 것이다. 적성채의 대두령도 그래서 흔쾌히 허락을 했고, 이 계약이 성사되었다.

"슬슬 준비하자."

이가춘의 말에 왕소걸이 일어나 수하들을 둘러보았다.

모두 일백 명이다.

"내가 와룡소의 억새풀밭을 맡지."

왕소걸의 말에 이가춘이 고개를 끄덕인다.

"그럼 나는 미끼 역할을 해야겠군?"

"열 명만 데리고 가."

"썩을 놈."

이가춘이 한껏 눈을 흘겨보였지만 입은 웃고 있었다.

풍운조에서의 경험을 잊지 않는 한 이런 싸움은 그들에게 가장 신나고 재미있는 것이었다.

매복과 기습에 있어서 그들만큼 경험이 풍부하고 능숙한 우두머리는 찾아볼 수 없을 것이다.

그 사실을 아는 탓에 산적들은 모두 사기가 치솟았다. 이가춘과 왕소걸을 따라 약탈에 나서면 실패가 없었던 것이다.

강호의 일류급 고수들로 구성되었다는 호송단을 농락하고 털어먹은 게 어디 한두 번이던가.

"적성채의 영역까지 십 리 남았습니다."

수하의 보고에 호송단을 이끌고 있는 낭왕곤패(狼王棍覇) 여청한(呂靑邯)은 코웃음을 쳤다.

"그래서?"

"그들에게 기별하고 적당히 통행세를 집어주는 게 안전하지 않을까요?"

"필요없어."

낭왕곤패 여청한이 일언지하에 잘라 버린다.

그는 나찰방의 방주였다.

일백여 명의 수하를 거느리고 제법 으스대는 강호의 고수이기도 하다.

성도 부근에는 몇 개의 방회가 있었는데 모두 고만고만했다.

그중에 나찰방이 가장 크고 명성도 높은 건 모두 황천광도 양원생 덕분이었다.

양원생에게 충성을 맹세하고 그의 심복이 되었던 것이다.

사천에 흩어져 있는 여러 무림의 방회들 중에는 그런 곳이 많았다.

흑도의 방회들은 물론 백도에 뿌리를 두고 있는 방회들 중에서도 황천광도 양원생에게 충성 서약을 하고 그의 비호를 받는 곳이 많았던 것이다.

그건 지금처럼 패천마련에 의해 장악되어 있는 강호에서 제 수하와 가솔들을 지키고 영역을 보존하자면 어쩔 수 없는 일이기도 했다.

그중에서도 특별히 나찰방이 양원생의 사랑을 받는 데에는 미인계의 힘이 컸다.

나찰방주에게는 과년한 딸이 하나 있었는데, 그 미모가 사천제일이라 불릴 만큼 뛰어났다.

게다가 가무는 물론 시서화에도 일가견이 있었으므로 누구나 탐내는 재원이었다.

나찰방주 여청한은 그런 제 딸을 아버지뻘인 양원생에게 시집보냈다.

그런 의향을 전했을 때 양원생이 겉으로는 점잖게 사양을 하면서도 속으로는 입이 찢어지도록 좋아했던 건 물론이다.

그래서 여청한은 황천광도 양원생과 사위 장인지간이 되었다.

과연 어깨에 잔뜩 힘을 주고 다닐 만하다.

그 양원생이 말했다.

"조만간 구천상단에서 사람이 올 텐데 좋은 일이니 마다하지 마시오. 내가 특별히 장인의 방회를 천거했으니 그런 줄만 아시오."

그리고 과연 며칠 뒤 구천상단의 총단인 구천상가에서 집 사라는 자가 찾아왔다.

양원생의 당부를 받은 바도 있는 여청한은 십 년 만에 만나는 지기라도 되는 듯이 그 왕 집사라는 노인을 맞이했다.

그리고 오늘의 호송 건을 부탁받은 것이다.

왕 집사는 구천상단에 속한 다른 소상단에서 보내는 것도 아니고, 총단주인 장구봉이 직접 보내는 화물이라며 특별한 주의를 당부했다.

그것들을 옥문관까지 무사히 호위해 주는 대가가 무려 삼천 냥이었다.

나찰방에서 여태까지 의뢰받았던 그 어떤 호송의 대가보다 큰 금액이다.

규모도 작지 않았다.

서른 필의 낙타와 노새에 가득 짐을 실었고, 도중에 짐을 교대할 열 필의 짐승이 따로 있었다. 그것들을 모는 상인들이 스무 명이다.

여청한은 그들이 내미는 화물 목록을 보고 입을 딱 벌리고 말았다.

운남 특산의 보이차가 두 항아리.

귀주의 비단이 일백 필에 운남 여강의 옥 장신구가 셀 수 없이 많았다.

같은 무게의 황금으로 맞바꾼다는 고려의 인삼이 있고, 최상품의 그릇과 접시 등의 도자기만으로 채운 짐이 낙타 세 마리 분이었다.

그러니 그것들의 가치가 족히 사오만 냥은 되리라.

탄성이 절로 나왔다.

한 번에 그만한 화물을 움직이는 총단주 장구봉의 부에 기가 죽으면서도 '과연 큰손!' 하는 감탄을 절로 하게 되었다.

이만한 화물이면 죽기를 각오하고 달려들 도적 떼가 반드시 있을 것이다.

그래서 여청한은 무려 오십오 명이나 되는 인원을 동원했다.

모두가 방중의 고수들이다. 나찰방의 힘 전부를 이번 건에 쏟아부었다고 해야 하리라.

그가 그처럼 이번 화물 호송 건에 전력을 다하는 건 이유가 있었다.

황천광도 양원생의 특별한 부탁이 있었으니 그의 체면도 세워주어야 하거니와, 이번 일을 무사히 마치면 앞으로 구천상단의 총단에서 나가는 화물은 모두 제가 호송을 맡게 될 것이라는 희망이 있었던 것이다.

그래서 여청한은 이번 일이야말로 제 팔자를 바꾸는 기회가 될 것이라고 확신했다.

그런 희망으로 인원과 계획을 몇 번씩이나 점검하여 한 치의 빈틈도 없이 한 다음에 이틀 전 성도를 떠나 먼 길에 오른 것이다.

그리고 지금 첫 번째 난관을 맞았다.

바로 적성채의 영역을 통과하는 일이다.

호송단으로 나선 거의 모든 방회는 이곳을 지날 때 미리 통고하고 적당액의 통행세를 적성채에 올려 보냈다.

그들의 힘과 세력을 무시했다가 낭패를 본 호송단이 여럿 생기면서 저절로 그렇게 된 일이다. 그래서 지금은 그게 관행처럼 여겨지기도 했다.

하지만 여청한은 그럴 수 없었다.

약한 모습을 보인다면 구천상단의 총단주에게 그 일이 보고될 것 아닌가. 그러면 신뢰가 떨어질 것이다.

게다가 자신의 명성에도 걸맞지 않는 일이다.

황천광도 양원생의 후광을 등에 업고 있다지만 나찰방은 성도 제일의 방파로 자리를 굳히고 있었다.

사람들은 그런 나찰방에서도 적성채의 도적들을 두려워해서 상납을 했다고 다들 떠들어댈 것 아닌가.

역시 방주로서의 제 위상에 흠이 되는 일이 아닐 수 없다.

그리고 무엇보다 자신의 무공을 믿는 바가 컸다.

달리 낭왕곤패라 불리는 여청한이 아닌 것이다.

그는 한 자루의 굵은 낭아곤을 제 몸처럼 썼는데, 그 흉흉한 기세와 넘치는 힘 앞에서 제대로 버티는 자가 드물었다.

낭아곤이라는 병장기 자체가 보는 것만으로도 겁을 먹을 만큼 험악하게 생긴 것 아니던가.

노구라는 게 믿어지지 않을 만큼 그것을 부지깽이 휘두르 듯 하는 여청한의 괴력 앞에서는 다들 혀를 내두르고 물러서게 마련이었다.

그래서 그는 성도의 오대고수 중 한 명으로 꼽히기도 한다.

게다가 오십오 명이나 되는 방중의 일류고수들을 모두 대동하고 나섰으니 두려울 게 없었다.

어지간한 방회 하나쯤은 아침을 먹고 나가 점심을 먹기 전에 뒤엎어 버릴 만큼 위력적인 전력인 것이다.

그런 위세를 떨면서 이곳까지 왔는데, 구천상가의 상인들이 보는 앞에서 체통없이 산적들에게 바칠 상납금을 준비할 수가 있을 것인가.

"전진! 가로막는 자는 모조리 목을 쳐버리고 간다!"

그렇게 호통친 여청한이 말을 몰아 선두에 나섰다.

단갑을 걸치고 팔뚝만 한 굵기에 무려 일백여 개나 되는 송곳 같은 철침이 빼곡이 박힌 낭아곤을 든 그의 모습은 전장에서 위용을 뽐내는 백전노장의 모습을 연상시켰다.

그것에 한 대 맞으면 온몸을 철갑으로 에워싼 철갑중병이라고 해도 진흙처럼 짓이겨져 버리고 말 것이다.

여청한의 그런 늠름한 위용에 한껏 사기가 고무된 나찰방의 무사들이 좌우에서 상단을 호위하며 적성산 기슭을 통과할 때였다.

무성한 소나무 숲 속에서 징소리가 한차례 울렸다.

그것을 신호로 하여 좌우 숲 속에서 거친 옷차림의 산적 십여 명이 함성을 지르며 쏟아져 나왔다.

선두에서 검을 휘두르며 달려오고 있는 자는 이가춘이었다.

함성 소리에 흠칫했던 여청한이 그것을 보고 껄껄 웃었다.

"저 피라미들이 누가 왔는지도 모르는 모양이구나! 너희들은 여기서 기다리고 있어라, 내가 한입에 모조리 삼켜 버리고 말 테다!"

즉시 말배를 박차고 낭아곤을 휘두르며 달려나간다.

그 기세에 함성을 지르며 달려들던 십여 명의 산적이 주춤거렸다.

여청한은 곧장 이가춘을 노렸다.

씨잉—

마상에서 힘껏 후려치는 낭아곤이 웅장한 바람 소리를 쏟아내며 떨어진다.

캉!

이가춘이 얼떨결인 듯 검을 들어 그것을 쳐냈다. 그러자 날카로운 쇳소리와 함께 그의 검이 몇 토막이 되어 날아가 버렸다.

"이건 과연 무시무시하구나!"

이가춘이 새파랗게 질린 얼굴로 물러섰고, 옆에서 산적 한 놈이 버럭 소리 지르며 창을 찔렀다. 말의 옆구리를 노린 것이다.

캉!

그러나 그 창은 말의 몸통을 감싸고 있는 철갑을 뚫지 못했다. 불똥을 날리고 튕겨 나간다.

히히힝—

놀란 말이 펄쩍 뛰었다.

여청한은 불처럼 화가 났다.

"이놈들이!"

이리저리 말을 달리며 전후좌우를 가리지 않고 낭아곤을 후려치는데, 그 기세가 과연 낭왕곤패라는 별호에 어울릴 만했다.

산적들이 일패도지하여 우르르 흩어진다.

"쫓아라!"

별 시답잖은 놈들이라는 듯 여청한이 낭아곤을 들어 가리키며 소리쳤다.

그 광경을 모두 본 수하들 중 네 놈이 기세가 불처럼 살아나 함성을 지르며 말을 달려 산적들의 뒤를 쫓아갔다.

요란한 말발굽 소리가 고요하던 산중에 우렛소리처럼 울려 퍼진다.

그리고 그들은 돌아오지 않았다.

"이놈들이 어떻게 된 거야?"

무려 반 시진을 기다린 여청한은 조바심이 나서 더 이상 견딜 수 없었다.

"그대로 전진한다! 좌우 사방의 경계를 더욱 엄중히 해라!"

수하들을 기다릴 게 아니라 전진하면서 찾아볼 작정이다.

그렇게 잔뜩 긴장하고 오 리쯤 갔을 때였다.

"으헛!"

여전히 선두에서 길을 열어가던 여청한이 놀란 외침을 터뜨렸다.

달아나는 산적들을 추격해 갔던 수하 네 명 중 세 명이 옷이 모두 벗겨지고, 숨이 끊어진 채 나뭇가지에 나란히 매달려 있는 걸 보았기 때문이다.

여청한! 제 딸을 팔아먹은 파렴치한 돼지야, 여기가 너의 황천길이다.

그들의 몸뚱이에 피를 찍어 휘갈겨 쓴 글귀가 여청한을 미칠 듯 분노하게 했다.

그가 말 위에서 화를 참지 못하고 길길이 날뛸 때 저쪽에서 다시 십여 명의 산적이 나타났다. 수하 한 명을 사로잡고 있다.

그리고 한 놈이 과시하듯이 여청한이 바라보는 앞에서 단칼에 그 목을 쳐버렸다.

"우아악!"

그 광경에 여청한은 드디어 이성을 잃었다.

"거기 꼼짝 말고 있어라! 네놈들의 머리통을 부수고 뇌수를 빨아먹어 버리고 말 테다!"

낭아곤을 휘두르며 미친 듯이 말을 달려 돌진한다.

그것을 본 산적들이 와! 하며 달아났고, 대신 숲 속에서 몇 대의 화살이 쏟아져 왔다.

여청한이 이를 부드득 갈며 낭아곤을 풍차처럼 휘둘러 그것들을 죄다 쳐냈다.

그러느라고 걸음이 지체되어 산적들을 뒤쫓지 못했다.

화가 더욱 치솟을 수밖에 없다.

하지만 그 와중에도 그는 화물을 지켜야 한다는 생각을 잊지 않았다.

"황 장로! 네가 서른 명을 데리고 화물을 지켜라! 내가 돌아올 때까지 꼼짝하지 말고 있어! 나머지는 나를 따라간다. 이참에 적성채까지 올라가 그것들의 씨를 말려 버리고 말 테다!"

그의 노성에 즉시 무리 중에서 스무 명이 뛰어나왔다.

여청한과 한 덩어리가 되어 폭풍처럼 말을 달려 산적들을 쫓아간다.

그리고 기다리고 있던 이가춘의 무리를 만났다.

"여청한! 내가 말했지? 여기가 바로 너의 황천길이라고 말이다!"

머리 위에서 들려오는 소리에 후딱 바라보니, 높은 절벽 위에서 이가춘이 내려다보며 삿대질을 하고 있었다.

"너는 오늘 지는 해를 보지 못하게 될 것이다! 나하고 내기를 할 테냐? 네 목과 양원생에게 팔아버린 네 딸을 걸고 말이다. 하하하—"

"이놈!"

여청한이 즉각 말에서 뛰어내렸다.

이가춘의 무리가 버티고 서서 약을 올리는 곳이 워낙 가파르고 험한 벼랑인지라 말을 타고는 올라갈 수 없었던 것이다.

칡넝쿨을 잡고 돌 조각에 의지하면서 기어올라 갈 수밖에 없다.

낭아곤을 둘러멘 여청한이 즉시 벼랑에 달라붙었다.

벽호공을 발휘하여 재빠르게 올라가는 모습이 마치 커다란 원숭이 같다.

그런 방주를 걱정스럽게 바라보던 수하들도 어쩔 수 없이 벽호공을 발휘하여 절벽을 타고 뒤따랐다.

하나같이 고수 아닌 자가 없는지라 가파른 바위 벼랑을 타고 오르기를 마치 평지에서 달리는 것처럼 한다.

우르르릉—

그때 머리 위에서 요란한 소리가 났다.

그들이 걱정하고 있던 대로 돌덩이들이 굴러 떨어지기 시작했던 것이다.

저 교활한 산적 놈들이 그런 준비도 없이 저희들을 유인했을 리가 없다고 짐작했지만 막상 돌덩이들이 떨어져 내리자 긴장하게 된다.

맨 위에서 부지런히 올라가고 있던 여청한의 머리 위로 커다란 호박만 한 돌덩이가 떨어졌다.

"으합!"

여청한이 버럭 소리치며 두려움없이 주먹을 뻗어 그것을 후려쳤다.

꽝!

그의 무지막지한 권격에 돌덩이가 몇 조각으로 부서져 버린다.

무수히 떨어지는 그런 돌덩이들은 여청한과 나찰방의 고수들이 벼랑을 타고 오르는 속도를 지체하게 할 뿐 그들을 떨어뜨리지는 못했다.

모두가 여청한이 그런 것처럼 제 머리 위에 떨어지는 돌덩이들을 후려쳐 부수어 버리며 부지런히 올라간다.

적성채(赤城寨)의 활약 323

그들이 벼랑 위에 올라섰을 때 산적들은 이미 사라지고 보이지 않았다.

저 앞쪽의 갈대숲에서 우하하하, 하고 웃는 소리가 들릴 뿐이다.

"저쪽이다!"

낭아곤을 내려 들어 가리키며 달려가려는 여청한의 옷자락을 수하 한 명이 꽉 붙들었다.

"방주, 저곳은 무성한 억새밭입니다. 근처에 습지라도 있는 모양입니다."

"그래서?"

"매복이 있을 거라는 말씀이지요. 저놈들이 달리 우리를 이리로 유인했겠습니까?"

수하의 말이 옳다는 걸 여청한 본인도 잘 알고 있었다.

그러나 한번 노여움을 터뜨리면 물불을 가리지 않는 성격 때문에 그 말을 따르지 않았다.

"개소리! 저까짓 쓰레기 같은 놈들의 매복 따위를 두려워한다면 어찌 강호에서 칼밥을 먹고사는 고수라고 하겠느냐? 겁이 나는 놈은 오지 않아도 좋다!"

수하의 손을 뿌리친 여청한이 경공신법을 발휘하여 바람처럼 달려갔다.

저런 속도로 달린다면 산적 놈들이 화공을 펼치더라도 능히 뚫고 갈 수 있을 것이다.

불이 번지기 전에 전력을 다해 달려 억새밭을 벗어나면 되지 않는가.

그런 생각을 한 수하들도 있는 힘껏 경공신법을 발휘해 질풍처럼 달려갔다.

그러나 그들의 발을 붙잡은 건 화공이 아니라 질퍽한 습지대였다.

철벅거리며 몇 발짝 떼지 못해서 점성이 높은 진흙에 무릎어림까지 푹푹 빠지고 만다.

그래서는 답설무흔의 절정 경공신법을 지니고 있으면 모를까, 제아무리 경공신법이 뛰어나다고 해도 속도가 느려질 수밖에 없었다. 게다가 몇 배나 더 힘이 드니 쉽게 지친다.

그들이 이건 불길하다고 느꼈을 때 '으악!' 하는 비명성이 터져 나오기 시작했다.

곁에서 불쑥 뛰어 일어난 산적들이 기습을 가하고는 다시 재빠르게 사라져 버린 것이다.

그들은 온몸에 진흙을 덕지덕지 처바르고 있었다.

그러니 바로 곁에 엎드려 있다고 해도 유심히 보지 않는 이상 발견할 수가 없다.

그런 기습에 수하 몇 명을 잃고 나자 이제는 여청한도 정신이 번쩍 들었다.

낭아곤을 거머쥔 채 멈추어 서서 주위를 두리번거리며 긴장한다.

잘못 들어왔다는 걸 알았으니 이내 물러나야 할 텐데 그놈의 체면이 발을 붙들었다.

"흩어지지 마라! 두 줄로 붙어 서서 좌우를 경계하며 신속히 전진한다! 이곳만 빠져나가면 될 것이다!"

기껏 그런 명령으로 수하들을 독려한다.

일면 타당한 명령이었다.

이미 적의 매복지 깊숙이 빠져들었으니 신속하게 벗어나는 수밖에 없다.

두 명이 한 조가 되어 좌우를 경계한다면 산적 놈들의 야비한 기습도 효과적으로 막아낼 수 있을 것이다.

그의 명령을 받은 수하들이 속속 모여들었다. 그리고 두 줄을 이루어 최대한 빠르게 전진하기 시작했다.

"와아!"

그들이 그렇게 억새밭을 반쯤 지나갔을 때였다.

사방에서 외치는 소리와 함께 싹, 싹, 하고 무언가 미끄러지는 소리가 들려왔다.

잔뜩 긴장하여 바라보는데 여기저기에서 억새풀을 헤치고 불쑥불쑥 산적들이 모습을 드러냈다.

몇십 명이 아니다. 이건 한눈에 보아도 족히 백여 명은 되는 숫자 아닌가.

왕소걸이 이끄는 매복조였다.

아니, 매복조라고 부르기에는 무리가 있는 머릿수다.

적성채의 삼백여 산적들 중에서도 용맹과 무용이 뛰어난 자들을 죄다 끌고 온 것이니 본진이라고 해야 하리라.

게다가 그들은 무슨 재주를 부리는 건지 발이 빠지지도 않았다.

얼음판에서 미끄럼을 타듯이 경쾌하고 신속하게 움직이고 있다.

나찰방주 여청한의 수하 고수들은 경공신법이 산적들과는 비교할 수 없이 뛰어난 자들이었다.

하지만 이런 지형적인 장애 앞에서는 그것의 유리함을 잃어버렸다.

진흙 뻘이나 다름없는 습지에서도 미끄러지듯 신속하게 움직이는 산적들보다 오히려 못하다.

산적들은 신발에 설상화처럼 넓적하게 생긴 나무판을 덧붙이고 있었다.

그러니 진흙 뻘에 빠지지 않고 얼음판 위에서 미끄럼을 타는 것처럼 움직일 수 있었던 것이다.

그런 자들이 백여 명이나 함성을 지르며 사방에서 쏟아져 나오자 우선 겁을 먹게 된다.

"두려워 마라! 흩어지지 마라! 놈들은 고작 녹림도의 무리일 뿐이다! 모조리 쳐죽이고 돌아가자!"

여청한이 목청껏 고함을 질러 수하들의 사기를 북돋아주었다.

그리고 보라는 듯이 낭아곤을 휘두르며 앞서 쳐나간다.

이내 난전이 벌어졌다.

고함과 욕설과 비명 소리가 뒤섞여 넓은 습지가 온통 아비규환으로 변했다.

개개인의 무공은 여청한의 수하들이 월등하다.

비교할 수가 없다.

하지만 그들은 진흙에 발이 빠져 움직임이 둔했고, 이미 적지 않게 지쳐 있는데다가, 수많은 산적들의 기습 앞에 잔뜩 위축되어 있었다.

형편이 그러니 제가 지닌 무공의 반도 채 발휘하지 못한다.

거기에 비해 왕소걸이 이끄는 적성채의 산적들은 그와 반대의 상황이었다.

무엇보다도 사기와 투지가 정점에 이르러 있다.

그러니 그들의 공세는 그야말로 사나운 폭풍과 같을 수밖에 없었다.

갈수록 싸움이 치열해지고 비명 소리가 쉴 새 없이 터져 나왔다.

산적들은 사전에 충분히 준비를 했고, 어떻게 싸울 것인지도 자세히 숙지하고 있는 게 틀림없었다.

다섯 놈이 한 조를 이루어 나찰방의 무사 한 명을 에워싸고 번갈아가며 들이치는데, 당하는 자의 입장에서는 도대체 정신을 차릴 수 없을 지경이었다.

미끄럼을 타듯 이리저리 재빨리 미끄러지며 치고 빠져나가는 데에는 속수무책일 수밖에 없다.

그런 난전 속에서는 제아무리 고수라고 해도 십분 무공을 활용하기 힘들었다. 결국 머릿수에 밀리고 마는 것이다.

시간이 지날수록 나찰방의 무사들은 현저하게 그 수가 줄어갔다.

그들이 흘린 피로 습지가 붉게 물든다.

남아 있는 자들도 다들 지쳐서 헐떡였다.

오직 여청한만이 부동명왕처럼 굳건하게 제자리를 지키고 서서 낭아곤을 여전히 무섭게 휘두르며 산적들을 물리칠 뿐이었다.

그의 힘은 도대체 끝이 없는 것 같았다.

지칠 줄을 모른다.

"그물을 던져!"

그 꼴을 지켜보던 왕소걸이 소리쳤다.

그러자 억새 숲에서 다시 십여 명이 미끄러져 다가왔는데, 모두 고기 잡을 때 쓰는 투망을 들고 있었다.

그것을 일제히 던진다.

여청한은 급히 몸을 움직였다. 보법을 밟아 피하려고 했지만 움직임이 진흙 뻘 때문에 자유롭지 못하니 그게 천추의 한이 되었다.

눈 깜짝할 사이에 몇 겹의 그물에 덮이고 만 것이다.

날카로운 보도라도 지니고 있었다면 그것을 끊어버릴 수 있었을 것이다.

무지막지한 낭아곤은 그런 상황에서는 아무 쓸모가 없었다.

여청한이 분한 고함을 터뜨리며 짐승처럼 포효할 때 재빨리 다가온 자들이 창으로 사정없이 그를 쑤셔댔다.

덫에 걸린 멧돼지를 잡듯이 한다.

여청한은 몸에 십여 개의 창이 꽂힌 채 꼿꼿이 서서 눈을 부릅뜬 채 죽었다.

강호의 고수로 꼽히며 나찰방의 방주로서 위엄을 떨치던 자의 최후치고는 너무나 비참한 최후였다.

방주의 죽음을 본 자들은 급격히 전의를 잃었다.

병장기를 던지고 항복하는 자도 생겨났으나 산적들은 도대체 자비라는 걸 몰랐다.

무릎을 꿇는 자들을 아무런 거리낌 없이 베고 찔러 버린다.

한 시진 가까이 계속된 치열한 싸움이 끝났을 때 습지는 산적들과 나찰방 무사들의 주검으로 뒤덮이다시피 했다.

그 싸움의 와중에서 산적들도 쉰 명 가까이 죽었으니 그만하면 여청한과 그의 수하들이 얼마나 용감하게, 잘 싸웠는지 알기에 충분하다.

그러나 승리는 결국 적성채 산적들에게 돌아갔다.

그 사실이 중요할 뿐이다.

누가 얼마나 용감하게 싸웠느냐는 승패의 결과 앞에서 아무 의미도 없다.

와룡소라 불리는 습지에서의 싸움이 그렇게 끝났을 때, 적성산 기슭 솔밭에서도 싸움이 끝나가고 있었다.

방주의 명령을 받아 서른 명의 수하들을 지휘하며 화물을 지키고 있던 황 장로가 기습을 당한 건 여청한이 습지에서 왕소걸에게 기습을 당하던 것과 비슷한 무렵이었다.

황 장로와 호송단을 들이친 산적들은 무려 이백여 명이었다.

적성채의 산적들 중 왕소걸을 따라간 자들을 뺀 나머지가 모두 쳐 나온 것이다.

그들을 지휘하고 있는 건 비호검 마득량과 이가춘이었다.

마득량은 이미 절정고수의 반열을 넘볼 만한 고수였고, 이가춘 또한 그에 못지않았다.

그들이 좌우에서 일제히 들이치자 서른 명의 호송단은 이내 공황상태에 빠졌다.

소나무 숲이 온통 산적들로 들끓는다.

마치 수확을 앞둔 논에 퍼붓듯 쏟아지는 메뚜기 떼 같았다.

그 숫자에는 아무리 고수라고 해도 질리지 않을 수가 없다.

황 장로와 서른 명의 무사는 그래도 화물을 포기하지 않고 끝까지 용감하게 싸웠다.

황 장로가 마득량의 검에 찔려 쓰러지고, 이가춘이 몇 명의
팔팔한 무사를 처치해 버리기 전까지는 한 발도 밀리지 않았
던 것이다.

그러나 결과는 역시 이미 준비되어 있었다.

습지에서 여청한과 그의 수하들이 처참한 패배를 당하고
몰살당했듯 황 장로와 서른 명의 무사도 그 꼴을 면치 못한
것이다.

적성채의 산적들도 그 두 곳의 싸움에서 일백여 명이 넘게
죽는 커다란 피해를 보았지만 승리자는 그들이었다.

화물이 모두 그들의 손에 들어간 것이다.

                    *   *   *

"이런 죽일 놈들!"

황천광도 양원생이 탁자를 내려쳤다.

돌보다 단단하고 탄력있는 자단목의 탁자가 우지끈 하고
부서져 가루가 되어버린다.

성도성 전체에 소문이 한 바퀴 도는 데 한 시진이면 충분했
다.

나찰방이 괴멸되었다는 말을 들은 사람들은 평소에 거들
먹거리던 그들을 생각하고 통쾌해하는 한편, 적성채의 위력
에 새삼 두려움을 느끼고 움츠러들었다.

그러나 양원생에게는 오직 노여움이 있을 뿐이다.

그래서 그가 머물고 있는 마황보가 긴장과 흥분에 휩싸였다.

"준비해! 내가 직접 간다!"

황천광도 양원생이 자리를 박차고 일어섰다.

제 체면도 체면이지만 끔찍이 아끼고 예뻐하는 어린 아내를 생각해서라도 반드시 여청한의 복수를 해주지 않을 수 없는 것이다.

'대체 구천상가에는 뭐라고 변명을 한단 말이냐?'

노여움 중에도 그런 걱정이 들었다.

총단주 장구봉이 안심하고 화물을 의뢰할 만한 방회를 하나 소개시켜 달라고 집사를 보내 청했을 때는 뜻이 있었던 것이다.

황천광도 양원생은 그것이 장구봉이라는 그 콧대 높은 자가 저에게 화친의 손을 내미는 의미라고 이해했다.

꼬리를 흔들기 시작한 것이다.

그래서 내심 흐뭇해하고 있었는데 이런 일이 생겼으니 더욱 화가 난다.

그날 저물녘에 급히 조직된 오십여 명의 마졸들이 마황보를 나와 날듯이 달려갔다.

선두에서 흰 수염을 날리며 미친 듯 달려가는 자는 양원생이었다.

자신의 체통마저 내던진 채 오직 복수심에 불타 으르렁거리며 달려가는 것이다.

그는 곧장 적성채를 들이칠 작정이었다.

아무리 많은 수하들이 희생된다고 해도 반드시 그곳을 갈아 엎어버릴 작정이다.

그뿐 아니라 산적놈들을 남김없이 죽여 그들의 시체로 골짜기를 메워 버리고 말겠노라고 재삼 다짐한다.

아니, 적성채 안에 살아 꼼지락거리는 건 벌레 한 마리라고 해도 남겨두지 않을 결심이다.

"흐흥, 드디어 입질이 왔군. 이제는 낚아 올리는 일만 남았다."

구천상가. 구천보각 내의 정자에 앉아서 차를 마시고 있던 장팔봉이 차가운 웃음을 흘렸다.

양원생을 나서게 하는 데에 성공한 것이다.

이제는 그를 잡는 일만 남았다. 그리고 그것은 아무래도 자신이 직접 해야 할 것이라고 생각한다.

"양원생을 잡으면 그때부터 줄줄이 얽혀 나오겠지. 구멍을 지키고 있다가 쥐새끼들이 대가리를 내미는 족족 때려 잡으면 되는 거다."

이제 그의 가슴속에는 오직 패천마련과 거령신마 무극전이 들어 있을 뿐이었다.

그들을 괴멸시키고 무극전을 죽여 사문의 복수를 한다. 그리고 봉명도를 다시 찾아오는 것이다.

그게 하늘이 자신을 이 땅에 내보낸 이유라고 믿는다.

"거령신마 무극전. 너의 천적은 바로 나였던 거야. 기다려라. 이제 너와 마주 설 날이 멀지 않았다."

『봉명도』 제7권 끝

저작권 보호!!
장르문학의 성장에 힘이 되어주십시오.

저작물의 무단 전재와 복제, 불법 다운로드!
이것은 관심이 아니라 무관심입니다!

작가님들은 창의적 열정과 시간을 투자해 자신의 꿈과 생계를 유지합니다.
한 권의 책을 만들어 많은 사람들은 자신의 인생과 미래를 설계합니다.

저작물 속에는 여러 사람의 노력과 희망이
담겨 있습니다!

저작물의 무단 전재와 복제, 불법 다운로드는 여러 사람들의 꿈과 생계를
위협함으로써 장르문학을 심각한 상황에 빠뜨리고 있습니다.

이제는 무관심이 아니라 관심으로 장르문학의
성장에 힘이 되어주세요.

[도서출판 **청어람**은 항시적인 저작권 보호를 통해 장르문학과
여러분의 희망을 지키겠습니다.]

도서출판 **청어람**

共同傳人
공동전인

설경구 新무협 판타지 소설

마교를 재건하라.

혈마옥에 갇히며 마교 장로들의 공동전인이 된 사무진에게 주어진 과제.
역사상 가장 착한, 마교의 교주.
하지만 역사상 가장 강한, 마교의 교주가 되고 싶다.

고정관념을 버려요.
마교도라고 해서 꼭 나쁜 놈일 필요는 없잖아요.

지금까지와는 다른 마교.
이제 사무진이 만들어가는 새로운 마교가 모습을 드러낸다.

유행이 아닌 자유추구 -
WWW.chungeoram.com

Book Publishing CHUNGEORAM

무유칠덕(武有七德), 금폭(禁暴), 집병(戢兵), 보대(保大),
정공(定功), 안민(安民), 화중(和衆), 풍재(豐財), 자야(者也).
〈좌전(左傳), 선공 십이년(宣公 十二年)〉

무에는 일곱 가지 덕이 있다.
첫째, 난폭을 금지한다. 둘째, 무기를 거두어들인다. 셋째, 큰 나라를 보전한다.
넷째, 공적을 정한다. 다섯째, 백성을 편안하게 한다. 여섯째, 대중을 화합하게 한다.
일곱째, 물자를 풍부하게 한다.

섬서성(陜西省) 육반산(六盤山)에 신력(神力)을 바탕으로
패공(覇功)을 구사하는 가문(家門), 육반루가(六盤婁家).
세상에게 외면받고 멸시당하는 환희교(歡喜敎).
육반루가의 후손과 환희교 교주의 운명적인 만남.

"넌 환희교를 지키는 수문장(守門將)이 될 거야.
강하게, 아주 강하게 키워주마."
'아버지처럼 죽지 않을 거야. 아무도 날 죽일 수 없어.
세상에서 최고로 강한 사람이 될 거야.'

 유행이 아닌 자유추구 -
WWW.chungeoram.com
Book Publishing CHUNGEORAM

태룡전

『마신』, 『뇌신』에 이은
작가 김강현의 또 하나의 대작!!
『태룡전』

김강현
新무협 판타지 소설

내가 이곳 미고현에 위치한 천망칠십오대에
온 지도 벌써 두 달이 넘었거든.
그런데 아직도 이해하지 못한 일이 하나 있어.
그게 뭐냐고? 우리 대주 말이야.
우리 대주님이 가장 좋아하는 게 뭔지 아나?
바로 침상에서 좌우로 데굴데굴 굴러다니는 거야.
그다음으로 좋아하는 게 그렇게 뒹굴다 잠드는 거고…….
나려타곤(懶驢打滾)!
더도 덜도 아닌 딱 우리 대주님을 지칭하는 말일세.

천망칠십오대 대주 단유강!!
격동의 무림은 그에게 휴식을 허락하지 않는다.
단유강, 그의 일보가 천하를 떨쳐 울린다!

유행이 아닌 자유추구 -
WWW.chungeoram.com
Book Publishing CHUNGEORAM

오채지 新무협 판타지 소설

천산도객

마도대종사의 죽음.

마침내 끝이 난 이십 년간의 정마대전.
하지만 전 무림이 까맣게 모르는 것이 있었으니…

대종사가 마지막까지 숨겨두었던 마도백가(魔道百家)의 비밀 병기.
패잔병으로 북방을 떠돌던 어느 날 신비로운 사내 비파랑을 만나는데…

"항주의 금룡관(金龍館)에… 이걸 전해주십시오."
"눈치챘겠지만 난 마인이오."
"어쩐지 당신이라면… 약속을 지켜줄 것 같아서……."

한 번의 짧은 만남이 만든 운명 같은 행보.
그의 위대한 강호행이 시작된다.

 유행이 아닌 자유추구 -
WWW.chungeoram.com

Book Publishing CHUNGEORAM